怪物のゲーム
上

EL ABRAZO DEL MONSTRUO
BY FÉLIX J. PALMA
TRANSLATION BY MAKI MIYAZAKI

ハーパーBOOKS

Published by K.K. HarperCollins Japan, 2022

ＭＪへ、
君の呼吸でぼくは生かされている

怪物のゲーム 上

おもな登場人物

ディエゴ・アルサ——作家
アリアドナ（アリ）・アルサ——ディエゴの娘
ラウラ・フォルチ——ディエゴの妻。小児科医
エクトル・アルサ——ディエゴの兄
アルマン・タジャーダ——編集者
ジェラール・ルカモラ——カタルーニャ自治州警察モスズ・ダスクアドラの警部
マルク・オラーヤ——警部補
パウ・リエラ——刑事
ミレイア・ルジャス——情報捜査官
シモーナ・バルガヨ——署長
リカール・パラルタ——判事
ルベール・ラバントス——ディエゴの元生徒
ジュディ・ルケ——ディエゴの元生徒
ガブリエル（ビエル）・マルトレイ——ディエゴの元生徒
サンティアゴ（サンティ）・バヨナ——ディエゴの元生徒。故人
ミケル・カルドナ——読書好きの男
アレナ・ルセイ——ラウラの親友
ジュリアン・バソル——ラウラの元恋人。医師

第一部

誘拐

怪物は現実にいるし、それは幽霊も同じだ。
やつらはわれわれの中に棲み、
場合によってはわれわれを圧倒する。
——スティーヴン・キング

1　そのあいだに

どんな出来事も、それ単独で起きるということはない。

娘が誘拐されたまさにそのとき、ディエゴはその晩三杯目のワインを空にしたところだった。四杯目を飲む前に、酒を飲みすぎないこと、と心に誓ったのを思い出した。アルコールは、ディエゴにただ酔いをもたらすだけでは収まらないからだ。不幸にして、この誓いは守れそうになかった。何しろ彼は今、第十二回国際文学会議に参加しているのだ。これは、毎年ここバルセロナで開催される大手出版社リンボ社主催のかなり有名なイベントで、〝現代文学の脈動を伝えること〟を目的としている──そんなことが可能だとして。

ディエゴは文学会議のたぐいには出席しないようにしてきた。文学全般について、とりわけ自分の作品について論じるのが嫌いだからだ。中でも、十年前に出版した最初の作品、『血と琥珀《こはく》』についてはとくに。うっかり者の妖精が魔法の杖《つえ》をつい振ったかのように、彼をいきなりベストセラー作家に変えてしまったあの小説を、なぜ、どうやって書いたかについては、誰が何と言おうと秘密だし、その秘密は墓まで持っていくつもりだった。今年に限って参加することにしたのは、なかなかつかまらない担当編集者、アルマン・タジャーダが出席することを知り、会場のどこかでばったり出くわせば、新作について話をする機会が持てそうだと思ったからだ。

残念ながら、廊下をそれぞれぶらついていたら偶然鉢合わせ、みたいなことは三日の会期のあいだに一度もなく、この打ち上げのカクテルパーティが最後のチャンスだった。妻のラウラの腕を取り、しばらく二人でホテルの豪華な宴会場を巡って人々と交流するふりをしながら、ディエゴは人ごみの中に小柄なタジャーダの姿を探した。ついにぴかぴか輝く彼の禿《は》げ頭がちらりと見えたとき、何か光るものを見つけたカササギの喜びをディエゴも味わった。ところが近づこうと足を踏み出す暇もなく、タジャーダはたちまち友人たちに取り囲まれた。こちらもこちらで次々に現れるさまざまなカップルの対応に忙しく、ある夫婦に至っては、たちまちラウラと長話を始めた。妻はどんなときでも、相手が誰でも、話題が何でもおしゃべりができる人間で、たとえ沈没しつつあるタイタニック号に乗っていてもたぶんそうだが、こと今夜に限っては、失語症にでもなってもらいたいとディエゴは思った。お目当ての相手が目と鼻の先にいるのに、宴会場の片隅に釘付《くぎづ》けにされている現状をあきらめの境地で受け入れ、ウェイターのトレーからすばやく取ったその晩三杯目のグラスを一気に飲み干すとにっこり笑って、みんなと同じリラックスしたそぶりを見せようとした。

ぎこちない挨拶で始まり、主催者を儲《もう》けさせることだけが目的のように見える、この会議の今後の方向性について世間話が終わると、ディエゴの出世作にいやでも話題は向かった。

「正直言って、自分の三人の息子の命をたとえ救いたくても、ディエゴが本の中で提示した課題を自分がパスできるかどうかわからないな」

おそらくはその三人の息子の母親と思われる同伴の女性の耳に入らないよう気をつけながら、こんな正直すぎるコメントをしたのは、作家のラサロ・オルテガだ。豊かな白髪の六十代の彼は、数々の作品によって今日のキャリアを築いてきた。ディエゴの新年の目標にはいつも、ジムに通うことと料理教室に申し込むことのほかに、オルテガの一九八〇年代の名作『蒼《あお》ざめた去勢牛たち』を読むという項目が入っていた。しかし月日が流れた今も、相変わらず体は締まりがないし、料理もできないままだ。

「ああ、それは私も同じだ」リンボ社のベストセラー作家の一人、ギレルム・フライラが賛同した。ラウラは彼の妻にすでに連れ去られていた。

フライラは、どこの大学かは忘れたが大学教授で、たっぷりあるらしい暇な時間に歴史小説を書いている。古代ローマ帝国や十字軍、チンギス・ハンの侵攻など、登場人物が山ほどいる恐ろしく退屈な本ばかりだ。彼とは別の機会にも顔を合わせたことがあり、耳からあふれそうなほど頭に知識が詰まっているたぐいの人物だとその場でわかった。ディエゴは自分の脳みその容量がよくわかっているので、こういう底なし沼のような記憶力の持ち主を手放しで尊敬し、あんな頭を体にのっけて歩くのはどんな感じがするだろうとよく考える。いつか、地球上のすべての図書館が偶然にも一度に焼け落ちたら、人類の知識はこのフライラのような人間の頭蓋骨の中で保管されて生き延びるのかもしれない。

「私なら、最初の父親の課題さえ無理だったろうな」悪びれもせず、彼は宣言した。

フライラはアヒルみたいな声で大笑いし、そこにいた人々に携帯電話をまわした。ディエゴのもとにそれが来たとき、そこには絨毯《じゅうたん》の上で怯えるチワワの写真があり、すぐに冗談の意味がわかった。作り笑いをしながら、携帯電話をフライラに返す。

いつもこうだ。彼の小説が話題になるとき、文章のうまさやストーリー構成の確かさを褒める者は誰もいない。連中が話すのはくそったれな課題のことばかり。〈怪物〉が誘拐した娘たちの父親に突きつけた禍々《まがまが》しい挑戦状が、ほかのあらゆる要素の影を薄くする。もはやそれは作品の長所であり、短所でもあった。

「『血と琥珀』を読んだとき、娘たちがもう大人になっていてよかったよ」輪の中にいる三人目の作家ダリウ・パルドが言った。詩人である彼は、読者の少なさにうんざりして去年分厚い小説を出版し、さらに読者を減らすという難業を成し遂げた。「あのとき娘の一人でも七歳だったら、とても最後まで読めなかったと思う」

それは僕も同じだ、とディエゴは思った。実際、アリアドナがちょうどその年齢になった今であれば、あんなもの書けやしなかっただろう。隣の部屋であの子がすやすやと眠っている状況で、あの邪悪な外科医が娘と同い年の女の子をいたぶるシーンをどうやって書けと？

「誰だってそうさ」オルテガが賛同した。「娘を持ったら、世界中の女の子がわが子同然になるんだ。父性の魔法だよ」

全員が即座にうなずいて物思わしげに黙り込んだが、その沈黙をまたオルテガが破った。

「挑戦ゲーム。単純だがじつに恐ろしいアイデアだ」考えついたのは自分自身であるかのように賞賛する。

それから件《くだん》の三つの課題について触れた。回を重ねるごとにより耐えがたく、ぞっとするものになっていく試練。それを娘の父親たちが、二十世紀初頭のバルセロナ市民が集まったリセウ劇場の舞台で挑戦しなければならないのだ。みごとパスすれば、怪物は娘を無事に父親のもとに返す。パパは娘のヒーローになるだろう。だが失敗すれば、怪物は娘自身にその課題を実行させ、もし生き延びても、怪物がその手で娘の首を絞めて殺すのだ。

「哀れな娘たちは、パパの愛が足りなかったから私はこんなに苦しむことになったと思い、親の臆病さをひしひしと感じながら死んでいく……」オルテガは白髪を振り振り、嘆いた。

「まったく、自分がこの父親だったら？　愛する娘のためにどの課題ならできて、どれならできないか、自問自答しない読者がいるか？」そのあとしばらく口をつぐみ、やがてディエゴを非難するように指さして、言葉を結んだ。「君の小説が売れた鍵はそこだよ。君は書斎の安全な椅子に座ったまま、他人の不幸を通じて、読者におのれの弱さに気づかせたんだ。おみごとだ、ディエゴ。とにかく脱帽だよ」

ディエゴは仕方なく微笑《ほほえ》んで、ありがとうと告げた。芸術性を褒めてほしいわけではないが、せめて作家としての大胆さとか、比喩が適切だとか、才能のきらめきが見えるとか、そういうところを賞賛してほしかった。つまり、読者が自分自身をいやでも振り返らずにいられなくなる絶妙な仕掛けを施し、異端審問官か三流の用心棒かサディストの体育教師ぐらいしか思いつかないような課題を発案したことだけで持ち上げてほしくないのだ。だが、もう慣れてしまった。実際、ウリオル・ナバド警部の次なる事件を描いた『空気の中』のことも、自分のすべてを注ぎ込んだ、今年初めに上梓《じょうし》した小説『深海魚』のことも、誰も話題にしない。連中が話すのは十年も前に発表した『血と琥珀』のことだけ。これではあれから、小説を書く代わりに編みものでもしていたみたいではないか。

「なあディエゴ、次の作品で怪物を再登場させようと考えているのか？　やつが始めたことを終わらせないと、だろう？」パルドがそう尋ねてきた。

ディエゴは答える前にワインを一口飲んだ。

「さあね。書くかもしれないし、書かないかもしれない」とぼかす。

「だって、あいつは自分の計画を終わらせることができなかったじゃないか。最後のピースをはめようとしたところで、君が阻止したんだ」

「僕じゃない。ナバド警部だ」ディエゴは指摘した。

パルドはワハハと笑った。

「そりゃそうだ」笑いが収まると言った。「警部はあいつを窯に閉じ込めて悪事を阻んだ。やつを再登場させるには、どうやってあそこから脱出したのか説明しなければならない。たぶん君さえ知らない方法でね」皮肉めいた笑みを浮かべて言葉を結ぶ。

「いや、知ってるはずさ！」オルテガが口を挟んできた。「知らなきゃ、あんなラストにはしなかったはずだ。伏線を張ったようなものだ」

ディエゴはどうとでも取れそうな曖昧なしぐさをしてまたワインを飲み、沈黙を引き延ばして、誰かが話題を変えてくれることを期待した。だが期待はくじかれた。

「なあディエゴ、『血と琥珀』の映画化権の契約を拒否してるって本当なのか？」今度はフライラが尋ねてきた。「大勢のプロデューサーが大金を積んだと聞くぞ」

〝と聞くぞ〟というのは、担当編集者のタジャーダが、映画化権についてあらゆる手を使ってディエゴを説得しようとしたができず、その鬱憤を晴らすため、ディエゴの頑固さについてさんざん悪口を言いふらしている状況をオブラートにくるんだ言い方だ。

「映画と文学はまったく異なるメディアだ」ディエゴは答えた。「『血と琥珀』が映画化されたら、きっと出来にがっかりすると思う。読者一人ひとりに、頭の中で自作映画を作ってもらいたいんだ」

つかのま全員が、珍しい異国の鳥でも見るように、羨望と物珍しさの入りまじったまなざしで彼を眺めた。

「君は怪物を再登場させようと企《たくら》んでる」しぶといパルドは鼻を撫《な》でて言った。「そういうことには勘が働くんだ。血に飢えたあの外科医はバルセロナを再び震撼させる。そうだろう？」

ディエゴは相手をじろりと睨《にら》んだ。

「僕は一度もそんなことを言った覚えはない」ディエゴはにべもなく言った。

ぶっきらぼうな口調に不意を突かれたのか、パルドはむっとして唇を歪《ゆが》ませた。オルテガとフライラは困った顔で二人を見守っている。

「だが企んでないとも言ってないよな」パルドはぼそりとつぶやいた。

気まずい沈黙が流れた。ディエゴは自分のつっけんどんな受け答えを後悔したが、仕方がなかった。怪物の再登場について訊《き》かれると、ついやみくもに反撃してしまうのだ。幸い、年の功で諍《いさか》いにも慣れているオルテガが話題を変えてくれたおかげで、何事もなかったかのように会話が再開された。ディエゴもやはり何事もなかったかのように振る舞い、やがて、今度こそ自分の小説のことを彼らが放念したのに安堵《あんど》してラウラのところに戻り、まだ続いているフライラの妻とのにぎやかなおしゃべりに加わることにした。

「……こんないぼ痔《じ》、見たことないって医者に言われたわ」フライラの妻はそんな話をしていた。「大きめのブドウの房みたいだって」

ディエゴは今の譬《たと》えを想像してしまわないように努めた。

「本当に？」ラウラが心配そうに尋ねた。「相当つらいんじゃない？」

「あなたには想像もつかないと思う……そうだ、内視鏡検査したときの写真がスマホにあるのよ。待って、見せるから。あなた医者なんだし……」

「小児科医だから専門が違うけど、見てほしいと言うなら……」

ディエゴは身を翻して同業者同士の会話に戻ったが、ありがたいことに、その会話もまもなく勢いがしぼんでいった。三十分もすると人々は帰り支度を始め、夏の風に吹かれてばらばらになる雲のように、小さなグループに分かれていった。ディエゴは仲間に別れを告げながらも、担当編集者のタジャーダの監視は怠らず、彼とその妻がクロークの列に向かうのを見た。ラウラの腕をつかんでそちらに急ぎ、とうとう夫妻が自分たちの二、三組後方に並んだのを横目で確認した。よし、これで射程内にとらえた。今度こそ逃がすものか。

カウンターにたどり着くとまずラウラの上着を受け取り、着せてやりながらうなじからたちのぼる香りを嗅いだ。うっとりする柑橘系《かんきつけい》の柔らかな香りだ。初めて知り合ったときから彼女がいつもまとっている香水で、今では、ディエゴにとって心安らぐお守りのようなものだった。それが鼻孔に満ちると、何もかもうまくいく、世界は正しい軌道を描いて回っている、と思えた。列をちらりと見て、タジャーダがあとどれくらいでカウンターに着くか計算した。時間を稼ぐために妻のうなじに軽くキスをする。ラウラは驚いて振り返り、訝《いぶか》しげに夫を見た。

「何、今の？」

「妻にキスしちゃいけないのかい？」

「もちろんいいけど……」

「今夜の君はとてもきれいだ」

それは嘘《うそ》ではなかった。実際、きれいでは言葉が足りない。このパーティのために選んだ薄いふわっとした生地の黒のワンピースは背中が大きく開き、小柄で華奢《きゃしゃ》なイメージを強調している。ハイヒールで優雅に歩く姿は水鳥のようだ。いつもは短いページボーイ・スタイルにしている茶色の髪を後ろに撫でつけて、頬骨の高い上品な顔を際立たせ、吸血鬼を悶々《もんもん》とさせそうなほっそりした白い首をいっそう長く見せている。そのうえ、今はロビーの灯《あか》りが琥珀色の瞳をじかに照らし、両の虹彩《こうさい》が、白く輝く金の指輪のように見えた。知り合って間もない頃、夕日を受けると瞳が燃えているみたいだと、おずおずと下手な譬えを口にしたとき、ラウラは専門家さながらいかにも実務的に、こういう混じりけのない琥珀色は潜性遺伝で、全人口の二パーセントしかいないのだと説明した。こうして軽い驚きが瞳に浮かんでいると幼く見え、かよわい感じさえするが、訝しげに歪めた唇がその印象をきっぱりと否定していた。

「ありがとう。あなたも悪くないわ」彼女もお返しに褒めてくれた。

ディエゴはその手を取って、妻をくるりと一回転させた。

「これは新しいドレス？」

「買ったのは二年も前よ」

「でもあんまり着てないよね」

「たった二十回ぐらいしか、ね」

「僕が言いたいのは、君の美しさの前ではどんなドレスも霞《かす》んで見えるってことだよ。素っ裸で歩いていても、誰も気づかないいんじゃないかと思う」

「もう結構。何なの、いったい？」

「パーティ会場の〈ロス・ティロス〉まで歩かないか？」

「歩く？　あなた、タクシー中毒でしょう？」

「まあ、今回は特別だよ。とくにこんなロマンチックな散歩にぴったりの夜には」ディエゴはにっこりした。時計を見るふりをしながら、ちらりとタジャーダのほうを確認する。

彼は妻の肩に派手な毛皮のショールをかけてやろうとしていた。生易しいことではなさそうだった。タジャーダは競馬のジョッキー並みに小柄だが、妻のマルガリータは城塞級の体格だからだ。「それとも疲れた？」

「そんなことない。じつは私も歩きたいの。すぐ近くだし……」ラウラは甘い声で言った。

「ロマンチックな散歩にはちょうどいい距離よね」とかわいらしく続ける。

「じゃあ、さっそく行こう。お先にどうぞ、フォルチ先生」ディエゴは言い、ホテルのガラスドアのほうへ慇懃《いんぎん》に道を譲った。「夜はまだこれから、そしてわれわれもまだこれからって年だ。おや、マルガじゃないか！」にこにこしながら挨拶する。「やあ、アルマン！」

タジャーダ夫妻が二人の前で足を止めた。

「ディエゴ……」担当編集者がつぶやいた。

「あら、こんばんは」マルガリータが親しげに挨拶し、指輪だらけの太い指で投げキスをした。「ラウラ、お元気？ 今夜は一度も話ができなかったわね」

「ええ、ほんとに。人が多かったから……。私は元気、ありがとう。あなたは？」

「じつはガードルがきつくて死にそうなの。でもテキーラ二杯でいつだって元気回復」そう言って大笑いする。

「〈ロス・ティロス〉のパーティに行くのかい？」ディエゴが口を挟んだ。

タジャーダが何とも言えない表情でうなずく。

「僕らもだよ」ディエゴは喜んだ。「今ラウラに歩こうと提案したところなんだ。すてきな夜だからね」

「私たちも行くのよ、歩いて」マルガリータが天を見上げてため息をついた。「まったく、このハイヒールでよ？　でも、アルマンがどういう人か、よく知ってるでしょ？　五十ブロックより短い距離ならどんな交通機関も絶対に使わないの。運動狂なのよ。着飾っていなかったら、ジョギングさせられてたところだわ」彼女はまた大笑いした。

「運動狂じゃない」タジャーダが反論した。「太りたくないだけだ。おまえももう少し体を動かせば、ガードルなんかに苦しまずに済むんだ」

「でもガードルで苦しむのは一晩だけだけど、あなたは毎日二時間ジムで苦しんでるじゃない！　比べものにならないわ、お馬鹿さん」妻は上機嫌で言い合いにけりをつけ、夫の腕を軽く小突いた。「男ってほんと、理屈でものを考えないのよね」わかるでしょ、というようにラウラに向かって言った。

「じゃあ、みんなで一緒に行こうか？」ディエゴがにこにこして会話をまとめた。妻のほうを見ないようにして。

　夏の暑さを忘れさせるようなやさしい潮風がディアグナル通りに吹いていた。遅い時間なので渋滞はすでに解消し、バレエダンサーのごとく軽やかに車が流れている。しかしこういう大都会は静寂とはつねに縁遠く、雑踏か何かの音が遠くからかすかに聞こえてくる。

広い歩道で夜間にサイクリングやジョギングにいそしむ人にとっては、そのBGMのおかげで運動がつらいというより快感だと思えるだろう。そうしたアスリートたちとともに、ディエゴら四人も通りを歩いていた。男二人が群れのリーダーとして前を行き、女二人は他愛のないおしゃべりをしながらそのあとに続いたが、今しもマルガリータがハイヒールでこけそうになり、歩くペースが速すぎるとついに夫に抗議した。

「アルマン！　ちょっと考えて。私たちオリンピック出場をめざしてるわけじゃない」

夫は聞こえないふりをしてそのまま歩き続け、天気の気まぐれさについてディエゴとなごやかに話を続けようとしている。だがそれは見かけほど簡単なことではなかった。十年前に彼がディエゴに『血と琥珀』の印税としてかなりの金額の小切手を渡して以来、二人のあいだに起きた浮き沈みを考えれば当然だろう。その紙片にあったゼロの数に、ディエゴは圧倒されてしまった。本を出版できればそれで満足だったのだ。小説を書いて金持ちになれるとは思ってもみなかったが、その大成功のあとは、どんな作品を構想していたにしろ、同じような大成功が必然とされた。

デビュー作はあらゆる予想を裏切って驚異的な売り上げを記録し、ディエゴは二年近くにわたって、大昔の行商人さながらヨーロッパ中をキャンペーンのためにまわり、その後は北米でシェークスピア顔負けのみごとな翻訳の末、かの大手出版社サイモン&シュスター社で出版されて、全米の主要書店や大学を行脚《あんぎゃ》した。そのあいだ、ラウラとはほとんど顔を合わせる時間がなく、当時彼女が妊娠していたことを考えると本当にひどい仕打ちだった。ところが、出版後一年も経《た》たない慌ただしさの中、タジャーダはもう、二十世紀初頭のバルセロナの街で怪物を狩ろうとしたウリオル・ナバド警部の次なる事件を、とうるさく責め立ててきた。熱が冷めてしまう前に新しい作品を出さなきゃ、と空港に到着するごとにタジャーダは言った。出版界は恐ろしいほど移り気で、今日歓迎しても明日にはそっぽを向く。チャンスはすぐにつかまなければ。疲れきっていたが、すっかり天狗《てんぐ》になっていたのも事実で、ディエゴは言われるがままにうなずいた。自分なら何とかなると思い込んでいたのだ。ところが二年目に入ると、タジャーダの催促はいよいよ激しさを増し、それに反比例して、彼の作品への人々の関心は冷えていった。

だから、プロモーションの嵐が弱まったとたん、ディエゴはパソコンの前に座り、ナバドを次なる事件に駆り出すほかなくなった。二週間ほどストーリーの候補についてあれこれ考えた末、前世紀の初めにグラシア地区のフランシスク・ジネル通りの家で起きたポルターガイスト現象に着想を得て、ナバドが霊媒師と幽霊という超常現象に挑み、ナバド自身惚《ほ》れ惚《ぼ》れしたほどの逆転劇ですべてがインチキだったことを見破る、という物語をひねり出した。前作と比べれば話の練り方が足りないとはいえ、ナバドが出てくればどんな事件でも読者は楽しむだろうし、父親になったばかりで執筆に前ほど時間が割けないと自分に言い聞かせて、罰として黒板に書き取りをする子供のように、早く書き終えることだけを念頭に、作品に取りかかった。

『空気の中』と題したこの小説は二〇一三年の初めに発売されたが、驚いたことに前作の四分の一も売れなかった。読者は裏切られたと感じていた。サスペンス性が弱く、感動が薄いうえ、ナバドを脅し、追いつめ、最後に一対一で対決することになる敵役が力不足だというのだ。ディエゴの新作を手ぐすね引いて待っていた批評家たちもまた、前作以上にコケにした。

この予想外の成り行きにさすがのタジャーダも意表を突かれたようだが、百戦錬磨の編集者らしくすぐに仕切り直しを図り、慌てることはない、まだ手はあるとディエゴに告げた。怪物を再登場させればいいだけだ。がっかりした読者たちが読者フォーラムやブログで訴えているのは、まさにそれだ。あの悪のカリスマがまた戻ってくれば、作品はベストセラーリストの一位に返り咲き、面目躍如となり、ディエゴに投資した資金を出版社も回収し、ディエゴ自身の名誉も回復する。最初から怪物を再登場させるつもりだったんだろう？　だから『血と琥珀』のラストであいつを殺さずに逃がし、ゆくゆくはそれまで以上に危険で残酷な最強の悪役としてまた使う、そう考えてたんだよな？

ディエゴはタジャーダの推理を肯定はせず、しかし否定もせずに、まあね、いつか復《ふく》讐《しゅう》しに戻ってくるかも、とつぶやいただけだった。だが、タジャーダが何と言おうと関係ない。次の作品で警部の新たな事件なんか書くつもりは毛頭なかった。作風を一変させるのだ。批評家たちは一様にいちばん痛いところを突いてきた。彼の自尊心だ。今、ディエゴの人生の目的はただ一つ、世の中に、だがとくに自分自身に、自分はすぐれた作家であり、後世に名を残す文豪の一人だと証明することだった。『血と琥珀』は名声と富をもたらしたうえ、彼しか知らない別の目的を果たしてくれたが、世間の敬意と信頼は与えてくれなかった。実際、あれだけ売れたにもかかわらず、批評家たちに言わせれば、奇を衒《てら》いすぎた小説で、人物描写のまずさなどもろもろの弱点を突拍子もないエピソードで隠しているという。だが、本当は安っぽい仕掛けなんかに頼らなくても書けるのだ。読者を煙に巻く必要などない。そう、今こそ傑作を発表し、世間をあっと言わせてみせる。些細《ささい》な日常を描きながら、さまざまな問題を抱える人物たちを通じて人間の苦悩を浮き彫りにする、リアリズムにもとづいたミステリ小説を構想していた。古典由来の明晰《めいせき》で繊細な視点からこの世紀を活写する、難解な小説だ。

だが、そう説明してもタジャーダを納得させることはできず、相手はあらゆる手を使ってこちらを断念させようとした。懇願したり、経済的にも感情的にも脅してきたり、わめいたり、侮辱したり。激しい言い合いのさなか、ついには、世間の期待を裏切るようなことをすれば、二度と作品を発表できなくなるぞ、とまで言われた。自分の限界を受け入れ、手遅れになる前に作家としてのキャリアを立て直せ！

しかし今や次回作のことしか頭にないディエゴは聞く耳を持たず、あるいは聞こえないふりをして、いつかこう言い返してやろうと胸に台詞《せりふ》を溜《た》めておいた――《最後に笑う者が最もよく笑う》って金言があったよな？　タジャーダに無分別と見なされて、ディエゴの怒りはいっそう燃え上がり、この小説だけでなく、自分の才能にもますます自負心が強まった。

完成までに三年近くかかったが、作品の出来栄えには自信しかなく、さっそくタジャーダに送って、返事が来るのを爪を嚙《か》み嚙み待った。三、四週間後、読み終えたとやっと連絡があり、食事をしながら話をすることになった。残念ながら、タジャーダの反応は期待はずれだった。ストーリーの一部を褒め、曖昧な意見でお茶を濁し、特定のシーンや登場人物の名前について冗談を言ったが、そうしたあらゆる苦肉のごまかしから、タジャーダが少しも気に入っていないとわかった。

そんなわけで、新作『深海魚』はその年の初めにひっそりと出版された。出版社は慎重に沈黙を保ち、人を小馬鹿にしているようにさえ思えた。作品に期待しているのはディエゴ一人らしく、出版社が知らん顔をしても、これだけの作品なら世間とも批評家たちともわかり合えると信じ続けた。しかし、結局いっそう溝が深まっただけだった。発売されるや、『深海魚』は新刊書で荒れ狂う海で溺れ、出版社も批評家たちも救命具を投げてはくれなかった。むしろ批評家たちは、自惚《うぬぼ》れのかたまり、うるさい美文調、退屈、展開が遅いなどなど、いちいち覚えていられないほど酷評した。前二作は備えていたフィクションの必要条件さえ欠けている――つまり、読んでもまったく楽しめない、と。発売後九か月が経ち、注目らしい注目もされないまま、かろうじて数千部売れただけで話題にもならず、存在すらしなかったかのようだった。死産したこの作品で唯一よかったことといえば、執筆中に助言を仰いだ現役刑事、ルカモラ警部と知り合い、思いがけず親交を深めるまでになったことぐらいだ。

こうして窮地に陥ったディエゴを、タジャーダは見て見ぬふりをした。タジャーダがこうしろと言えば唯々諾々と従い、都合のいい方向へやすやすと誘導できる作家はそこらに大勢いるのだから、とっくに詰んでいるディエゴとわざわざ対立し続ける理由などない。もう電話もかけてこないし、今回の会議のあいだ挨拶すらしようとしなかった。

そんな状態だったから、明日の天気について雑談するのにさえ苦労したのは当然だ。だがディエゴは、このチャンスに次回作について話すという目的を何としても果たすつもりだった。だから話が途切れたとたん、さっそく切り出した。懸命に関心を引こうとしたものの、タジャーダはうわの空で聞き、飽き飽きした様子さえ見せ、何度かあくびをするふりをした。これではっきりした。ディエゴが何を書こうと、もう興味がないのだ。自分は作家として終わったのだ。彼のお気に入りでも、世界をかしずかせるベストセラー作家でもない。金儲けとは無縁の不吉な存在。ただし、切り札はこちらが握っている。

タジャーダは突然足を止め、ディエゴの腕をつかんだ。

「待てよ、今なんて言った？　もう一回頼む」

ディエゴはしらじらしく微笑んだ。

「何のことだ？　カモメが彼の帽子に糞《ふん》を落とした、ってところか？」

「ふざけるな！　その前だよ」

「ああ、これか？　〝大戦が終わって希望の風が欧州に吹き始めた一九一八年十二月のよく晴れた寒い午後、港の薄汚れた海面を眺めていたウリオル・ナバド警部は、〈怪物〉が今しも船の手すりに肘をつき、バルセロナの海岸線をじっと見つめて、こちらに近づきつつあるとは思いもよらなかった。そして、不吉な未来を予言するかのように、カモメが彼の帽子に糞を落とした〟」

「それだ、それだよ！」タジャーダは、恵みの雨に気づいた人のように、両手を天に掲げて叫んだ。

「何事？」ぎょっとして、マルガリータが尋ねた。

「怪物の再登場を考えていると、ディエゴが言ったんだ！」

マルガリータは天を仰いだ。「一瞬でいいから、仕事の話をやめてくれない？」

タジャーダは小声で文句を言い、ディエゴをちらりと横目で見てまた歩き始めた。「しかし、あっさり言うなよ。信じられない。ああ、ついに……」気持ちを体で表現しようとするように、両手で頭を抱える。「やっと正気になったらしいな！　説得に八年もかかってしまった。どうしてこんなにじらしたんだ?」

「べつにじらしていたわけじゃないよ」ディエゴは言い訳がましく言った。「実際、ふさわしい筋書きが見つかったら復活させると約束したはずだ」

「怪物がどうやって窯から脱出したか、君なら知ってるとわかってた」タジャーダが嬉《うれ》しそうに言った。「そりゃそうだ。君は読者を騙《だま》すような作家じゃない。ああ、すでに焼け始めてさえいたのに、どんな脱出劇を考え出したのか、早く知りたいよ」だがディエゴが何か言う前に、タジャーダは手で制した。「いや、言わないでくれ。原稿をもらったときに楽しみたい。『血と琥珀』の成功を再現しようじゃないか。ああ、ディエゴ、連中を黙らせてやろう。批評家が何を言おうと、一作目のときみたいにな。怪物は奇跡のキャラクターだよ。本当に真に迫ってる。ほかのことはすべて、読者も許してくれるさ。いや、すべてじゃなくても、たいていのことは」と言って笑う。「出版社に押し寄せた、時代考証の誤りを指摘する手紙やメールのこと、覚えてるか?」

ディエゴは顔をしかめたかったが、こらえた。覚えているに決まっている。批評家の辛辣な意見以上につらかった。できるだけ本物らしい二十世紀初頭のバルセロナにするために山のように資料を読んだ末に、いくつかデータを創作することが、そんなに重大な過ちなのか? フィクションに即して現実を多少ねじ曲げる作家は自分が最初ではないし、最後でもないだろう。細かいことにこだわる意見があんなに殺到するとは。自分としては充分だと思っていたが、世間にはさまざまな見方があり、歴史的な間違いが面白いストーリーを台無しにすると考える読者がいるのは驚きだった。そういう純粋主義者たちには、あの小説に間違いなんかない、と言ってやりたかった。単純な話、あれはここととは違う異次元の話なのだ。そこではサグラダ・ファミリアの地下納骨堂に行く階段が一つしかないし、エル・シグロ百貨店には吊り天井があるし、ウィカス・フィリポウスキーというポーランド人が、人が入れるくらい大きな窯を発明している。だが結局は成り行きまかせとなった。いろいろ不正確なところがあっても小説はバカ売れし、ひょっとしたら不正確だからこそ売れたのかもしれなかった。それなら答え合わせなど時間の無駄では？

「だが、筋を少しでいいから教えてくれ」タジャーダが言った。「どんな話なんだ？」

問題はそこだ。ディエゴは謎めいた笑みを浮かべてしばらくタジャーダをじらし、それからストーリーを披露した。最初は小出しに、だがしだいにどんどん早口になった。タジャーダは話の展開ごとに感嘆の声をあげ、うっとりとため息をついた。

一行はディアグナル通りを渡り、まもなくグエル公園にたどり着いた。入口には、ガウディ作の伝説のトカゲがしがみついていて、こちらを脅かすように口を開け、舌を見せている。角を曲がるとすぐ、バルに改装されたおとぎ話の城が見えた。目的地だった。そこからでも大音響の音楽が聞こえ、パーティはすでに最高潮だとわかった。店内に入ったとたん、まともな会話はいっさい無理だとわかったが、参加者は誰も気にしていないようだ。

ストーリーが錯綜《さくそう》して筋の一貫した物語にはなりそうにない次回作について、途中で話を切り上げられて、ディエゴとしてはむしろほっとしていた。

2 恐怖は光より速い

　店を出るとすぐ、ラウラはその晩ずっと顔に貼りつけていた笑みを消し、むっつりした。ディエゴはその表情をよく知っているだけに、不安になった。この数時間のあいだに、何か妻を怒らせるようなことをしたのだ。普段なら選択肢がいろいろあるので推察するのはそう難しくないが、今回はさっぱり見当がつかず、アルコールで頭が少しぼんやりしているせいもあって、推理ゲームにふさわしい状況ではなかった。ディエゴはため息をこらえた。家は通りをいくつか挟んだ先なので、本来ならタジャーダとのやり取りについてじっくり考える気持ちのいい散歩だってできそうなところを、妻との馬鹿げた言い争いで時間を浪費するしかなさそうだった。今この話し合いをないがしろにしたら、事態はもっと悪くなる。

「どうかしたの？」マヌエイ・ジロナ通りに入ったところで尋ねた。

「べつに」

　真意はその短い答えとは正反対だとわかったが、この質問を続けなければならないともわかっていた。妻は、平気なふりをするこの茶番めいた儀式がお気に入りなのだ。やっと本当のことを聞き出すまでに、たぶん七十回はくり返した。

「つまり、どうして私が怒っているのか、あなたにはまったくわからないってことね……」妻が独り言のようにつぶやいた。

「君のほうはやっとわかったみたいだね」リスクの高さは自覚しながら、ディエゴは場の空気をやわらげたくて、冗談めかして言った。

「本当はタジャーダと二人で話がしたかっただけなのに、私とロマンチックな散歩がしたいふりをしたことよ!」ラウラがぴしゃりと言った。

ディエゴは一瞬唖然《あぜん》としたが、すぐに言い返した。

「なんでだよ? 彼とマルガに出口で鉢合わせしたのは偶然で、僕のせいじゃない」

ディエゴはとまどったようにあたりを見まわした。通りの真ん中で騒ぎを起こすのはみっともない。だが幸いもう遅い時間だし、近辺にバルはあまりないので、喧嘩《けんか》を人に見られずに済んだ。

「馬鹿にしないで」ラウラが足を止めて、キツツキさながらディエゴの胸を人差し指で何度も突いた。「あなたにはタジャーダがこちらに来るとわかってた。ばったり出くわすように計算したのよ。だからホテルの出口であんなお芝居をしてみせたのよね? 君はきれいだ、ドレスがよく似合ってる……。うなじにキスしたのも、薄汚い計画の一部だったのよ」

「ラウラ、そんな姑息《こそく》な計画、僕ではとても思いつかなかったはず……」

「否定さえしないのね」妻は最後まで言わせなかった。「あなたのことはよくわかってる。ディエゴ・アルサ大先生には編集者にただ頭を下げることなんてできなかった。何か月もタジャーダのことを考え、新作についてどうやって話そうかとずっと考えてたのよ。普通に会えば懇願するほかない。でも、それはあなたのスタイルじゃない。たいしたことじゃないというふりをして、何気なく話す機会を探さなきゃならなかった。むしろこちらの好意で話してやってるんだ、ぐらいのスタンスで。でももちろん私にはその好意を向けようとしなかった。新作を書き始めたことも、怪物を再登場させようとしていたことも、話してくれなかった。そんな必要ないものね。私はあなたの妻にすぎない」

「だから怒ってるのか？　怪物の再登場なんて考えてもいないし、新作だって書き始めてないよ。あれはとっさの思いつきなんだ。タジャーダが興味を持つかどうか確かめたくて……」

「あなたが怪物について書こうが書くまいが関係ないのよ、ディエゴ。わかってないわね。私が怒ってるのは、あなたが何も話してくれないこと！」自分が癇癪《かんしゃく》を起こしそうだということに気づき、気を静めるために何度か深呼吸をしたあと、ラウラは最後に苦々しくこう締めくくった。「私が人生をともにしてるってこと、あなた忘れてるんじゃない？

ときどきそんな気がするわ」

彼女はそれからディエゴがついてきているかどうか気にかけもせず、さっさと歩き出した。彼が雷に打たれたとしても、気にしなかっただろう。ディエゴは何度か深呼吸して気を取り直すと、無様に速足で歩き出した。とはいえ、場をとりなす言葉も思いつかず、無言で粛々《しゅくしゅく》と妻に付き従うしかなかった。ラウラの指摘どおりだった。だからわざわざ否定する気になれなかったのだ。妻は鋭すぎるし、自分は見え見えすぎるらしい。だが、こんなことになるとは。タジャーダはほかの新作の話をしてもまるで興味を示さず、今回は即興ででっちあげるしかなかった。今やタジャーダは、さんざん手を焼かされた担当作家がやっと言いなりになって、怪物を連れ戻す準備を始めたと確信していた。バルにいた二時間以上のあいだ、酔いがまわったディエゴはBGMのドラムのリズムで頭がくらくらして、タジャーダの誤解を解きたくてもできなかった。今となっては、タジャーダはほかの作品のことなど考えてもいないだろう。あの血塗られた外科医を呼び戻さなければならない。いやだった。いや、もっと正確に言うと、怖かったのだ。

ラウラのほうをちらりと見る。怒りと失望を錬金術で混ぜ合わせた賢者のような顔で歩いている。今までどうして怪物を再登場させるのを拒んでいたか、その理由を話したら妻はどう思うだろう。タジャーダに言い訳するときにいつも使っていた、芸術家気質についての無駄口は全部嘘だ。作家は読者に忠実であるべきだとも、ひたすら成功をめざすべきだとも思わない。敬意を払うのは登場人物だけで、作家が崇拝する唯一の神は登場人物だ、などなど。こんな適当な口実ではなく、もっと不合理で恐ろしい真実を話してしまったらどうなるか。

だが話せない。あのときのことはずっと心の底に封じ込めたまま、隠し続けてきた。誰にも、妻にさえ打ち明けたことはない。話したら最後、頭がおかしいと思われて、病院送りにされるだろう。

「もうすぐ着くとビルジニアに連絡しておきます」こちらを見もせずにラウラが言った。神様への報告みたいだ。

彼女はハンドバッグから携帯電話を取り出し、ベビーシッターの番号を押すと、電話を耳に押し当てた。その時間を使って、ディエゴは考えを整理しようとした。本当に怪物のことをまた書くつもりなのか？　わからない。だがもしそうと決めたら、まずはやつが窯から脱出した方法をひねり出さなければならない。そんなことは考えようとも思わなかったのだ。トリックだとしたら、どうするか？　やがてラウラがあきらめ顔で携帯電話を耳から離した。

「出ないわ」

ラウラが携帯電話をしまうのを見て、ディエゴは存在感を示しておくことにした。

「心配ないよ。携帯を中に置いたまま、ベランダで煙草《たばこ》でも吸ってるんだろう」

「たしかに」ラウラは鼻を鳴らした。「いつか言ってやらないと。煙草のことは気づいてる、あとでシャワーを浴びて、歯を磨いて、安手の香水を瓶半分ぐらい振りかけていても。せめてベランダの灰を掃除して、浴室を売春宿みたいな臭いにするな、って」

「まあ、そうでもなければ、僕らにもわからなかっただろうけど」ディエゴは冗談めかして言ったが、妻はにこりともしなかった。

無言でそのまま進むと、二人の住むマンションが見えてきた。六〇年代末に建てられたばかでかい建物で、あまりにも住人が多いので、そこに住んで十年近く経った今もまだ全員と顔を合わせていないはずだ。もっと高級な地区に引っ越そうとずいぶん前から考えてはいるが、いまだに実行していない。ディエゴ自身、そうしたくないわけではない。パドラルベス通りのまっすぐな急坂に目をやる。丘の麓に近づくにつれて建物が優美で贅沢《ぜいたく》なものになっていくのは、社会的上昇志向の完璧なメタファーで、いつか坂の頂上にある修道院近くのお屋敷に住みたいとディエゴは夢見ていたが、そんなのはラウラに言わせれば「ただの見栄っ張り」であり、彼女はまったく興味がなかった。だから今もまだそのマンションに住み続けている。好みの改装もしたし、広くて快適な部屋だとはいえ、ベストセラー作家が住むにはかなり見劣りがした。

建物の中に入ってエレベーターに乗り込み、赤の他人同士のように目も合わせないまま居住階へ上がる。部屋に入ったとたん、ラウラはすぐさま唇に笑みを浮かべ、ディエゴも不承不承、急いで妻に倣って、ベビーシッターに夫婦喧嘩を見透かされるのを避けた。ツイッターで拡散でもされたら目も当てられない。だがそんなごまかしは必要なかった。リビングにビルジニアの姿はなかった。いつもなら、生地が傷むからやめてとラウラが何度言っても聞かずに靴を履いたままソファーに寝そべって、若者ならではの異様なスピードでスマートフォンでテキストを打っているのに。ところが、室内はおかしなくらいしんと静まり返っていた。

「ビルジニア?」ラウラは上着を脱いで椅子の背に掛けながら呼びかけた。

「ここです!」どこかからベビーシッターの少し息苦しそうな声が聞こえた。「浴室に閉じ込められてしまって」

ディエゴとラウラは顔を見合わせて口をほころばせかけたが、すぐに目を逸《そ》らした。二人は、ベビーシッターがいつも使う、リビングとキッチンのあいだの小さな浴室へ急いだ。

「大丈夫? いつから閉じ込められてたの?」ラウラが尋ねる。

「十一時ぐらいからです」

「アリは?」

「もうベッドで眠ってます。目を覚ましてはいないと思います」

ラウラは安堵のため息を漏らし、ディエゴは案の定だというように妻をちらりと見た。推察どおりだった。ビルジニアはアリを寝かしつけたあとベランダで煙草を何本か吸い、それから浴室で歯を磨き、念入りに香水を振りかける。FBIでなくてもわかる。

「ドアノブが動かなくなったみたい」ラウラはドアをちらりと見て言った。

「ドライバーを取ってくるよ」ディエゴは申し出た。「べつに難しくない……」

　妻が疑わしそうにこちらを見た。

「前回あなたが何か修理しようとしたとき、三日間ホテル暮らしをするはめになったのよね。あなたはアリアドナの様子を見に行って。ドアは私が何とかするから」

「どうぞご自由に。君は医者で、僕はただの作家だ。作家というのはほかに役に立たないから物を書いているだけだと誰もが知っている」ディエゴはぼそりと言った。

　ラウラが笑いをごまかしたのを見て、やっとトンネルの出口がちらりと見えた気がした。煙草を吸う若者と浴室のドアノブに祝福あれ、と思いながら、奥にある廊下へ向かった。その廊下は、二つの寝室とディエゴの書斎がある家族専用エリアに続く。その途中、廊下の真ん中に何かが落ちているのに気づいた。娘の玩具《おもちゃ》か、服だろうか？　廊下が暗いのではっきりしなかったが、何にしろ、娘を寝かしつけたあとビルジニアがそれを拾っていかなかったのが不思議だった。少なくとも廊下はいつも塵《ちり》一つ落ちていないのだが。

「ドライバーを持ってきたから、すぐに開けられると思うわ、ビルジニア」リビングの向こう側で響く妻の声を聞きながら、ディエゴは廊下の灯りをつけた。

　明るくなったとたん、謎の落し物が原稿だとわかり、驚いた。びりびりに破られて、アリの部屋の半開きになったドアの前で山になっているが、廊下の奥にあるディエゴの書斎まで足跡のように断片が続いている。かがんで、慎重に一つつまみ上げてみる。文字を見てすぐにそれが何の原稿かわかり、背筋がぞっとした。唯一の手書き原稿だった。やがて、何かの野生動物が爪で切り裂いたかのように、無残な切り口だということに気づいた。さらには、紙片にも、そして廊下の床にも、何か赤黒い汚れがついているのがわかった。血か？ 弾かれたように立ち上がったとき、動悸《どうき》が激しくなり、急に息苦しくなった。

「ずいぶんきつく閉まってるわね。でもたぶん大丈夫……」ラウラの愚痴がどこか別世界から聞こえてくるかのようだ。

ディエゴはアリの部屋のドアに手を伸ばし、ゆっくりと注意深く押した。まわりで時間が止まったような気がする。いや、もっと正確に言えば、自分の動きが時間より速かったのだ。娘の無事を確認したいという切羽詰まった気持ちが、のろのろ動く秒針より意識を先に動かした、あるいは恐怖が光速より速く飛んだ、そんな感じだった。ドアが開き、自分の体が部屋の暗がりに入り、指が灯りのスイッチを探すのを眺める。すでにそうした行動を済ませていて、未来のある時点からもどかしげに一部始終を見ているかのようだ。いきなり室内が明るくなるのではなく、照明器具から金色の糖蜜みたいな光が少しずつ広がって部屋に色を塗っていくように見えた。闇の中から、ベッド、本棚、小さな机がゆっくりと浮かび上がる。灯りを消したとたん部屋は存在しなくなり、今再び再構築されていく

――もしかすると人間が気づいていないだけで、本当にそうなのかもしれない。だが今、彼を満たす恐怖が、神さながら、それを目撃する特権を与えてくれた。

ついにまわりに部屋が現れ、ディエゴはアリがそこにいないことを知った。夜中にトイレにでも起きたかのように、シーツが少しくしゃっとなっている。ベッドカバーの上にも皺《しわ》くちゃの原稿と血痕があった。悲鳴をあげそうになったが、こらえた。今はまだ叫ぶときではない。廊下に出て、血まみれの原稿を避けながら大きいほうの浴室に入ってみたが、やはりアリはいなかった。シャワーカーテンをさっと開ける。いない。隣にある主寝室も同じように探したが徒労に終わり、そのあと客間を見た。アリの姿はどこにもない。アリの部屋に戻ってベッドの下を見る。いない。部屋の隅にあるクローゼットを開け、下がっている服を狂ったようにかき分ける。いない。アリが玩具をしまっているトランクに近づき、上に並んでいるぬいぐるみを一気に払い落として、蓋を開ける。フーディーニの魔術よろしく、やはりいない。部屋の真ん中で立ち尽くし、まわりを見まわしたが、アリが隠れていそうな場所はもう一つもないとわかったところで、ようやくわめき始めた。

「アリ！　アリ！」

また廊下に出て、書斎に目を向けた。調べていない部屋はあそこだけだ。あの部屋に向かって、血まみれの原稿の切れ端が続いている……。

「アリ‼」

「ディエゴ、どうしたの？」背後からラウラの声がした。

ディエゴは答えず、おぼつかない足取りで廊下を進みながら、部屋に近づくにつれ原稿や床を汚す血痕が増えていくのを見て怯《おび》えた。場所によっては、禍々しい血溜まりができている。ラウラもアリの部屋に入り、すぐに自分と同じようにパニックになって、娘の名前を大声で呼びながら飛び出してきた。書斎のドアをそっと押したとき、背後に妻がいるのを感じた。戸口から腕を伸ばして灯りのスイッチを入れる。室内を目にした瞬間、二人とも息が止まった。その場で釘付けになり、恐怖ととまどいに打たれながら、今見ているものを必死に理解しようとしていた。

部屋じゅうが血まみれだった。壁、書棚、本、椅子、天井さえ。すべてが気味の悪い赤い飛沫《しぶき》で覆われ、滴がまだ滴り落ちているところもある。そこで牛の解体でもおこなわれたかのようだった。ディエゴはそれから、パリを訪れたときに蚤《のみ》の市《いち》で手に入れた、英国風の堂々たる机に目を向け、ずっと鍵をかけてあったいちばん上の抽斗《ひきだし》が壊されているのを見た。中で何かが爆発したみたいに、木材が無残に砕けている。しかし何より恐ろしかったのは、しまってあった原稿が、机から数歩分離れた床に落ちていたことだった。まるでそれ自体が命を得て、囚《とら》われていた場所から自分で逃げ出したかのように。原稿はびりびりに裂かれて山になり、中央に巨大な窪《くぼ》みが作られていて、血まみれになっていた。その内側で育っていた何かが、すべてを破壊して産声をあげたかのように。

3　そのあと切り刻む

ラウラは小さな琥珀の中に閉じ込められ、時が止まった太古の昆虫になった気分だった。何世紀ものあいだ、呼吸さえできないその抱擁の中に逃げ込んだまま。内側から聞こえる弱々しい声が急《せ》き立《た》てる。動け、怠惰と闘え、目を開けろ、声がかすれるまで叫べ、体じゅうの水分がなくなるまで泣け、通りに出て、石ころ一つ忘れずに引っくり返し、あの子を見つけろ……。しかし今も動けず、目を閉じ、のろのろと呼吸をしている。耐えがたい現実は、まぶた越しに染み込んでくる真紅に、頭にこすりつけられるがさついた頰に、誰かの心臓の鼓動に、宝石箱のように大事に守ろうとする頼りがいのある手に、象徴されている。その抱擁の中から出てこい……でも、何のために？　誰かが私のあの子を連れ去ったという、ありえない現実を受け入れるため？　アリ、アリ、アリ。それが呪文のように頭の中で絶えず鳴り響き、気が変になりそうだ。まだ一滴の涙も流していない。わめいてもいない。それができれば、体が空っぽになるまで大声で叫べたら、ようやく頭がはっきりするかもしれない。計画を立て、外に出て、アリを捜すのだ。ああ神様、どうか私のアリを無事に返してください……。

「写真を持ってきた」ディエゴがはるか遠くに思える場所で言った。

ラウラは、肩を抱くジェラール・ルカモラ警部を乱暴に振り払い、夫を見た。目の前に立っている夫。痩せていて、背はそう高くはなく、三、四日分の無精髭《ひげ》が生えており、髪はぼさぼさだ。『血と琥珀』を出版してから、無精な天才作家をそうやって念入りに演出している。いつものように生気のない、何を考えているのかわからない目でこちらを見ている。こんな悲劇に見舞われたときに妻を抱くのは、たとえ家族ぐるみで親しくしているとはいえ刑事ではなく、自分だ、そう思っているのだろう。抱くという行為は、言葉で伝えられないことを伝えるためのものじゃないのかと。でももちろん夫はここでそんなことは言わない。傷がだいぶ癒えてから、言葉に皮肉をまぶしたうえで、ふいに持ち出すのがせいぜいだ。あのとき君はまたずいぶん長々と、本来肩を抱くべきじゃない男に肩を抱かせてたね？　気候変動で世界が荒廃したあかつきに、初めてそんなふうに言うだろう。

「みんなで映画に行ったときに撮った写真よね」夫が写真を差し出すのを見ながら、感情のこもらない声で言った。

そこに写っているアリアドナは煉瓦《れんが》色のTシャツを着て、顔にかかった茶色の長い髪を不快そうに手で払っている。物思わしげな皮肉っぽい笑みは父親譲りだが、親族の中でもごく少数だけが持つ琥珀色の大きな目はラウラから受け継いでいる。写真の中のその瞳はきらきら輝いている。写真を眺めるうちに、ラウラはそこに自分が入り込んでいるような気がしてきた。過去へ続く坂道を走って、カメラがとらえたその一瞬へ飛び込む。娘を抱きしめることさえできそうだった。雀《すずめ》みたいに華奢な体の記憶があまりに強烈で、身震いした。

ディエゴの声で空想が砕けた。

「いちばん最近の写真だと思う」ソファーから立ち上がったルカモラにそう説明する。「たぶん八月だ……」

ラウラは唾を呑《の》み込《こ》んで、写真に留《とど》まっている過去から苦労して這《は》い出《だ》し、現実に戻らなければならなかった。時の川を一か月分泳いだ先にある、娘が誘拐されたその夜へ。

「でもその日撮ったもっといい写真があるわ」赤の他人の目でその写真を眺めようとしてみてから、言った。「これでは髪をさわってるから、正面を向いてない。ほら、顔を少し右に傾けてる」

「まあ、でもほんの少しだ」ディエゴが反論した。「これのほうが普段のアリの様子がよくわかる。髪を払うしぐさが君にとてもよく似てる」

「でも、顔がよく見えないじゃない！」ラウラはこだわった。ヒステリー気味の声だとわかる。「これじゃ、あの子だとみんなにわかってもらえない。手で額が隠れてるし……」

「ラウラ」

ルカモラの声は祈りのように聞こえた。ラウラはすぐに口をつぐみ、彼を見た。リビングの中央に立つ彼は、まわりにある何よりも大きく見え、安心感を醸していた。初めて知り合ったときから、この大男にはどんな邪悪も近寄れず、その力強い腕の中にいれば、地震が起きようとハリケーンが来ようと絶対に大丈夫だと思えた。五十代のルカモラは背が高く大柄で、アスリートの筋肉はついていなくても生来の強さがあった。顔が大きく、粗野な造りのうえいつも仏頂面で、乱れた髪は年を経て今や銀色に変わっている。少年時代の冗談のオチが今やっとわかったかのように皮肉っぽく歪めた口に、いつもはくわえている煙草はないが、彼なりに気を使ってくれているのだろう。本来なら、今ほど煙草が吸いたいと思う瞬間はないだろうに。皺だらけのシャツの上に薄い革のジャンパーを羽織っているが、もちろん意識して組み合わせたわけではない。おしゃれかどうかは運まかせ、という人にはそれが普通だ。

「この写真で大丈夫だろう」彼がラウラの手からそっと写真を引き抜いて言った。「少なくとも今のところは。必要になったらほかの写真を探す時間はある。今はこいつをリエラに渡して、一刻も早く全署に手配することが大事だ」

ルカモラが合図をすると、そのリエラがたちまち横に現れた。とても若く見えたので、ラウラは驚いた。未成年ではと思ったが、天使のようなブロンドの巻き毛や赤らんだ頰、やけに明るい笑顔のせいでそう見えるだけだとすぐに気づいた。目のまわりの皺やこめかみの若白髪からすると、三十代には入っているだろう。

そのときラウラはようやく、ルカモラは電話の呼び出しに応じてくれただけでなく、自分のチームや鑑識も五、六人、引き連れてきたのだと気づいた。白いつなぎに身を包んだ鑑識の面々は、子宮に撒《ま》かれた精子さながらたちまち各部屋に散らばった。現在リビングにも二名ほどいて、浴室や玄関のドアノブ、その他さまざまなものを小型の羽根帚《ぼうき》のようなもので撫でている。今この瞬間、非の打ちどころのない服装の男が携帯電話でしゃべりながらしなやかな足取りでリビングに入ってきて、まわりに目も向けずに私室エリアに向かった。彼が途中ですれ違った別の鑑識官は、何かが封印されたビニール袋を持っている。一瞬、中身が内臓を抜かれた雌鶏《めんどり》に見えて頭が混乱したが、すぐにディエゴの書斎で見つかった血まみれの原稿の一部だとわかった。とはいえ、じつはそれは血ではなく、赤インクなのだ。さっき誰かがそう言っていたのをラウラも覚えていた。

この人たちはみんな、私がジェラールの腕に抱かれているあいだ、ずっとここにいたのだろうか？　たぶんそうだろう。ラウラがまわりも気にせず警部の腕の中で現実逃避するあいだ、彼らは黙々と職務をまっとうしていたのだ。アリが家にいないとわかるとすぐ、ラウラはルカモラに直接電話をした。「ジェラール、あの子が連れていかれた。アリが誘拐されたの！」電話に出た警部にそうわめくあいだも、恐怖の底なし沼にずぶずぶと沈んでいくような気がした。でも二十分後には、無敵の大男ルカモラが部屋に現れて、引き連れてきた部隊にてきぱきと指示を出した。血相を変えた夫婦を見ると、心配いらないと安心させ、そのあとアリの最近の写真を探してきてくれとディエゴに告げた。「ああ、ジェラール」へたり込んだラウラの目を警部はまっすぐに見て言った。「必ず見つけるよ、ラウラ」ラウラはそれだけで彼を信じたのだ。見えない未来を見透かした事実なのだと思えた。だからジェラールの腕に身をゆだねずにいられなかったのだ。

「数分もすれば、アリの顔を知らない警官は一人もいなくなり、街の隅々まで捜査の手が伸びるはずだ」彼は今そうしてラウラを落ち着かせようとしている。

ラウラとしても冷静になり、パニックを抑えなければならなかった。今ここでヒステリーを起こしても何の役にも立たない。沈着さを保ち、いつもの自分でいなければ。

「近所の聞き込みはどうなってる、リエラ？」ルカモラが天使に似た部下に尋ねた。

リエラによれば、この巨大マンションを五人で虱潰《しらみつぶ》しにしているが、まだ何も情報はないという。何か見たり聞いたりした者は一人もいないし、正面にあるやはり大型のマンションにも二人捜査員を送ったが、今のところ結果は思わしくなかった。

「こういう大型の住居では、隣人同士、顔も知らないということがほとんどなんです」部下は言った。「ですから、部外者が誰にも知られずに中に潜り込んだとしても不思議ではない。残念ながら、目ぼしい情報はあがってこないかも……」

「バルはどうなんだ？」警部が遮った。建物の玄関のちょうど正面にあたる、通りの角にあるカフェのことだ。

「事件が起きた時間にはすでに閉店していました。それは確認済みです」リエラはすぐに対応した。「農家風のカフェで、閉店時間は……」

「いつ閉店かなんてどうでもいい！」ルカモラが怒鳴りつけた。「店主を見つけて、叩《たた》き起《お》こせ。今日店に出ていた人間も全員だ。なんならベッドから引きずり出せ。今日の午後、何でもいいから変わったことはなかったか知りたい。飲み物一杯でずっと粘っていた客、通りを必要以上に観察していた客……何でもいい。わかったか？　監視カメラは？」

「二ブロックごとに交通監視カメラがあります」びくびくしながらリエラは答えた。「この通りにATMが一つあり、個人の監視カメラも二台設置されています。映像の提供はすでにお願いしてあります」

「ルジャスには声をかけたのか？　彼女にすべての情報を精査してもらいたい」

「はい。署のほうに向かってもらってます」

「よし」警部は満足げに手を揉《も》み合《あ》わせた。「ミレイア・ルジャスは警察内で最も優秀な情報捜査官なんだ。どんなに細かいことも見逃さない」二人を安心させようとするように言った。「この数時間のあいだにカメラがとらえたあらゆるナンバープレートを警察記録とたちどころに照合して……」

「班長……」

「それに、ほかにも疑わしい点を全部洗い出す――レンタカーとか、色付きガラスのウィンドーだとか……」

「すみません、班長……」

ルカモラはかっとなってリエラ刑事のほうを見た。

「いつまでぐずぐずしてるんだ？」いらいらした様子で相手を見る。「何がおかしい？」

「何もおかしくありません、班長」一日に何度も同じ質問をされるので、そう訊かれても驚きもせずに答えた。「こういう顔なんです。ご依頼のこの一帯の小児性愛者のリストが今到着しましたが、どうしたらいいかうかがいたくて」

「オラーヤに渡せと言っただろう！」

「でも、オラーヤ警部補はベビーシッターを家に送りに行きました」

「あいつはどうしていつもそうやって思いつきで行動するんだ？」

リエラも答えに窮している。

「ああ、もういい」警部はもどかしげにつぶやいた。「俺があいつと話す。おまえはとっとと署に戻って、写真を警察本部に送れ！」

リエラは立ち去り、警部は心配そうな顔でラウラのほうに向き直った。ラウラはすぐに、彼は〝小児性愛者〟という言葉を彼女に聞かせるまいとして大声を出しただけだと察した。それは幼い子供を持つ親にとっては何より恐ろしい単語だから、心配してくれたらしい。

平気だということを示すためににっこりしてみせたものの、正面の壁にある鏡に映る自分の顔はひどく歪んでいた。壁や家具、ルカモラ、ディエゴその他、まわりのものすべてがすごい勢いで遠ざかり始めた。時空がくるくると巻き取られていき、自分はその隙間を滑り落ちていくような感じ。小児性愛者、小児性愛者。

「ラウラ……」ルカモラの声が命綱のように降ってきて、それにしがみつく。「よく聞いてくれ。君の協力が必要だ。君もだ、ディエゴ。すばやく冷静に頭を働かせてほしい。これはとても重要なことなんだ。誘拐事件では最初の数時間が肝心で、時間が経つにつれこちらに不利になる。だがあきらめるのはまだ早い。ラウラ、こっちを見て」ラウラは素直に従った。「玄関の鍵はこじ開けられていなかった。ここの鍵を持っているのは誰かな」

「ここの鍵を持っているのは誰か？」ラウラはくり返した。そうして初めて質問の意味がわかったような気がした。「ええと……アニータが持ってる。ここの掃除を頼んでいる家政婦のアニータ・ディアス」

「ほかは？」ルカモラはぼろぼろの手帳を取り出し、メモしていく。

「いないと思う……いいえ、友人のアレナ・ルセイも持ってるわ。私たち、数週間前にタラゴナにいる両親を訪ねたの。アニータが体調を崩して、植木の水やりをアレナがしてくれることになって。それでスペアキーを渡した」

「返してもらってないのか？」

「そうね……今初めて思い出した。返してもらってないわ……」肩をすくめる。「私たち、そのどちらとも仲良くやってると思う」

ルカモラが二人の住所と電話番号を訊いてきたとき、ラウラは困惑の表情で見返した。

「話をするだけだ」ルカモラは急いでとりなした。「ところで、あのベビーシッターはどれくらいここで働いてるんだ？」

「ビルジニア？　だいたい四年かしら……彼女が十五歳のときから」

「ほかにも鍵のスペアはある？」

ラウラは首を横に振った。鍵は全部で四個しかない。持っているのはディエゴ、自分、三つめは非常用で、今はアレナの手元にある。それにアニータ。彼女たちを疑うなんて時間の無駄だ。アニータとの付き合いはもう八年になるし、心から信頼している。ビルジニアは大好きな同僚の娘だし、アレナは……この私の友だちだ。知り合ってまだ二年だが、誰かに紹介されて仲良くしているわけでもない。

ルカモラは辛抱強く、彼女たちを疑っているのではなく、誰が鍵を手に入れられたのか調べるのが目的だと説明した。アニータにもアレナにも家族や友人がいる。可能性の範囲は広く、郵便配達員や配管工だって含まれるかもしれない……。

ラウラはうなずき、ルカモラは夫のほうに向き直った。

「ディエゴ、あの原稿を抽斗から出し、破り、赤インクで汚したがるような人間に心当たりはないか？」

ディエゴは首を横に振った。

「まったくないな……ただ物を壊したかっただけじゃないのか？」

警部は少し考えを巡らせたが、やがて舌を鳴らした。

「それはおかしい。ほかのものには手がつけられてないんだから。むしろ、誘拐犯が君に何かメッセージを送っているように見える。赤インク、書斎からアリの部屋へ続く、廊下にできた道筋……まるで何かの舞台装置のようだ。よく考えてくれ、ディエゴ。とても大事なことだ。どんな意味があると思う？」

「さっきも言っただろう」ディエゴはむっとして言い張った。「わからないよ。破られたのは何の価値もない古い原稿だ」

ラウラは夫をじっと見た。今の憤然とした口調はよく知っている。これでわかった。夫は何か隠している。今のは嘘だ。

「何の原稿なの？」

「え？」

「破られたのは何の原稿なの？」語気を強めて改めて尋ねる。

「『血と琥珀』の草稿だよ」夫はしぶしぶ答えた。

「嘘でしょう……」ラウラは目を見開いた。

「ラウラ、やめろ」夫に遮られた。「そ、そういうことは考えるな」

「どういうことだ？」ルカモラが二人の顔を交互に見て尋ねた。

「ああ、お願い、やめて……」ラウラは口を両手で押さえた。もし今その手を下ろしたら、悲鳴が漏れるだろう。狂ったようにわめき、喉から血が出るまでやめないだろう。

近づいてきたディエゴに手首をつかまれた。

「ラウラ、こっちを見るんだ……よく聞け。何の関係もないよ、わかるね？　ただの偶然だ」

「偶然って、何のことだ？」ルカモラが尋ねる。「いったい何の話だ？」

「あ、あの原稿だって、どうしてもっと早く言ってくれなかったの？」ラウラは消え入りそうな声で囁《ささや》いた。

「何の意味もないことだからだよ！　あんなもの、当時は誰も見向きもしなかった。題名だって『血と琥珀』ではなく『死の瞳』だ。破り捨てた犯人は、何の原稿かさえわかっていなかったはずだ」

「じゃあ、どうしてわざわざ破いたの？」

「知るもんか！　鍵がかかっている抽斗を見つけて、金目のものが入ってると思ったんじゃないか？　そしたら古い原稿しかなかったから、面白がってめちゃくちゃにした」

ラウラは夫の手を乱暴に振り払った。

「血まみれの『血と琥珀』の原稿が散らばり、娘が誘拐された……。何の関係もないなんて、本気なの？」

「関係ないと言ったらない」ディエゴは言い張った。「関係ないんだ」

「そこまでだ！」警部が痺《しび》れを切らした。「どういうことか今すぐ話してくれ」

「ディエゴの最初の小説がどういう話か知らないの？」ラウラが尋ねた。

「あまりよく覚えてない。われわれが知り合ったのは、そのあとだから」

「頭のおかしいやつが女の子を誘拐する話よ！」ラウラの目には怒りが燃え、唇が震えていた。「そいつは誘拐の現場に必ず黒い封筒を置いていく。そこには、娘を取り返すために父親が取り組まなきゃならない課題が書かれているの。もし失敗すれば、怪物は娘を拷問して、そのあと切り刻む……」

「何だって？」

「警部！」

三人は戸口のほうに顔を向けた。白いつなぎを着た鑑識部隊のリーダーがいた。

「どうした、バルトラン？」

「ちょっと来てもらえませんか？　娘さんの部屋で、誘拐と関係がありそうなものを見つけたので」

三人はバルトランに続いてアリの部屋に向かった。そこには鑑識官がもう二人いた。バルトランは壁にかかったコルクボードに近づいた。写真や映画の入場券、ネックレスなど、さまざまな思い出の品が所狭しと並んでいた。アリアドナのまだ短い人生の道しるべ。そして、『アナと雪の女王』のチラシと『インサイド・ヘッド』に登場するビンボンのブロマイドのあいだに、いかにも不吉な黒い封筒が貼りつけてあった。

ラウラは恐怖で顔を歪めながら壁にもたれ、そのままずるずるとへたり込んだ。ディエゴは何とかこらえて立っていたが、封筒を目にしたとたん真っ青になった。バルトランが慎重にそれをボードからはずす。

「宛名も差出人の名前もありません」と告げた。

しかしディエゴもラウラもそんなものは期待していなかった。ルカモラは薄手のゴム手袋をつけ、バルトランから封筒を慎重に受け取ると、やはり慎重に開け、両面に手書きの飾り文字がしたためられた四つ切の用紙を取り出した。両親を暗い目で見ると、読み始めた。

高名なる看守殿

まず何より、こんな形で貴殿の原稿から脱出したことをお許し願いたい。脱出に際し、君の美麗な原稿をひどく汚したばかりか、ずたずたにしてしまい、心からお詫《わ》びしたい。

こんなことになったのは不本意だし、そもそもこんな素っ頓狂なことが可能だとは夢にも思わなかったのだ。だが、復讐心というのは分けても強烈なもので、おかげで十年経った今、君に閉じ込められた監獄からついに脱け出すことに成功した。こうして自由の身になり、あとはわが傑作を完成させるのみだ。

さあ、今度も私を止められるかな、ディエゴ？　結果はすぐにわかるだろう――なぜなら〈挑戦ゲーム〉が今、幕を開けるからだ！　ルールはもうおわかりだろう。娘さんを無事取り戻したいなら、君は三つの課題をパスしなければならず、この手紙に最初の一つが提示されている。だがまずは、必要に応じてルールに少々手を入れたことをお知らせしておきたい。一九一三年から世の中は大きく変わった。劇場で課題に挑戦するのは、今ではインターネットという無限の収容力を誇る世界的舞台が存在することを考えれば、あまり意味がない。だから唯一、舞台のみ変更したい。君には課題への各挑戦をインターネットで生中継してもらう。もちろん編集は許されないし、君が課題をやり遂げたかどうか私が確認するのに際し、いっさい疑わしい点がないようにしなければならない。たとえわずかでも何かトリックがあることに私が気づいたり、挑戦が終わる前に中継が切断されたりしたら、ゲームはそこで終了し、君が失敗したせいで娘がどんな恐怖を味わったかを知らせる証拠を送ろう。だからおたがい紳士らしく振る舞うことだ。

この点をはっきりさせたところで、最初の課題に進もう。日時は九月二十七日正午、全世界に向けて生中継すること。で、課題は何か？　すでに君はやきもきしているだろう。君の小説の猿真似（さるまね）はしたくなかったから、ずいぶん知恵を絞らなければならなかった。もったいぶるつもりもないので、今すぐお知らせしよう。君は、最低でも三十五キロ以上ある大型犬の糞をたいらげなければならない。私の想像力のなさに君はうんざりし、がっかりさえしているかもしれない。君のアイデアの幅広さはみごとで、おかげで選択肢が限られてしまったのは否めない。だが、今後はもっとあっと言わせるようなことを考えたい。少しでも食が進むように、お望みならワインをグラス一杯だけ添えることを許可しよう。だが、譲歩はそこまでだ。もし君が課題にパスできなければ、その日の夜、アリアドナには、死ぬ前にあまり嬉しくないおやつを提供しなければならない。「最後の晩餐《ばんさん》」にはあんまりだと思わないか？

今のところ、ここまでだ。今後どうなっていくかは、君も知ってのとおりだ。課題に合格したら、翌日警察に二番目の課題を指示する次の手紙が届く。第二の課題がおこなわれるのはその三日後になるだろう。すべての課題をやり遂げれば、君は娘を取り戻すことができる。だが、できなければ……どうなるか、私が言う必要はないだろう。小説の中で条件を定めたのは君だ。

たしかに、小説では課題に合格して娘を救えた父親は一人もいなかったが、それでしょげる必要はない。連中は娘への愛情が足りなかったんだ。君が娘さんをとても愛していることはわかっている。課題当日、君がそれを世界に証明するわけだ。

敬具
怪物より

警部が手紙を読むあいだ、墓場のような静寂があたりを包み込んでいた。ラウラはディエゴを見た。しかし夫はルカモラが読んだ手紙の内容を何一つ聞いていなかったかのようにぼんやりとあらぬ方を眺めている。ラウラはもう耐えられなかった。喉の堤防にひびが入り、それまで閉じ込めてきた悲鳴がみるみるせり上がって、外にあふれ出した。世界をガラスのコップのように粉々にする、獣さながらの甲高い叫び声だった。

4　膝砕き

三時間後、ラウラはまだ悲鳴をあげ続けていた。目覚めたとき、ディエゴはそう思ったのだ。自分を揺さぶり起こしたのは、妻の叫び声ではなかったのか？　起きぬけの朦朧《もうろう》とした頭では、はっきりしなかった。すでに叫び声はやんでいたからだ。通りの騒音が眠りに侵入し、脳みそがラウラの悲鳴に勝手に変換したのかもしれない。寝ぼけ眼で小卓の時計を確認すると、六時半だった。ラウラと一緒に、疲れきってカバーも剝がずにベッドに倒れ込んでから、二時間ほどしか眠っていない。だが妻はすでに横にいなかった。処方してもらった鎮静剤が、少なくとも自分ほどは効かなかったようだ。キッチンかリビングで座り、娘が誘拐されたこと、そして、人生の先行きが突然見えなくなってしまったことを、理解しようとしているのかもしれない。

妻のそばに行こうと思ったが、起き上がれなかった。四本の太い革ベルトがそれを阻んでいた。腕が体の横に押しつけられた状態で、一本は胸を、一本はウエストを締めつけ、ほかの二本は腿と足首を固定している。ベッドに横たわったまままったく動けないことに気づき、背筋をナイフでそっと撫でられたような戦慄が体を走った。抗《あらが》ってみたものの、ベルトがさらに体に食い込んだだけだった。

ラウラを呼ぼうとして息を吸い込んだところで、不気味な笑い声がそれを押し留めた。あがくのをやめ、動きを止める。息さえ止めて耳を凝らす一方、恐怖が体の奥からあふれ、騒がしい蜘蛛《くも》の群れのごとくぞわぞわと全身に広がった。部屋に誰かいる。たしかに笑い声を聞いた。だがどこに？　可能なかぎり首を動かして、閉じきっていないブラインド越しに灰色の光がうっすらと入る室内を見まわす。そのとき臭いに気づいた。腐肉を思わせる強烈な悪臭が鼻孔を突く。依然として闇に閉ざされた部屋のどこかの隅から漂ってくる。心臓がばくばくするのを感じながら、そちらに目を凝らした。目が暗さに慣れるにつれ、姿が見え始めた。子供が泥人形を少しずつ形作っていくかのように。その作業が終わったとき、闇から人影が現れ、おなじみのあの姿が光の中に浮かび上がった。

怪物はいつものように、ほぼ全身が隠れる古めかしい手術着を着ていた。白衣だが薄汚れ黄ばんでさえいて、あちこちに血飛沫の跡が見える。背中が見えたとき、中ほどにある紐《ひも》が蝶結《ちょうむす》びにされているのがわかった。姿はぼんやりしているものの、針のようにひょろっと背が高いのがわかる。口と鼻のほとんどをマスクで覆い、四角いキャップを深くかぶっているので、顔の中で見えるのは、小さな耳のほかは、底なし沼のような黒い目だけで、熱を帯びた禍々しい光を放ち、正気を失って久しいことがはっきりわかる。

近づいてきた怪物はベッドの足元で足を止め、肉屋と病院の匂いがまざったような甘い腐臭をあたりに撒き散らした。右手には大きくふくらんだ革製の医者鞄《かばん》を持っていて、怪物の動きに合わせてそれが弾むたびに不吉な金属音が響いて、静寂を切り裂いた。左手は血まみれで、ディエゴに見せつけるかのように前掛けでそれをさっと拭ったとたん、黄ばんだ生地に赤い筋が走った。たちまち滴が垂れ始め、ディエゴは催眠術にでもかかったみたいに、そこに散っていた乾いた血痕を、震える赤い筋が星座のごとくつないでいくのを食い入るように眺めていた。

「やあ、ディエゴ」怪物が、猫を思わせる甘ったるい甲高い声で挨拶した。「遅れて申し訳ない。ご存じのように、私は時間厳守が信条だ。お気に入りの患者が相手とあればとくに。お察しのとおり、今度ばかりは警官がいなくなるのを待たなければならなかった。だが、大事なのはこうして私がまたここにいることだ。気分はどうだね?」

ディエゴは目をかっと剝《む》き、顔を恐怖で歪めて、怪物を見ただけだった。

「おやおや」怪物は保護者ぶって舌を鳴らした。「今日はおたがい口数が少ないようだ。まあ、適切な処置をすれば、解決できないことなどない」怪物は鞄をベッドの上に置き、仰々しい留め金を器用にはずした。「どうしたら緊張が解けるか確かめよう」

コレクションを披露するかのように、もったいぶって鞄から外科用器具を一つひとつ取り出し、シーツの上に並べ始めた。それを眺めるディエゴは恐怖に震えながらも、今にもつるりと滑りそうな正気の縁に必死にしがみついて、パニックの深淵《しんえん》に落ちるまいとした。

「どの器具を選ぶか、まだ決めかねているんだ」怪物は、手袋をはめた指で禍々しいノコギリやらハサミやらメスやらを撫でながら言った。「私の帰還をせいぜいお祝いしようじゃないか。ずいぶん久しぶりだからな。私のせいではないのだがね。それにこれはいつもの訪問とは少し違う」そう言って、部屋の隅を示す。「今日は特別な観客がいるんだ」

そちらに目をやったディエゴは、息が止まりそうになった。椅子に座り、自分のそれと似た太くて強靭《きょうじん》そうな革ベルトで拘束されたアリがそこにいた。革の蛹《さなぎ》に包まれ、そこから覗《のぞ》く愛《いと》しい顔は苦痛に歪み、青ざめている。

「アリ！」ディエゴは呻《うめ》いた。

「パパ……」できるかぎり体をよじって、娘がつぶやいた。

「怖がらなくて大丈夫だよ」どうにかなだめようとする。「何とかなるから」

怪物は感心するように声をあげた。

「ああ、父娘の愛か！　じつに感動的だ！」怪物は器具を確認しながら、うわの空で言った。そして一つを手に取った。「よし決まったぞ。この美しさをご覧あれ！」怪物がうっとりと言った。掲げた器具は、三十センチほどのドリルの穂先のようなものにクランクハンドルが突き出した柄がくっついていた。「〈膝砕き〉と呼ばれる器具なんだ」

楽しそうに口笛を吹きながらそれをまたベッドに置き、手品師のような手さばきで鞄から木材の小片を取り出すと、ディエゴの左膝とマットレスのあいだに挟んだ。膝は何かの捧《ささ》げもののように軽く曲がって持ち上がった。ディエゴは恐怖で息を荒くしながら、ただ見つめた。何か言いたかったが、口がからからに乾いて舌が張りついてしまっている。怪物は手袋をはめた長い指で膝をやさしく撫で、的確に砕くここぞという場所を探している。いざ見つけると、器具を手に取ってドリルの鋭い先端をそこにあてがった。

「かなり痛むはずだ」もう一方の手でハンドルをつかみながら言う。「だが、痛みとは昔から仲良しだろう？」

「パパ、パパ！」

アリが泣き出した。ディエゴにも、娘が怖がってすすり泣く声が聞こえた。怪物が膝に穴をあけるのを何とかやめさせる方法を冷静に考えようとする。そんなことをされればきっと気を失い、そのあとやつが娘に何をするかわからなかった。

「頼む、待ってくれ！」時間稼ぎのためにわめき、無駄と知りながら拘束を解こうとあがく。気が動転しかけていた。「痛いことはしないでくれ！」

「落ち着け、ディエゴ」怪物が顔をしかめる。「選択肢を与えてやろう」

「選択肢？」

「そうだ。何のために娘をここに連れてきたと思う？」怪物は言った。「わかるはずだ。おまえか娘か、だよ」

「何だって？」

「膝を砕くのは、おまえか娘か？」

「ママ！　ママ！」アリがわめき出した。

父親は頼りにならないと悟り、母親を呼ぶことにしたらしい。情けなかったが、結局ディエゴ自身もラウラの名前を呼び始めた。

「ラウラ、ラウラ！　助けてくれ！」戸口のほうに顔を向け、娘にも増して大きな声で狂ったように叫ぶ。

「ああ、ディエゴ……」怪物はあからさまにがっかりしてみせた。「妻が舞台袖で出番を待っているとでも思うのか？　まさか。ラウラが助けに来ることはない。彼女はいつも私の計画にとって余計な存在だった。そもそもこの血、誰のものだと思う？」

ディエゴの顔の血の気が引いた。目覚めたきっかけだったあの悲鳴は妻の恐怖の声だったのだと悟り、全身が総毛立った。

「この野郎、殺してやる！」ベルトの下で怒りに身悶《みもだ》えする。「絶対に生かしておかない！」

「ママアアアア！」

怪物が不快そうに首を振った。

「おまえに私は殺せないよ、ディエゴ。自分でもわかっているはずだ。だから落ち着いて、意識を集中させろ。まず左の膝から砕こうと思う。止めたいときはどうすればいいか、わかっているな。娘の名前を大声で叫べば、苦しみはやむ。簡単なことだ」怪物は器具の先端を固定し、首を傾《かし》げてディエゴを見た。「さあどうする？　始めるか、それとも娘を身代わりにするか？　ヒーローになる必要はない。一度だってヒーローだったためしはないんだ」

「だめだ、頼む！」

「わかったよ。好きにすればいい」怪物は言い、肩をすくめた。

そして、ハンドルを回し始めた。たちまち膝を強烈な痛みが貫き、頭から爪先へ高圧電流が走って、体が海老反りになった。ドリルの先端がじわじわと穴をあけていく。ディエゴは娘の名前を口にするまいと、歯を食いしばった。だが、ゆっくりと根気よく組織をむさぼる蛆《うじ》のように、ドリルは肉に埋まっていく。ふいに痛みが爆発し熱い溶岩があふれて、脳みそが燃え出した。こらえきれずに悲鳴をあげる。失神寸前に、怪物の声が聞こえた。

「止めてほしいか？　それなら娘の名前を呼べ！」

ディエゴは改めてぐっと歯を食いしばった。そんなつもりはないのに、ふいに脳裏に娘の名前が現れ、頭上に迫る暗闇の中でネオンサインよろしく光り輝いた。アリ、アリ、アリ……。そう口にしさえすれば、痛みは消える。

「名前を呼べ、ディエゴ！」怪物がハンドルをもう一回ししながらくり返した。「そうす

れば やめる」

再びひざにずぶりとドリルが埋まる。激痛の波が押し寄せ、理性に強引に押し入って、わずかな正気のかけらさえ押し流した。残ったのはたった一つの単語だけ。アリ。頭がぼんやりして、それがどういう意味か思い出すことさえできなかった。アリ、アリ。その一言で苦しみから解放されることだけはわかった。またもや痛みの閃光《せんこう》が体に走り、核爆発もかくやというその強烈さは、肉が骨からこそげ落ちるかと思うほどだった。だが、すべてを終わらせることができる呪文を自分は知っている。

「アリ！　アリ！　アリ！」

汗びっしょりで目覚め、シーツのあいだで寝返りを打つ。娘の名前を口にした汚辱で身悶えしていた。娘を裏切ってしまったのだ。痛みから逃げたくて娘の名前を叫んだ。その痛みが真紅のカラスと化して娘の小さな体に舞い降りるとわかっていながら。激しい後悔が体の内側を蝕《むしば》む。たとえ夢の中だろうと、娘を裏切ったことは事実だ。潜在意識が支配する曖昧な場所だとはいえ、そこも自分の精神の一部なのだ。不安と鬱憤が呻き声となって漏れた。くそ、夢の中でさえできなかったのに、現実世界でどうやってアリが救える？

廊下を走ってくる足音が聞こえ、ラウラがいきなり寝室のドアを開けた。

「どうしたの？　大丈夫？」不安そうに尋ねてきた。

一瞬混乱し、生きている妻を見てぎょっとした。

「ええと……」乱れた呼吸を整えようとする。「大丈夫、ちょっと悪い夢を見てたんだ」

「悪い夢?」妻が口調をやわらげて問い返してきた。「アリの名前を叫んでたから……」

「そうか?」ディエゴは顔をこすって言い訳を考えた。「家の中でアリを捜しまわったのに、見つからなかったのかな……よく覚えてない」ラウラが訝しげにこちらを見ているのが気になって、急いで話題を変えた。「少しは眠れた?」

「いいえ、全然。天井を眺めるのに飽きて、キッチンに行ってコーヒーを淹《い》れたの」そう言って肩をすくめた。「シャワーを浴びようと思ってたところ。ジェラールとの約束の時間まで二時間しかないから」

ディエゴはまだ呆然《ぼうぜん》としながら、起き上がった。

「君がシャワーを浴びているあいだに、昨日ジェラールに頼まれたリストを作るよ。怪物が小説の中で父親たちに出した課題について」

ラウラはうなずき、二人は無言でしばらく見つめ合った。すべてをなくし、残っているのはおたがいだけだと認めようとする遭難者のように。それから妻は近づいてきて、彼の体に腕をまわした。ディエゴもすぐに応える。ずっとそれを待っていたような気がした。力いっぱい抱きしめ、全力で君を守ると伝えようとする。

「二人でアリを連れ戻そう」ディエゴは妻の耳元で囁いた。

とたんに〝二人で〟と告げたことを後悔した。娘の救出は自分一人の責任ではない、怪物に課題を押しつけられたことが気に入らない、と無意識に言おうとしたのか？　ラウラは体を離し、こちらをじっと見た。

「シャワーを浴びてくるわ」やがてそう言い、浴室へ向かった。

そして戸口で振り返り、つかのま迷ったあと尋ねた。

「夢のこと、本当にそれ以上覚えてないの？」

ディエゴはゆっくりと首を振った。

「うん……」

ラウラは無言でこちらを見ていたが、うなずいた。

「そうね、あなたって、夢を覚えていたためしがない」

それから暗青色のタイルを貼った浴室に入っていく妻のうなじを、華奢な背中を、ディエゴは見送った。生贄《いけにえ》となる祭壇へ向かう乙女のように、妻は扉の向こうに姿を消した。

『血と琥珀』
第一章　九ページ
壁の暗青色のタイルが、その部屋に禍々しい死の気配を醸していた。窓はなく、天井から下がるたった一つのランプが部屋の中央で揺れ、見るからに座り心地の悪そうな椅子と揃《そろ》いの机の上に弱々しい光を撒き散らしている。今、その机にはウィスキーの瓶とグラスが一つ、それに安全装置のない九ミリ口径カンポ・ヒロが置かれている。一九一三年当時としては、最新型のピストルだ。

ララバサーダ・カジノの客なら、店の地下のどこかに〈自殺者の部屋〉と呼ばれる秘密の部屋があるという噂《うわさ》を耳にしたことがあった。なんでも、ゲームで思いがけず破産し、世間に恥をさらすぐらいならみずから命を絶ったほうがましだと考える客のために、店側が用意したのだという。室内には掃除しやすいよう不吉な暗青色のタイルが敷きつめられ、武器を提供するのも、遺族に自殺の原因を品よく伝えるのも、店が請け負うらしい。

その晩、アンリック・リポイ・イ・セラはゲームテーブルでは一ペセタも失っていないが、それでもすべてを失い、店の支配人を訪ね、部屋を見せてほしいと伝えた。新聞で見た写真ですぐに相手が誰か知った支配人は、悲痛な顔でうなずき、闇に包まれた延々と続く廊下を案内した。やがて扉の前で立ち止まり、厳かなしぐさで相手に内部を見せた。

アンリックは勇気を振り絞って中に入り、噂は本当だったのだと知った。部屋は存在し、中も想像どおりだった。ため息をついて椅子に座り、できるだけ腰を落ち着けた。それから、戸口にいる支配人に目を向け、これでいいとまなざしで伝えた。支配人はそれを別れの挨拶と受け取った。うなずいて部屋を出ると扉を閉め、男を一人にしてやった。

一人きりになると、アンリックはウィスキーの瓶を手に取ろうとしたが、結局考え直し、グラスを物憂い動作でゆっくりと撫でるに留めた。それから銃を取り、撃鉄を起こし、一瞬ためらったあと、右のこめかみに銃口を押し当てた。

「おまえを愛しきれず、ごめんよ、マリオナ」

そして、逡巡する暇を自分に与えず、引き金を引いた。

人は死ぬ前にこれまでの人生が眼前に浮かぶという。アンリックの場合、あまりにすばやく死の淵《ふち》へ引きずり込まれたせいで、見返せたのはこの五日間のことだけだった。彼の人生がよじれ出し、道をはずれ、当然とも言える運命へと導かれた最後の五日間。

それは先だっての土曜日のことだった。邪悪な陰謀のことなど露知らず満足げな笑みを浮かべた自分の顔と、華美なカジノの光景が脳裏を巡る。チップのぶつかる音、係員《クルピエ》の声、バルセロナの上流階級でも最上層に属する人々の会話が、帰途につくためそのきらびやかな建物の玄関へと向かうアンリックを包んでいた。そこで彼を待っている妻のマルセはフランス領事とおしゃべりに興じ、どうやらティビダブ通りにある邸宅での晩餐に招待されたらしい。折しも、到着したばかりの市電が吐き出した新しい客たちがどっとこちらに向かってくるところで、二人ともその人流に巻き込まれるまいとしている。領事ほど太った男はほかに知らないくらいだが、そのバリトンはとてもよく通り、数メートル向こうにいる伯爵家の人々にも声が聞こえたかもしれない。

毛並みの美しい二頭の栗毛《くりげ》馬に引かれた自前の馬車がようやく来たので、アンリックは乗り込み、任務を完了した満足感を味わった。じつに実り多い夜だった。マルセは自慢の宝石をここぞとばかりに披露できたし、自分は町で指折りの実業家たちと幸先《さいさき》のよい関係を結ぶ礎を築いたうえ、フランス領事の晩餐への招待まで取りつけた。今晩だけでアンリックの評判が数段上がったことは間違いない。

コイサロラ山から見るバルセロナの町は、一部の選ばれし人々のあいだで分配するケーキのようだった。金持ちになりたければ、ここほどうってつけな町はほかにないとアンリックは思う。とりわけ、無政府主義者たちが次々に暴動を起こし、そうして起きた〈悲劇の一週間〉（一九〇九年、バルセロナに結集したカタルーニャの無政府主義者や社会主義者たちが蜂起し、鎮圧に乗り出したスペイン軍との衝突で百人以上が死亡した事件）によって、秩序を変えるためには人間の想像力をどううまく使うかが重要だということが明らかになった今は。バルセロナは、イベリア半島に新たな進歩が到着したとき、最初の入口になる町だった。乗合馬車のサービスが始まったのも、最初の製鉄所や博物館ができたのも、汽船が初めて出航したのも、マタロ駅に向かって最初の汽車が出発したのも、ガス灯のまぶしい魔法で夜の恐怖を初めて蹴散らしたのも、その役目を電灯の白い光が最初に引き継いだのも、バルセロナだ。とにかく、すべてはバルセロナが皮切りとなる。一九一三年が明けたばかりの今、今度はどんな新しい奇跡がもたらされるだろう。

馬車はまもなくアシャンプラ地区に入った。町の有力者や、新大陸帰りの成金《インディアノ》たちの豪邸があるティビダブの麓には住めない、新興のブルジョワ層が集う千ヘクタールほどの地区だ。夫婦は自宅に到着すると馬車を降り、その馬車は御者が厩《うまや》のほうに運んだ。二人はそのまま屋敷の玄関へ向かう。家は寄せ集めスタイルで知られる建築家エンリック・サニエの設計で、ファサードは緑と金色の花柄の装飾で覆われ、ロココ調のバルコニー、眺めのいい巨大なガラス窓を備えた回廊、さらにはプラステレスク様式の彫像でごてごてと囲まれたゴシック風の鐘楼までついている。複雑な植物の装飾が施された玄関を入ると、広いホールがあり、マルセは出迎えたメイド頭のブルセーさんに幼い七歳の娘マリオナの様子を尋ねた。今同居している子供はもうマリオナしかいない。十二歳の姉は寄宿学校に入り、良識ある修道女たちの手で、いずれは母親のレプリカとなって戻ってくるはずだ。長男のアドルフォはできるだけ早く世事に通じた一人前の男となるべく、十四歳で海外に留学した。

マリオナ様はピアノのレッスンを受け、たっぷり食事も食べ、二時間ほど前にベッドに入りました、と妻がメイド頭から報告を受けるあいだ、アンリックは帽子とマントをメイドに渡し、銀のトレーに置かれた手紙の束を手に取った。確認しようとしたとき、チワワのボビーが右のふくらはぎにしきりにぶつかってくるのでいらっとした。ホールの向こうまで蹴り飛ばしてやりたかったが、こらえた。そういう楽しみは一人のときにとっておいたほうがいい。ふと、白い手紙の束の中に、宛名も差出人の名前もない黒い封筒があるのに気づいた。メイドは見覚えがないというので、アンリックは肩をすくめ、書斎へ向かった。妻は二階に上がって、マリオナにおやすみを告げに行った。

暖炉に火が入っているおかげで、室内は暖かかった。シェリー酒を注いでいると、またチワワが今度は左のふくらはぎにまとわりついてくる。まわりに誰もいないと確認したあとで、ボビーを書斎の外へ軽く蹴り出し、贔屓《ひいき》のカタラ・フットボール・クラブのどの選手が見てもあっぱれと褒めてくれそうな華麗なシュートを決めた。うるさい動物を片づけるとドアを閉め、クルミ材の大型の机の前に座って、ほかの手紙を確認する。

でもやはり気になるのが謎の黒い封筒で、それを優先させることにした。アラブの新月刀を模した高価なペーパーナイフを手に取り、封筒に近づけたとき、屋敷にみなぎっていた澄んだ静寂を妻の悲鳴が揺さぶった。上階から聞こえたその声にぎょっとして、アンリックはペーパーナイフを右手に持ったまま動きを止めた。マルセの悲鳴はまるで獣の吠《ほ》え声《ごえ》のようで、すぐに同じように恐ろしい叫び声が切れ切れに続いた。アンリックは書斎を飛び出し、声のするほうへ急いだ。階段の下から、娘はどこかとメイド頭に詰問するマルセのこわばった顔が見えた。肩を激しく揺さぶっても、その老婦人から何も聞き出せないとわかると、使用人を全員叩き起こして、家じゅうを捜せと命じた。マリオナを見つけなければならない。

たちまち下男下女、料理人、御者に至るまで、寝巻のまま集まり、夫妻とともに主人たちの居住区をくまなく捜した。でもマリオナはいない。恐慌を来した妻を先頭に、彼らには未開の地である、屋根裏と地下に分かれた使用人たちの居住区に足を踏み入れた。広々とした厨房《ちゅうぼう》、ごく狭い寝室、エレベーター。隅々まで探索したものの、娘の気配はどこにもなかった。

あちこち駆けずりまわって息が切れてしまったアンリックは、階段の装飾過多な手すりに寄りかかって一息ついた。そしてふと、自分がまだ手に黒い封筒を握りしめていることに気づいた。慌てて書斎を飛び出したので、ペーパーナイフと一緒に持ってきてしまったのだ。周囲の騒ぎをよそに、しげしげとそれを眺める。それから震える手でナイフをゆっくりと縁に入れて裂き始めた。不安だった。心のどこかで、その不吉な封筒と娘の失踪が深く関わっているとわかっていたからだ。周囲では誰もが走りまわっていたが、アンリックは両面にびっしりみごとな手書きの文字が並ぶ四つ切の紙を取り出し、娘の誘拐犯からの手紙を読み始めた。

〈怪物〉と名乗る何者かは、マリオナを取り戻したいなら、リセウ劇場で三つの課題をやり遂げなければならないと告げていた。アンリックは最初の課題を目にし、震え上がった。今のところ、手紙にはその最初の一つしか書かれていなかった。

それは七日か八日前のことだったが、よく思い出せなかった。最後の二日間は酔いつぶれていたからだ。覚えているのは、劇場の舞台から逃げ出したことだけだ。最初の課題のためにすべてのお膳立てが整ったとき、チワワを、妻を、最後に劇場に詰めかけた観衆を見たあと、桟敷席からの野次を浴びながらうなだれて舞台をあとにし、娘の死刑執行にみずから署名した。そして今朝、娘の首のない遺体が発見されたのだ。

アンリックが頭蓋骨を撃ち抜き、暗青色のタイルに脳みそを撒き散らし、任務をみごと果たす前に見た映像はこれがすべてだった。彼の体にはすでに命のかけらも残っておらず、椅子にぐったりともたれかかっている。そうしてアンリックの魂が、その部屋をうろうろと漂うその他大勢の魂の群れに加わる頃、血と死と恐怖の薄絹がバルセロナの町をゆっくりとうやうやしく包んだ。父親が娘をそっと抱くように。

ディエゴはそこで目を上げ、コーヒーを一口飲んだ。すっかり冷めていたので顔をしかめる。やるべきことをすっかり忘れていた。時計を見る。ラウラがそろそろシャワーから戻ってくるというのに、ルカモラ警部から頼まれた課題リストを作り始めてもいない。『血と琥珀』を開いたとたん、怪物がバルセロナじゅうから集めた十一人の少女たちのうち最初の一人、マリオナ・リポイの誘拐事件について語る第一章を、おなじみの文章に引き込まれて、知らず知らずのうちに読み出してしまったのだ。そして、たちまちすべてに既視感を覚えた。

三日後に、この邪悪な挑戦ゲームの発明者であるディエゴ自身が、怪物の指定する最初の課題をやり遂げなければならない。そう、犬の糞をたいらげるのだ。まあ、ほっとするべきなのかもしれない。グロテスクで恥辱にまみれた課題だとはいえ、小説の中で怪物が考え出したほかの課題とは落差がある。とはいえ、だからこそこれをパスできない言い訳が立たない。不快なだけで、苦痛もなければ残虐でもなく、娘の命を救うためならどんな父親でもやり遂げるだろう。たとえ成功させてもドラマチックな歓喜もなければ、ヒーローにもなれない。だが失敗すれば、観客たちは理解を示すどころか彼を蔑むだろう。つまり、見かけより意地の悪い課題なのだ。いじめっ子が考えそうな、いかにもありがちな嫌がらせでもある。

だから正気を保て、と自分に言い聞かせた。金か名声が欲しい、あるいは単なる愉快犯、あるいは昔僕に何か侮辱されて復讐しようとしている――そういう理屈の通った目的を持った犯人の犯行だろう。この数時間はそう納得しかけたのだ。少なくとも、悪夢を見るまでは。だが、まだ希望を捨ててはいけない。パニックになってはだめだ。『血と琥珀』の草稿が八つ裂きにされ、血のようなもので汚されているのを見たとき、常軌を逸した考えが頭に浮かんだが、何とか払いのけた。原稿と娘の誘拐のつながりについてラウラに指摘されたときには、きっぱりと否定してその可能性をはるか遠くに投げ捨てたのだ。関係なんかない。娘はありきたりな理由でさらわれたのだ。毎日数えきれないほど起きている誘拐事件の一つが、自分たちに降りかかっただけ。僕は裕福なのだから、理由は明白だ。自分のほうが金を有効利用できると考えた誰かが、愛する者を奪うという最も効果的な方法で僕の財産の一部を手に入れようと考えた。

だが、手紙が見つかってささやかな希望は潰《つい》え、さまざまな舞台装置はけっして偶然ではないとはっきりした。何者かが怪物の真似をし始めた。これも、ディエゴが必死にしがみつこうとしているもう一つの希望だった。ルカモラは模倣犯の線で捜査を始め、ラウラもそれが真相だと信じている。二人からすれば、ほかの可能性などない。

ディエゴは手紙のことを思い返した。その中で怪物は、ディエゴを自分の〈看守〉と呼んでいた。必要な分析をおこなうため、手紙は草稿と一緒に鑑識が持っていってしまったが、ディエゴはその前に何度も読み込んだ。自分以外に鑑識だろうと誰だろうと見抜けないことがあるからだ。つまり、手紙の文体である。作品解説でもするつもりで、文のつながり、語彙、精神構造を明らかにする内容の順序、場合によってうっすらとまぶす皮肉などを分析し、これは怪物が書いたものと言えると結論した。もちろん、もし存在するなら、の話だ。文字が小説の中の描写どおりだった——美しい書き文字で、古風なやり方でゆっくりと万年筆を紙に滑らせ、大文字におびただしい装飾を施す——だけでなく、文体も本人のものだった。再現が最も難しいと思えるそんな細部まで、この模倣犯は意識していたのだ。

ディエゴは今閉じた『血と琥珀』を手に取り、初めて見るかのようにじっと眺めた。そんなふうに感じるのは不思議ではない。あまりにも身近にあるものは、見慣れすぎてきちんと見なくなってしまうからだ。表紙には、前世紀初頭まで存在していた象徴的な記念物を含む、バルセロナの町の輪郭が描かれている。空は血を思わせる夕焼けで赤く染まっている。その赤い背景幕の脇にぼんやりした黒雲が浮かんでいるが、怪物の横顔のようにしか見えず、それが町に今にも襲いかかろうとしている。本を引っくり返して、裏表紙のあらすじを読み始める。〈一九一三年、バルセロナ。〝ラバルの吸血女〟として恐れられたアンリケタ・マルティを逮捕して名声を高めた、かの名刑事ウリオル・ナバド警部は、それ以上に恐ろしい怪物との対決を余儀なくされる。その少女連続誘拐犯は父親におぞましいゲームを提案し……〉。書店で本を手に取って裏表紙を見れば誰でもこの説明を読むことができ、本を開いたときどんな物語が待っているのかがわかる。

だが、真実を知るのはディエゴただ一人だった。『血と琥珀』はただの小説ではなく、監獄であり、檻《おり》であり、罠《わな》なのだ。呼び方は何でもいいが、あくまでそれは譬えだ。大事なのはこれが、子供の頃から心の奥深くに居座る恐怖をすっぱり消すための装置だということだった。

ディエゴは激しく首を振った。考えるのはもうやめにしなければ。そのうちどんな結論にたどり着くか、よくわかっていたし、そこには行きたくなかった。

改めて本を開き、怪物の課題を抜き出し始める。こんな作業はさっさと終わらせようと決めた。そしてリストを作りながら、読者の大部分がそうしたように、僕はどれならできて、どれはできないだろうと考えずにいられなかった。できそうにない割合が圧倒的で、がっかりする。だからこそ、小説の中で父親の誰一人として成功させなかったのかもしれない。どんなヒーローだって、自分にヒーローの素質がないことを証明したくはない。だが今ディエゴは、自分が書いた小説と向き合うしかないのだ。犬の糞を食べるのは不快ではあっても、できないことではない。ただし、小説がそうだったように、怪物が次の課題でレベルを上げるとしたら……。そんな瞬間が来るなんて、考えたくない。アンリック・リポイ・イ・セラの運命を予言とは考えるまい。ディエゴはそうおのれに言い聞かせるのだった。

5　ほかの男のものになったら絶対に許さない

ディエゴが初めてルカモラ警部が勤務するカタルーニャ自治州警察モスズ・ダスクアドラの本署を訪れたとき、東方の三博士なんていないと知った子供（スペインでは、一月六日の主の御公現の日に東方の三博士がプレゼントを持ってくることになっている）みたいにがっかりした。警察署は巨大なレゴブロックにも似た四階建ての建物二つで構成され、層状の外観をしており、ガラス張りの廊下でつながっている。外観についてはとくに先入観はなかったが、内部は想像とあまりにも違っていた。普通の役所とたいして変わらず、口汚く喧嘩を吹っかける売春婦も、平気でブーツからナイフを抜くので警官四、五人がかりで押さえ込まなければならなかった手錠姿の大男もいない。まず、警官がまるで警官らしくなかった。次々に部下に命令を飛ばす情熱的なアスリートタイプでもなければ、ピストルを備えた肩掛けホルスターもしていない。朝の退屈な仕事を片づけている平凡な役人に見えた。ただの市役所ではないとわかるのは、パソコンのスクリーンセーバーが青と白の警察のロゴであること、そして、好きな歌手のポスターをティーンエイジャーが部屋に貼るように、性犯罪者やら強盗犯やらのモンタージュ写真が壁に並んでいることぐらいだ。

でも、警部はディエゴの期待を裏切らなかった。『深海魚』で描く専門的な部分についで助言が欲しくて、ラウラの同僚を通じて彼と連絡を取ったのだが、待ち合わせのカフェに入ってきたルカモラを目にしたとたん、恐竜並みにがっしりした体格にしろ、むっつりした表情にしろ、刑事としていかにも仕事熱心に見えただけでなく、小説の登場人物としてもうってつけだと直感した。走ってその場から逃げ出したい気持ちを抑えて自己紹介し、コーヒーを頼んでおしゃべりを始めた。三十分も話をすると、意外にも二人は馬が合うことがわかり、友だちにさえなれそうな予感がした。粗野で率直で皮肉屋のルカモラは、専門的な疑問にはきちんと答えてくれたものの、表情や言葉の端々から、小説の中の敵役にふさわしく、私生活はかなり荒れていることがわかった。

この最初の出会い以降、二人は何度も顔を合わせることになるが、待ち合わせ場所は毎回決まって警察署近くのその居心地の悪いカフェだった。オーブンの中のケーキのふくらみ具合と同じくらいのろのろとしか距離を縮めようとしない二人に、とうとうラウラが痺れを切らした。恩をもって恩に報いるって言うでしょう、と彼女はディエゴに告げた。その大男の刑事さんを今度の土曜日に食事に招いて。そんなに助けてもらっているなら、せめてそれぐらいしないと。うちに招けば、かわいい娘ときれいな奥さんとも知り合いになれるし。そういうわけで、ルカモラはワインを手土産に、オーデコロンの匂いをぷんぷんさせ、髪さえきちんと梳《と》かしつけて、アルサ家にやってきた。これでディエゴとの友情が正式に固まっただけでなく、食事が終わる頃にはラウラやアリとも打ち解け、アリの非公式の伯父にさえなった。

『深海魚』の執筆を終えてからはラス・コルツ区にある警察署に足を踏み入れておらず、次回行くとすれば、続編を書くときだろうと思っていた。娘が誘拐されたからではなく。

ラウラとディエゴは入口で身分証を提示し、ルカモラ警部と約束していると告げた。警部は数分後にエレベーターに乗って現れた。その乱れた服装や様子からすると、昨夜は寝ていないとわかった。

挨拶のあと、警部は疲れた足取りで自分の部署へ二人を案内した。机やファイルキャビネットがひたすら並ぶ、この建物のほかの部分同様に期待はずれなだだっ広い部屋だ。コルクボードがいくつも壁に並び、人生の暗黒面に転がり落ちた人々の存在が垣間《かいまみ》見える。捜査中の事件のさまざまな写真が貼られているが、前後関係がわからないので、見ても何の感懐もわかない。建物の外観、走行中の車、大工道具……。そこに、恐ろしく下手に描かれた何かの組織のシンボルやスペルミスだらけの押収品リスト、やけに不条理な逮捕者の発言さえ交じっている。

すでに勤務中の人々の姿も見え、その中にはあのにこにこ顔のリエラ刑事や、事件の夜室内を動きまわっていたモデルみたいに隙のないスーツ姿の男もいる。彼は、悪魔崇拝バンドのライブにでも行くような格好をした女性の机の隅に、品よく腰かけている。警部とともに部屋の奥のオフィスへ向かう二人を、全員が興味深そうに眺めていた。ルカモラのオフィスはガラス張りの小部屋で、デスクとキャビネット、椅子が二脚かろうじて押し込まれている。以前ディエゴが来たときも、部屋の主の人柄を示すようなものが何もなかったが、三年経った今も友人にはそこに置くべきものが見つからないようだ。ルカモラはまわりの視線を遮るようにブラインドを下ろすと、机の向こうに座った。

「二人とも顔色がよくないな」と告げる。

「あなただって」ラウラが言った。

「だろうな」ルカモラは疲れきった様子でうなずいた。

ディエゴはポケットから出した紙をルカモラに差し出した。

「頼まれたリストだ」

「ありがとう。もし犯人がこの課題のどれかをヒントにするとすれば、何か事前に用意するために行動を起こす可能性がある。先回りするに越したことはない」

「うん。だが、それはどうかな」ディエゴは縁起でもないことを言った。「怪物は手紙の中で、小説中の課題を使うつもりはないと断言していた」

「言っておくが、犯人は怪物ではないんだ、ディエゴ。ただの模倣犯だ。そしてそいつは君のような想像力は持ち合わせていない」

ディエゴはそういう不毛な議論は願い下げだったので、納得はしていないとはいえ、素直にうなずいた。

ルカモラは続いて、上司のバルガヨ警察署長が担当判事とともにシャトル便でマドリードに飛び、最初の挑戦を中継するスペインの人気動画サイトの幹部と会合を持ったと報告した。彼らは、たとえネット民からどんなに非難を浴びても、また、そういう映像を流すことがサイトの規範を破ることになっても、いかなる検閲もおこなわないという約束を取りつけた。子供の命がかかっているのだ。

「ただの予防措置だ。火曜日までには犯人を必ず捕まえるから、君の挑戦を中継する必要はなくなるはずだ」

ディエゴはやはり納得はしないままうなずいた。

「でも、誰がこんなことを？」ラウラがつらそうに声を絞り出した。「いったいなぜ？どういう目的で？　ディエゴに恥をかかせるため？」

「とりあえず三つの仮説を立てている」ルカモラは答えた。「どれが有力か、まだわからない。一つ目は身代金目的の誘拐だ。事件の性質からするとそうは見えないし、今のところ金の要求もないが、可能性を捨てるのはまだ早い。要求はあとから来るかもしれない。犯人はまず少々楽しみ、われわれを怖がらせ、精神的に追い込んで、金額を吊《つ》り上《あ》げやすくする魂胆だとも考えられる」

「本当にそう思う?」ラウラは希望をこめて尋ねた。

ルカモラは無精髭を撫でただけだった。ドアマットで靴の汚れをとるときと似た音がした。ディエゴもこの第一の仮説を聞いたとたん疑わしげに眉を吊り上げたくらいだから、警部がはっきり肯定しないのもうなずけた。

「二つ目は狂人説だ。犯人はディエゴの小説の熱狂的ファンで、自分こそが怪物だと思い込んでいる」

ディエゴは首を縦に動かした。こちらの説のほうが納得できる。犯人があの小説を隅から隅まで読んだことは間違いない。つまり、本を読む人が極端に少ないこの国では、人口の四十パーセントは容疑者から除外できるということだ。口に出しては言わないつもりだが。

「こちらのほうが少々厄介だが、こういうタイプはミスを犯しやすい」二人を安心させようとする。「映画なんかと違って、けっして頭脳派じゃない。大半は、自分まで導くパンくずを平気で落としていく」

「じゃあ三番目の仮説は?」ラウラが尋ねた。

「個人的な復讐だ」ルカモラが答えた。

「個人的な復讐?」ラウラは驚いた。「どういう意味?」

ルカモラは大きく息を吸い込み、鼻からゆっくり吐いた。この三つ目が、いちばん説明が難しい。

「いろいろ考えると、これは顔見知りの犯行だと思われる」ルカモラは言葉を抑えて言った。「犯人は部屋の鍵を持っていたし、君たちの行動をつかんでいた。誘拐犯の大半は被害者のごく身近にいる人間なんだ。たとえば君に何か侮辱されて復讐してやろうと思っている人、君を宿敵だと考えている人」ルカモラはディエゴを見ながら言った。「この場合、犯人は頭がおかしいわけではなく、複雑な計画をみごと実行できる優秀な人間だと自負し、やり遂げる価値があると信じている。だから、二人が落ち着いたところで来てもらったんだ。君に恨みを持っている人物に心当たりはないか、ディエゴ？」

「宿敵だって？」ディエゴは言った。「そういうのはスーパーヒーローの専売特許だろう？　君は作家というものを誤解してるよ」

「お兄さんは？」突然ラウラが口を挟んだ。「あなたのこと、嫌ってる」

「嫌ってる、というのは言いすぎだ……」ディエゴはためらいながら言った。「ただ口をきかないだけだよ」

ディエゴはため息をついた。二歳年上のエクトルのことは話したくなかった。ずっと目の上のたんこぶだった存在。

「話すことなんかべつにない。兄はオルタ地区でネットカフェを経営していて、五年前に事業拡大のため資金援助してくれと言ってきた。またとない掘り出し物だと不動産投資を勧められたんだ。だが、僕には詐欺だとはっきりわかった。だから頭を冷やせと言い渡したら、腹を立ててね。自己中だとか何とか、罵詈雑言《ばりぞうごん》を浴びせられた。自己中じゃなく、主義の問題だと説明した。もちろん金には困っていないが、だからと言って詐欺師に金を恵んでやる気はない。だが兄にはわかってもらえず、僕らは口をきかなくなった。たいした喧嘩ではなかったけど、僕らは子供の頃から仲が悪くてね。それまでは両親の命日なんかにたまに会ってはいたけど、それ以降は仲良し兄弟のふりをするのがばかばかしくなった。だから今では絶縁状態だよ」

「ちょっと待って」ラウラがやんわりと言った。「少し話が違うわ。エクトルは離婚したばかりで、奥さんと弁護士に財産を搾り取られて、不動産投資とは別にお金が必要だったのよ。それに、その投資にしたって、あなたは専門家でも何でもないんだから、詐欺かどうか判断できなかったはず。わずかなお金を、ひざまずかんばかりに貸してくれと頼んできたエクトルを、あなたはむげに拒絶した。充分〝たいした喧嘩〟だったわ」

「何が言いたいんだ?」ディエゴが言い返す。「兄さんが僕らの娘を誘拐したと?」

「もちろん違うわ! エクトルを疑うなんて、まさか。ただ、少し考えれば、あなたに恨みがある人をもっと思い出せるはずよ」

「くそっ、一人も思いつかないと言ったばかりだろう?」ディエゴはわめいた。「生まれてこのかた、恨みを買うようなことは一度もしたことないよ! なんで敵がいるって決めつけるんだ？　第一、君だってアリアドナの親だろう？」

「どういうこと？」ラウラが問い返す。

「大病院に勤務してるんだから、誰とでも仲良しというわけにはいかないだろう」ラウラは無言で彼を見た。ディエゴはたちまち今言ったことを後悔した。そのときふと思い出した。「あの元恋人は？　君が訴えるはめになった大学時代の彼氏のことだよ」

「ジュリアン？」ラウラは驚いた。「でも……十五年以上前のことだわ」

「大学時代の恋人のことを訴えたのかい？」ルカモラはやさしく尋ねた。

「ええ、まあ……」ラウラは眉をひそめて答えた。「でも、たいしたことじゃなかったの」

「話してくれないか、ラウラ」ルカモラは促した。「具体的に何があった？」

ラウラは顔をこすって、ため息をついた。

「ジュリアンは悪い人じゃなかったけど、すごく嫉妬深くて、独占欲が強かったの。暴力を受けたことはないのよ。だけどいつも行動を縛られていた。それで喧嘩が多かったわ。別れてから、執着がもっとひどくなってね。四六時中つきまとい、戻ってほしいと泣きついてきたかと思うと、夜中に両親の家に電話して娘を説得してくれと言い、あちこちにメモを残して、中にはちょっと気味の悪い内容のものもあって……。《ほかの男のものになったら絶対に許さない。君に近づこうとするやつは全員殺してやる》みたいに」

「なんてやつだ」ルカモラはつぶやいた。

「でも、実際に何かすることはないとわかってたのよ。子供の脅しみたいなものだったんだから。だけど母が怖がって、通報しろと強く言われて。それで、判事から接近禁止命令が出されたの。それからはおかしなことはしてこなくなった。何年かして、ロンドンに引っ越したと友人たちから聞いたわ。もうずっと消息も知らない」

「いずれにせよ、そいつが今どうしているか調べるのはそう難しくない」ルカモラは例の手帳を取り出した。「彼の姓名と、君たちが通っていた大学名と、国内では最後にどこに住んでいたか教えてくれ。ルジャスに情報を渡して調べてもらう。それからディエゴ、君の兄さんの会社と自宅の住所を知りたい。訪問してくるよ……もちろん非公式にね」

そのときドアが開いて、驚くほどみごとに髪をセットした頭が覗き込んだ。

「お邪魔してすみません」にこりと笑って謝罪し、まぶしい白さの歯がきらりと光る。

「午前中ずっとそこから覗き込んでいるつもりか？」ルカモラは不機嫌そうに言った。

「ラウラ、ディエゴ、マルク・オラーヤ警部補を覚えてるか？」

「もちろん」ディエゴは握手の手を差し出した。「たしかあの日、僕らの家にいた？」

「そうだ。ただし勝手にいなくなったがね」ルカモラが非難がましく言う。

「きつい尋問ですっかりすくみ上がっていた証人を家に送っただけですよ」オラーヤは人好きのする笑みを浮かべて釈明し、机の隅にそっと寄りかかった。「ところでディエゴ、昨夜はタイミングが悪かったので言いませんでしたが、あなたの小説を三冊とも読んで、根っからのファンになったとお伝えしておきます」

ディエゴは、ルカモラとはあまりにも対照的なその男を羨望のまなざしで眺めた。警部はコンテナの中で一晩過ごしたような様子なのに、警部補は今からファッション・ショーに出演しそうにさえ見える。三十の坂をだいぶ越え、四十歳にも手が届くのかもしれないが、じつに若々しい。豊かな金髪を後ろへ撫でつけ、魅力的な顔は髭もきれいに剃《そ》られて、体はよく引き締まり、すらりと背が高く、箱から出したばかりのバービーのボーイフレンド、ケンみたいだ。

「それはどうも……ありがとう」ディエゴは言った。

「いいえ、あなたはまさに才能のかたまりだ」

「オラーヤ、文学の集いが終わったなら、手に持っているのは何か説明してもらえないか？」ルカモラは、警部補が抱えているファイルを指さして尋ねた。

「ああ、鑑識のバルトランから渡された指紋の照合結果です」流れるような動作でファイルを警部に渡す。「部屋では複数の指紋が検出されましたが、それほど多くはありませんでした。掃除が行き届いていたみたいです。ご両親のもの」と言って、ディエゴとラウラを示す。「娘さんのもの、ベビーシッターのもの、あなたのもの」上司を示す。「そして、不明のものが二つ」

「最近誰か部屋に入った者は？」ルカモラが夫婦に尋ねた。

「二日前にアレナがお茶を飲みに寄ったわ」少し考えてからラウラが答えた。「それから三日前にはアニータが来た」

「なるほど」ルカモラはうなずき、ファイルの中の資料に目を落とした。「二人を呼んで話を聞き、指紋が一致するかどうか確認しよう。オラーヤ、ほかには？」

「情報課が監視カメラの映像を処理し、すべてのナンバープレートを照合していますが、かなり死角があるようです。犯人は事前に一帯のカメラを徹底的に調べ、映らないようにした可能性もある。だとすると、時間をかけて練られた計画ということになり、まずい兆候ですね」マルク・オラーヤは、ディエゴとラウラを社会科見学に来た小学生扱いして、教師のような口調で話した。

「そうでないことを祈ろう」ルカモラは射るように部下を睨んで遮った。「浴室のドアノブはどうなんだ？　手紙と黒い封筒は？」

「今のところ何も。ドアノブに持ち主のわからない指紋はありません。玄関ドアも同様です。ただ、ドアノブを固定するのは難しくありません。ネット上にやり方がいくつも上がっています。錠前の専門知識も必要ない、なんて冗談も出回っているくらいですから。でも、偶然開かなくなった可能性もないわけじゃない。手紙については、便箋はどこでも買えるありきたりなもので、もちろん指紋はありませんでした。黒い封筒もあちこちで売っていて、ネットでも買えます。書き文字は筆跡鑑定にかけています。小説で描写された怪物の字を真似したのかどうかは結果待ちですが、鑑定からほかにも何かわかるかもしれない」

「精神的に問題がある者のリスト化は？」

「ルジャスがやってます。正午までには渡せるでしょう。人格が変わる何らかの症状を持ち、とくに前科があって今は社会復帰している人物を優先的に、バルセロナじゅうを洗っています」

「完璧だ」ルカモラはうなずいた。

「あるいは、まだ何もわかっていない」二人の刑事の会話が終わったとき、ディエゴが苦々しく言った。

ルカモラは口をつぐみ、冷ややかにディエゴを見た。

「まだ早すぎるよ、ディエゴ」相手を落ち着かせようとする。「数時間しか経ってないんだから」

「十一時間だ」

「そう十一時間だ。だが、ご覧のとおり、われわれは不眠不休で捜査にあたっている。すぐに結果は出る。心配するな」

「心配するな？　最初の課題の時刻が刻々と迫ってるんだぞ？」

「あなたが心配してるのはそれだけ？」ぞっとしたようにラウラが尋ねた。「刻々と経つ時間のあいだも、アリは犯人の手元にいるのよ？」

　ディエゴは目を丸くしてラウラを見た。

「アリのことを僕が考えてないとでも？　考えてるに決まってるだろう？　だがあの子は無事だとわかってる」

「どうしてそうわかるの？」

「それが挑戦ゲームのルールだからだ。怪物は、僕が課題を済ませるまであの子に指一本触れない。そして、もし僕が課題に失敗すれば……」

「あなたは失敗しない」ラウラは震える声で言った。「そうよね？」

「無論だ。あの課題なら問題ないさ」ディエゴは自信満々に聞こえるように答えた。「だが小説では、そのあともっと難しい課題が出される。そして第三の課題は……」

　ディエゴは唇を噛み、ラウラの視線に耐えかねて目を逸らした。

「何？」ラウラは不安げな顔で尋ねた。「前もって謝ろうとしてるわけ？」

　ルカモラがバンッと机を叩いた。

「誰も課題に挑戦したりしない！　誰もだ、いいな？　さっき言ったように、火曜までに犯人をあげる。そう断言する。やつは何かしらミスをしているはずだ。指紋を残さず歩きまわれる人間などいない」

「外科医みたいに手袋をしていれば別ですが」オラーヤが訂正した。

「あるいは異世界から来たやつなら」ディエゴは引《ひ》き攣《つ》った笑いを漏らした。全員が彼を訝しげに見る。ディエゴは慌ててみんなを見返した。「すまない……変なことを言って」

6 娘の命のためなら誰だってやるさ

『血と琥珀』
第四章　六十七ページ
五月中旬のそのすがすがしい土曜日、エル・シグロ百貨店は色とりどりの魚であふれる水槽のようだった。人の波は、ガラス天井で覆われた中央大広場へと殺到し、そこから伸びる豪華な階段で上階へと散らばっていく。
天井からさがる巨大なシャンデリアの下、さまざまな人が行き来する。ミサ帰りのめかし込んだご婦人方、お仕着せ姿のメイド、セーラー服を着た子供を連れた家庭教師、妻や恋人にぴったりの贈り物を探す紳士たち、人ごみをかき分けて、荷物の山を車まで運ぶ縦《たて》縞《じま》の上っ張りを着た倉庫係。そうした種々雑多な人々の中でも人目を引いたのは、黒人の大男と、彼に手を引かれた七歳の少女という二人組だった。少女の名前はクラウディア、少女に付き添う堂々たる黒人男はカレルといった。四か月前に少女の連続誘拐事件が始まってからというもの、怯えるブルジョワたちはわが子を家に厳重に閉じ込め、無能な警察が犯人を捕らえるのをひたすら待ったが、中には娘に新米修道女のような生活をさせるのが忍びなく、何とか知恵を絞る家庭もあった。対策の一つは、力自慢の使用人に常時護衛をさせるというもので、ドゥルカス家の使用人の中ではカレルがずば抜けて強かったのである。

その奇妙な二人組から二メートルほど後ろに、はるかに普通に見える二人組が続いた。少女の母親エルビラ夫人と、その親友カルマ・ムリン夫人だ。二人は、高級品の並ぶ棚にある刺繍《ししゅう》の美しいキッチンリネン類を吟味しながらおしゃべりしているが、どれもお眼鏡にはかなわない様子で、話し込んでいるのは、このところバルセロナ中を暗澹《あんたん》とさせている事件についてだった。一週間前、誘拐された四人目の少女、ライア・ルビラの遺体が、ムンジュイックの丘の麓の泥炭層に半ば埋まった形で発見されたのだ。

「ファラン・ルビラがもう少し勇気を出して扁桃腺《へんとうせん》を切り取ることができれば、娘さんは死なずに済んだのよ」エルビラ夫人はうわの空でリネン類を眺めながら、非難がましく言った。「そんなに難しいことじゃなかったのに。自分の血で窒息しないように気をつけさえすれば。第一、幕の向こうには、課題が終わったらすぐに傷口を修復するため、外科医チームが待機していたのよ」

カルマ夫人は、リセウ劇場の舞台でスポットライトを浴び、緊張した表情で座っていた哀れな父親のことを思い出した。その震える手には、喉に挿入しなければならない恐ろしい器具があった。ハサミに似た長くて鋭利な器具で、先端に二つの環があり、おそらくその部分で扁桃腺を摘出するのだと思われた。

「一瞬、できそうに見えたのよね?」思い出しながら興奮気味に言った。「顔を上げて、妻と三人の息子がいるボックス席のほうを見たわ。これから生贄を捧げるっていうふうに。でもそのあと器具を床に落として、泣き出したのよ」

「それで娘さんの扁桃腺が摘出され、おまけに右脚まで切断されていた」エルビラ夫人は悲しそうに首を振り、話を続けた。「あいつには絶対に無理だ、とアミリウは言ってたの。同じサークルだったからファラン・ルビラのことを知っていて、気の弱い臆病者だと前から思ってたって」

ルビラが虚勢を張っていたのなら、少なくとも友人の夫にはそう見えていたなら、三人目の父親パブロ・アスコンにも劣るわね、とカルマ夫人は思った。アスコンは、生まれつき小心者の自分にはどの課題もどだい無理だと観念し、娘が受ける拷問が最小限で済むように、最初の課題にも取り組まず早々に降参して、バルセロナじゅうから軽蔑されたのだ。以来アスコンは家に閉じこもり、怒り狂った群衆が引きも切らずにそこへ押しかけて、口笛や野次を浴びせ、壁や玄関にトマト、卵、石さえ投げつけた。じつは彼女たちも何度か行ったことがある。

「こうなると、アミリウがクラウディアを救うために扁桃腺でもほかのどこでも、堂々と切除するところを見せつけてやりたいわ」エルビラ夫人が軽蔑を隠しもせずに言った。

「やめてよ、エルビラ。冗談でもよして」カルマは慌てた。

「大丈夫よ、カルマ」エルビラ夫人は笑った。「娘にはいつもカレルがついてる。何も起きるはずがないわ」

カルマ夫人は、クラウディアと一緒に数メートル前を歩いていく下男を見た。怯えた顔でそちらをしばし眺める友人を見て、エルビラ夫人はなぜか嬉しくなった。

「それもそうね。でも、あの大男をどこで見つけたの？」黙っていられず、つい尋ねる。

「一年近く前、キューバにある私たちのタバコ農場から連れてきたの。植民地でなくなってから、いろいろ難しくなっていることは知ってるでしょう？　輸入品を売るうちの店の倉庫で、葉巻やコーヒー、砂糖なんかの荷を運ばせてたの。だけど今はクラウディアの付き人に〝昇進〟したわけ」

カルマ夫人はうなずき、名案ねと褒めた。

「とにかく」重いため息をつく。「さっさと警察に怪物を捕まえてもらわないと。ウリオル・ナバド警部が担当してるのよね？　ラバルの吸血女を捕まえた刑事。それで警部に昇進したのよ」

「われらがヒーローは栄光の上に胡坐《あぐら》をかいているようね」エルビラ夫人が非難した。

「バルセロナじゅうが怯えているというのに、あの警部ったら、リセウ劇場には行かないでくださいと新聞で訴えるばかり。あれに立ち会うのは怪物のゲームを認めるのと一緒だ、と言って。でも行かないわけにいかないわ！　不運な父親たちを見捨てることになるのよ？　せめて心の支えになってあげないと」

「当然よ」カルマ夫人も同意した。「それがキリスト教徒としての務めだわ」

二人はしばらく無言で歩き、良心の呵責《かしやく》を洗い流してほっとしていた。

「アンリック・リポイが自殺したの知ってる？」カルマ夫人はまだこの話を続けようとした。

「ええ、新聞で読んだわ。でもほかにどうしようもないものね。愛犬を生で食べることができなかったんだから。小さなチワワだったのに！」

カルマ夫人は思い出していた。忘れられるはずがない。夫と一緒にかなり奮発して最前列の座席を確保したというのに、あの意気地なしはせっかくのショーを台無しにしたのだ。その結果、かわいそうな娘さんは翌日首を切断された姿で見つかり、検死医によれば、胃の中に犬の肉が見つかったらしい。

「でも、どうして怪物は子供の体を切断したりするのかしら？」独り言のようにつぶやく。

「父親ができなかった課題をやらせて、ただ殺せばいいじゃない。小さな体をなぜわざわざ切り刻むの？」

「怪物は切り取った部分を食べるっていう噂よ」エルビラ夫人がこっそり打ち明けた。

「なんてひどい！」そんな残虐なことは、カルマ夫人にはとても受け入れられなかった。

一方、前方の二人組はもっと楽しい話をしていた。

「あなた、眠っている牛をのせたグランドピアノを持ち上げられるって、ほんと？」小さなクラウディアは付き人にそう尋ねたところだった。

カレルは大笑いした。

「誰がそんなことを？」

「クラリータ。あたしのベビーシッター」

カレルはにやりとした。午前中ずっと倉庫で荷物を運び続けたあと、筋肉を赤く腫らし、汗だくになって水を飲みに厨房に入ったとき、クラリータがどんな顔でこちらを見ているか、ずいぶん前から気づいていた。

「じつは一度も試したことがないので、できないとも言えませんね」

曖昧な答えだったのに、少女は驚いて目を見開いた。カレルはにっこりした。巻き毛のブロンドにフレアスカート姿の愛らしい少女。どこへ行くにも必ず手をつなぎ、何があってもその手を離すなと命じられているが、カレルはこの新しい仕事がありがたかった。倉庫での重労働を免れただけでなく、肌の色と身分からすれば死んでも入れないと思っていた場所を訪れることができるからだ。有名なエル・シグロ百貨店はその一つだった。夜の自由時間にランブラス大通りを散歩したときなど、外からうっとり眺めたものだった。七階建ての建物と光り輝くショーウィンドーの列。なんと照明に六千もの白熱球が使われているらしい。人間がこれまでに創造したどんな楽園より美しいと思えたし、そこにはまさに天女たちがいた。〝シグレラス〟と呼ばれる優雅な店員たちは、中流階級の選《よ》りすぐりの美人ばかりだった。そして今、自分がその百貨店という大きなクジラの豪勢なお腹《なか》の中を歩き、六千の電球に照らされたショーケースの向こうで微笑んでいる美しい店員たちをちらちら横目で眺めているのだ。この少女のおかげで、ほかにどんな場所に行けるだろう？　クラウディアお嬢様はパリを見てみたくはないか？　ノートルダム寺院は本当にすばらしいと聞いたことがあった。

「ふるさとの国に自分の娘がいるの？」

その質問に、カレルの喉がつかえた。一年ほど前のあの不吉な夜、腕の中で血を流していた妻のリサンドラのことをいやでも思い出した。人々が政府に対して蜂起したとき、妻は巻き添えで負傷した者の一人だった。牛でもピアノでも持ち上げられる大きな手でカレルは妻の傷口を必死で押さえたが、銃弾があけた穴から命がこぼれ落ちていくのを止めることはできず、妻のお腹に宿っていた小さな命も、急流に流される小枝のように一緒に引き連れられていった。数週間後、バルセロナ行きを主人から提案されたとき、激しい心の痛みと、戦う価値もないほど腐敗が進むキューバから逃れるため、それを受けた。

幸い、質問には答えずに済んだ。折しも店員がにこにこしながら近づいてきて、芝居がかったうやうやしさで少女にパンフレットを渡したので、たちまちそちらに気を取られたからだ。そこには玩具売り場に到着したばかりの新商品が並び、子供用の特別な遊具もあるらしい。行きたいとすぐに母親にねだったが、エルビラ夫人は意に介さなかった。新しい食器を手に入れるため、陶器売り場に行くことのほうがはるかに緊急だったのだ。それでも娘が粘るので、カレルに頼むことにした。それぞれの用事が済んだらカフェに集合すること。そこで有名なコロッケを二人前頼んで、一休みする予定だった。

じつに賢明な結論に落ち着き、カレルとクラウディアは四階に続く階段をのぼって、真《しん》鍮《ちゅう》の指示板の指示どおりにさまざまな売り場を通過したのち、玩具売り場にたどり着いた。犬の仮面をかぶった軽業師やブリキの車、ボール紙の馬が彼らを出迎える。人形の家の向こう側に人だかりができていて、子供たちの歓声が聞こえてくる。クラウディアはすぐにそれに気づいて、カレルを引っぱった。パンフレットにあった遊具だ。直径八メートルほどの丸い線路があり、五つの車両が連なる小型の汽車が走っていた。今しも汽車は、線路の途中にあるドラゴンの姿をした三、四メートルのトンネルに入っていった。数秒後、子供たちはキャーキャー声をあげたり笑い声をたてたりしながらまた姿を現した。クラウディアはじっとしていられず、お願いだから乗らせて、とカレルに頼み込んだ。カレルは迷った。エルビラ奥様からは何があっても娘の手を離すなと言われているが、汽車に乗せるならそれは避けられない。べそをかくクラウディアに袖を引かれながら、汽車を検分した末、危険はないだろうと判断した。トンネルを抜けるあいだの五秒足らずを除けば、少女をずっと監視できる。

クラウディアは嬉しそうに笑い、待っている子供たちの列の最後に並ぶと、最後尾の車両に乗り込んだ。ほかの親たちとともに見守るカレルは、文章の中の大文字みたいに目立っていた。満員になったところで汽車は出発し、レールを走り出す。心配するような速度ではない。ほかの子供たちと一緒にこちらに手を振るクラウディアに手を振り返しながら、カレルは胸がいっぱいになった。少女への愛情はまだ小さな火だったが、それが大火事になる前に消し止めたほうがいいのではないか？　クラウディアは自分の娘ではないと肝に銘じなければ。俺には娘はいない。この気持ちは、生まれるはずだったあの子供のためにとっておくのだ。

ドラゴンのトンネルが汽車を呑み込み始めた。悲鳴をあげる子もいたが、真剣な表情で堂々としているクラウディアを見てカレルはちょっと誇らしかった。少女がトンネルの中に姿を消したとき、成長したらどんな女性になるか予想できるな、とカレルは思った。まさか彼女が大人になれないなんて、考えてもみなかったから。汽車がトンネルから出てきたとき、クラウディアの車両は空だった。カレルはとまどって、何度か瞬《まばた》きした。あの子はどこだ？　車両から落ちたのか？　まわりは少女がいないことには気づきもせず、子供たちは笑い、親たちは拍手喝采している。だから、黒人の大男が突然人ごみをかき分け、大股でトンネルに駆け寄ったとき、みんな驚いた。カレルはかがんでドラゴンの大口の中を覗き込んだが、暗くて何も見えなかった。

「クラウディア！　クラウディア！」呼んだが返事はない。

カレルはすぐにドラゴンの首をつかむと、全力で持ち上げ、頭の半分ほどをはずした。人々はぎょっとして凍りつき、係員は汽車を止めた。子供たちは目を丸くして見つめている。大男は、引っこ抜いたドラゴンの首を線路の脇に投げ捨てた。やはりクラウディアはいなかった。

そのときカレルは枕木の下に小さな跳ね上げ戸があるのに気づいた。しかし、開けようとしたが開かない。内側に閂《かんぬき》がかけられている。カレルはぞっとした。誰かがクラウディアをここに引きずり込んだのだ。ためらわず拳で殴り始め、一緒に怒りと絶望の吠え声をあげる。血飛沫と木っ端を撒き散らしながら一分ほど拳を振るい、ついに扉が開くと、下の階の吊り天井が現れた。犯人はそこを通っていったに違いない。カレルは後を追って下りようとしたが、残念ながら大きな体は戸口でつかえてしまった。

その頃、そういう穴でもするりと抜けられる、背の高い痩せた男が、子煩悩な父親を装い、眠っている少女を腕に抱いてエル・シグロ百貨店から立ち去った。

ジェラール・ルカモラ警部は本を閉じ、椅子にもたれかかって額を撫でた。ハンマーで殴りつけられているような頭痛は相変わらずで、立ち上がって痛む背中を伸ばすと、古いガレオン船のようにきしんだ。それから時計を見る。七時だ。窓のないオフィスにいるとわからないが、日曜の朝はすでに完全に明けているはずだ。だが、その日最初の約束までには一時間ある。ブラインドの隙間から覗き、大部屋は空っぽだと確認する。部下はまだ誰も来ていない。それも当然だった。昨夜は誰もが這うようにして帰宅したのだ。自分もシャワーを浴びたかったが、ゴシック地区にあるアパートまでわざわざ帰るのは時間の無駄だと思えた。土曜の朝方に「あの子が誘拐された」とラウラに電話でまくしたてられたときから、シャワーも浴びていなければ髭も剃っていないし、着替えてもいない。それに、廊下にある自動販売機で買った板チョコとポテトチップスの小袋で胃をなだめただけだ。このオフィスの椅子を三つ並べただけの侘《わび》しいベッドで、かろうじて二時間ほど眠った。ソファーが欲しいとずっと訴えているのに、上がそれを許さないからだ。下々の連中には贅沢品だと思っているのか。くそったれ。

無理に自分を落ち着かせ、万能の椅子に座り直して、もう何回目かわからないが、ディエゴの本を無意識に撫でながら事件について振り返った。気のふれた誘拐犯の指示で、二日後には全世界が注目するなかで犬の糞を食べなければならないディエゴ。阻止できるだろうか？　ディエゴとラウラにはできると請け合い、期限までに犯人を捕まえると断言した。だが今のところ捜査に進展はなかった。監視カメラの映像の照合は何も結果が出なかったし、精神科の患者にしても同様だ。一方、誰のものかわからなかった指紋は、家政婦のアニータ、ベビーシッターのビルジニア、ラウラの友人アレナ・ルセイのものとそれぞれ一致した。ルカモラは昨日の午後、三人から話を聞き、最初の二人は信用できると思った。何年も一家のもとで働き、心底怯えている様子は演技には見えなかった。

しかしアレナについてははっきりしない。大柄なうえかなり太り気味で、魅力に乏しく、話をするあいだずっと泣きどおしだった。知り合ってわずか一年の友人にしては、悲嘆が大げさすぎる。鍵については、やけにきっぱりしていた。ラウラから預かって以来、ずっとバッグに入れっ放しだという。当初は、仕事帰りに植木に水をやるのに鍵を持っていくのを忘れないように。友人が帰ってきてからは、すぐに返そうと思って。だが、会うたびにおたがい失念していたという。コーヒーを飲みながらおしゃべりすることがたくさんありすぎて……。そして、必要以外、鍵をバッグから出したことがないとも言った。必ずいつも持ち歩き、他人がさわる機会はなかったと。一人暮らしで、ここ数週間は配管工も電気工も来ていない。修理は得意で、男の人の手を借りる必要がないんです、と言いながらティッシュで涙や鼻水を何度も拭った。

結局、無尽蔵の涙はともかく、彼女を容疑者とするほどの根拠は見つからなかった。清掃会社の経営に熱心で、当局と問題を起こしたことは一度もなく、交通違反さえしたことがない。ラウラとアリアドナのことを心配する気持ちは大げさすぎるとはいえ、本物だと思えた。ただディエゴに対しては、じつは虫唾《むしず》が走ります、とはっきり言った。しかしこれでは動機にはならない。

ルカモラが三人の女性から聴取するあいだ、リエラはディエゴの本を出版しているリンボ社の経営状況を調べたが、まずまず健全だということがわかった。出版不況の中で低空飛行ではあったが、どんなに野心にあふれた出版社でも、売り上げが減ったからといって作家の娘の誘拐を企てるとは思えない。

つまり容疑者リストは今のところラウラの元恋人ジュリアン・バソルとディエゴの兄エクトル・アルサの二人に絞られ、どちらもまだ居場所がわからなかった。

バソルが十年前に専門の外科学について学ぶためロンドンに渡った当初の足取りは、だいたいわかった。しかし博士号を取ったあとの行方がわからない。ルジャスが明け方近くまで調べていたが、結果は出なかった。バソルの両親は数年前に亡くなっており、きょうだいも持ち家も車も自分名義の銀行口座もなく、SNSも使っていないようだ。優秀な情報捜査官だが、今回ばかりはほとんど情報を絞り出せなかったルジャスに、ルカモラは家で一休みしてこいと告げ、このバソルとかいうやつは幽霊なのかもしれないと苦々しく思った。

さらにいらだたしいことに、エクトル・アルサも姿を消していた。オルタ地区にある小さなネットカフェは、近隣の人々によれば、何の貼り紙もないまま今週ずっと閉まっているという。自宅を訪ねても返事がなく、隣人たちも最近顔を見ていないと話した。だが結論を早まってはいけないとルカモラは思った。もし誘拐犯ならこんなにわかりやすく姿をくらましたりせず、もっと慎重を期すだろう。弟と仲違《なかたが》いをしているならなおさらだ。いずれにせよ、正午までに見つからなかったら、出頭命令を出すつもりだった。

実際、この数時間で唯一進捗したと言えるのは、バルセロナに戻ってきたバルガヨ署長とパラルタ判事が内務省の協力を取りつけ、もしディエゴが課題に挑戦した場合、何があっても中継を邪魔しない、という言質を取ったことぐらいだろう。「でも実現はしないわよね、警部？」飛行機に乗り込む前に、署長が電話で癇に障る甲高い声で言った。「午後に本署に到着したときには、その少女のためにも、そしてあなた自身やあなたの部署のためにも、いい話が聞けると期待してる。さもないと、転がり落ちるのは、私のこのずきずき痛むちっぽけな頭一つでは済まないわよ」ルカモラはため息をついた。いい話だと？　俺にできるのはお盆にタマでものせて差し出すことぐらいだ。

それに、情報漏洩《ろうえい》のこともある……。昨日の午後、ディエゴから電話があり、帰宅すると自宅マンションの前で記者たちが大勢待ちかまえていて、質問攻めにされたという。そのうち静まるとは告げたが、マスコミにこんなに速く嗅ぎつけられたことにルカモラも驚いていた。いったいどうやって？　内部の誰かが口を滑らせたに決まっているが、それは誰であってもおかしくないし、ルカモラとしてもあきらめるしかなかった。できるだけ秘《ひ》密裡《みつり》に捜査をしたほうがいいと自分は思うが、世間を巻き込んだほうが解決の可能性が高まると考える者も多い。善意の結果にしろそうでないにしろ、今ではもう知らない者はどこにもいないだろう——作家ディエゴ・アルサが小説の中で思いついた挑戦ゲームが現実におこなわれ、作者本人が登場人物となるのだと。もちろん、警察がそれを阻止すれば話は別だ。

憤然としてため息をつき、顔をこする。もうじっとしていられない。外に飛び出すきっかけが欲しかった。アリはこの世界のどこかにいるが、この署内ではない。本当に何もできることはないのか?

事件のファイルを開き、改めて眺めた。アリの写真で手を止める。本人が気づかないうちにディエゴが撮ったものだ。少し首を傾げているが、母親似のあの琥珀色の美しい目ははっきり見える。会うたびにアリから「あれから悪者を大勢殺した?」と訊かれ、脚を何本か折っただけだとか、そんなぞっとするような返事ばかりしたのを思い出して、ルカモラは笑みを漏らした。驚いたことに、彼が何を言ってもアリは怖がりもせず、もっと詳しく話してと興味津々だった。ルカモラは子供にあまりなじみがないので比較のしようがないが、こんな娘が欲しいと思っていた理想像そのままのアリは、人一倍頭がよくて勇敢だし、変な失敗はしないと信じたい。そうすれば、監禁されているあいだもうまく立ちまわれるはずだ。もし犯人がアリに指一本でも触れたり、怖がらせたり、体にしろ心にしろ傷つけたりしたら、この手で殺してやる。警部の笑みはいつしか怒りで歪んだ。

椅子の背に体をもたせ、気持ちを落ち着けようとする。冷静になること、そして捜査に私情を持ち込まないこと。それでも、アリのとても珍しい琥珀色の目を、ラウラ譲りの目を見ていると、涙がこみ上げる。昨日、この燃えるようなまなざしはニュースで世界中にばらまかれた。背景に多くの人が写り込んでいる写真だったので、アリの顔だけ切り取られて画面いっぱいに映し出された。見慣れていない人には、このまなざしは強烈な効果を発揮したはずだ。

写真を戻す前に、背後にぼんやりと写る人影を眺める。花柄のワンピースの太った女も、孫の手を引く白髪の七十代らしき老人も、深刻な顔で携帯電話で話している三十代の金髪女性も、その夏の午後、今世間で話題の誘拐された少女アリアドナ・アルサとすれ違ったとは思ってもみないだろう。

「おはようございます、ジェラール」

きちんと髪を梳かし、髭も剃り、まぶしい笑みを浮かべたオラーヤの顔がドアから覗いた。人形劇の途中でこんなふうに首が突然にゅっと出てきたら子供が悲鳴をあげるかもしれないが、ルカモラにその効果はない。

「オラーヤ、戸口にギロチンを設置してやろうか。今度そうして顔だけ出したら、首がごろんと落ちるぞ」

「勘弁してください」にこにこしながら言う。

オラーヤはゆったりと机に近づいてきて、きれいな紙袋をさりげなく置いた。

「プレゼントです」

ルカモラは訝しげにそれを見た。横から赤と青のケーブルが飛び出し、チクタク音でもするかのように。

「お礼はいりません。昨夜はここに泊まっただろうと思って、途中でスーパーに寄って歯磨きセットと消臭剤、混合肌用クリームを買いました。家からシャツも持ってきましたよ」

「おまえのシャツなどいらん」

「僕のじゃありません。サイズが違いますから。義理の兄のですよ。義兄のほうが……体格がいい。うちに泊まったときに忘れていったんです。ポリエステルだからあまり質はよくないが、あなたならあまり気にしないでしょう。返すのはいつでも結構」オラーヤは鷹《おう》揚《よう》に言って、貧相な椅子に優雅に座った。「映像班とのミーティングは何時からですか？」

「八時だ」ルカモラは袋の中身を慎重に眺めた。

「ここでですか？　それともスタジオで？」

「課題中継のために借りたスタジオは午後まで使えない。警備を厳重にするよう命じたんだ。とりあえずここで会う。だがおまえは必要ないぞ」

「立ち会いたいです。これでも映画に詳しいんですよ」オラーヤは完璧なブレザーに毛羽がついているのを見つけ、取りながら言った。それは指先で飛ばされ、上司の机のどこかに落ちた。「中継するとき、何か仕掛けをすることはできるんでしょうか?」

ルカモラは渋い顔で首を横に振った。

「無理だろうな。技術班からは、すでに昨日、生中継している映像をいじるのはとても難しいと言われた。できなくはないが、必ず痕跡が残るので専門家ならすぐに見破るし、人質がいることを考えれば危険すぎる。いずれにせよ、この国でも最高の映像専門家に相談することになっている」彼は肩をすくめ、あまり期待は持てないとしぐさで伝えた。

「仕掛けなしじゃ、ご友人は課題をやり遂げられない、と思っているようですね」

「できるさ、当たり前だ！　犬の糞を食べるだけだ。娘の命のためなら誰だってやるさ」

「いや、僕が言いたいのは最初の課題ではなく、そのあとのことですよ。課題はどんどん厳しくなっていくはずです。小説は読みました?」机の上の本を示す。

「まだ読み終えてない。だが、課題を全部リストにしたものをディエゴにもらった」

「じゃあ、これからどうなるか、もうおわかりでしょう」

「まあ、なんとなく」ルカモラはため息をついた。

「バルガヨ署長はなんて?」オラーヤは共通の女友だちの話でもするみたいな軽い口調で尋ねた。

「少し前に話をしたが、やることはやった、あとはあんたたちの仕事だとばかりに、とくに何も言ってなかった。昇進や勲章がどうしたら手に入るか、わかるってもんだ」

オラーヤは笑いを嚙み殺した。

「パラルタ判事もかわいそうに。彼女と二人きりになるチャンスをずっと狙い続けて、こういう状況でそれがかなったとしても喜べない」

「何のことだ？」

「いやべつに……スポーツクラブでの噂話ですよ。判事と僕はときどき一緒にテニスをする仲なんです」

そのときドアをノックする音がした。情報捜査官のミレイア・ルジャスが顔を覗かせた。

「おはようございます……」

「そんな入り方をして、ずいぶん度胸があるな。頭がどうなってもいいのか？」オラーヤが冗談まじりに言った。

「は？」

「入れ、ルジャス」ルカモラは警部補を睨みつけた。「少しは休めたか？　何か新しい情報でも？」ルジャスが小学生みたいに胸にファイルを抱えているのに気づいて尋ねる。

ルジャスはファイルに隠れるようにして上司の机に近づいてきた。四十過ぎの内気で小柄な女性で、ゴシック様式の図書館にいる鼠《ねずみ》という趣だ。いつも全身黒ずくめで、革のジャンパーに薄手のスカートを合わせ、顔じゅうピアスだらけだ。

「ええ……じつはジュリアン・バソルを見つけました」

「へえ？」ルカモラは驚いた。家で寝てこいと命じたのに、今までずっと幽霊を追跡していたらしい。「で、どこにいる？」

「バルセロナです。六か月前から」

「何？　目と鼻の先にいたのに、なぜ発見にこんなに時間がかかった？」

ルジャスは上司の言葉にとまどったように、左耳にずらりと並ぶピアスを撫でた。

「ジュリアン・バソルは六年前、ロンドン南部のブロムリーで開業したときに、ジュールズ・バスに改名していたんです。そのほうが患者に信用されると考えたからでしょう。英国では氏名を英語風にする手続きがとても簡単で、いくつか書類を提出するだけですぐにできます。移民の多くがやっていることです。二年前に役所がほかの情報もすべて変更し、記録の多くがそれで消えました。だから見つけるのが難しかった。いずれにしても、もっと早く思いつくべきでした。すみません。今までずっと本名のほうで捜していたので」

「まあ、いい」ルカモラは不満を隠そうともせずに言った。「それで、今の住所は？」

「グラシア地区のロフトを借りています」ルジャスはファイルを渡しながら答えた。「住所と電話番号がメモしてあります。バラスク・クリニックの救急病棟で外科医として勤務しています。今夜は当直で、じつはまだ勤務中です。ですが、事件当夜は休みを取っていたことがわかっています」息も継がずに一気に話した。

ルカモラは書類をめくりながらぶつぶつつぶやいた。

「ジュリアン・バソルは氏名もパスポートも変えてバルセロナに戻った。故郷に帰ってきたというのに、元の氏名を使わずに仕事の契約をし、部屋を借りた。そして六か月後、昔執着していた女性の娘が誘拐された」

経緯を要約したあと、どう思う、というようにオラーヤを見た。くつろいでいたオラーヤはゆっくりうなずいて、唇に笑みを浮かべた。

「容疑者かもしれませんね」

「なんだ、かもしれません、とは！」ルカモラは机を思いきり叩き、立ち上がってシャツのボタンをはずし始めた。「くそ、くそ……」

「あの……」ルジャスが目を逸らしながら言った。「ほかに用がなければ、私はこれで……」

「やつの退勤時間は？」

「八時です」

「で、今何時だ？」ルカモラは尋ね、皺くちゃのシャツを床に脱ぎ捨てると、濃い巻き毛に黒々と覆われた分厚い胸板とたるんだ腹をあらわにした。

「八時十五分前です」オラーヤはそつなく紙袋をルカモラに差し出した。「署に呼びますか？」

「だめだ。相手を警戒させちまう」ルカモラはシャツを取り出し、手荒く広げた。「不意を突きたい。今から急げば、夜勤明けでくたくたになって帰宅したところを捕まえられる。非公式に話を聞くにはうってつけだ……ルジャス！」こっそり戸口に向かおうとしていた情報捜査官を呼ぶ。

「はい？」

「映像班との会合を延期してほしいと秘書に伝えてくれ」シャツを着てボタンをかけながら告げた。

「わかりました」彼女はそっと安堵の息をつき、部屋を出た。

ルカモラはジャンパーを羽織ると、すべてのポケットをまるで儀式か何かのようにリズミカルに叩いて探った。

「雨乞いですか？」

「面白いやつだな、ほんとに。ところで、まだ例のミニカーに乗ってるのか？」机の隅に煙草とライターがあるのを見つけ、それをポケットにしまいながら尋ねた。

「ミニクーペのことですか？」警部補も立ち上がり、完璧な上着の皺を伸ばした。「もちろん。僕の車で行きます？」

「そうしたければ」ルカモラは傷んだ煙草をくわえながら戸口に向かった。そして、通りすがりに部下の肩をポンと叩いた。「グラシア地区の路地じゃ、相当の度胸がないと駐車できないからな」

7　双子の魂

ディエゴとラウラは娘が誘拐される十二年前に知り合った。偶然の出会いか、それとも運命だったのか。とにかく、二〇〇四年の初め、山々と海が四方に迫る、コスタ・ブラバの小さな村パニャフォールで二人は出会った。夏になると観光客が殺到して、人口が倍になる村だ。

ディエゴはそこで生まれ、成長し、望んだわけではないが三十歳間近まで暮らした。じつは作家になりたくて、大学時代はバルセロナに逃げたが、両親の体調がいよいよ悪化したせいで、家業を手伝うために故郷に戻らざるをえなくなった。それまでは兄のエクトルが長年一人でその重荷を背負ってきたのだ。帰郷したとき、ディエゴは夢をかなえられないままだった。全国のあらゆる出版社に突き返された原稿でいっぱいの段ボール箱がその証拠で、それを目にしたエクトルには苦笑された。三年後に両親が他界すると、面倒な手続きの末、段階的に実家を売却した。一階には家族みんなが人生を捧げてきた地元産品を売る店があった。エクトルは、遺産の大部分をぶんどって恋人とともにバルセロナに移り住み、ネットカフェを開いた。両親の世話や家業の負担の度合いにもとづいて遺産を分配したので、ディエゴはわずかな小銭しかもらえず、一方エクトルはポケットを満杯にしてバルセロナに向かった。アルサ兄弟のせめて片方でも夢を実現してみせると誓って。

兄がさっさと逃げ出したあと、ディエゴは死に場所さえなく村に残されたが、ラウラからすると、どんでん返し続きの彼の人生はすでに現在に向かって方向転換を始め、彼女との劇的な恋の始まりを目前にしていた。

ラウラが村に来た頃、ディエゴは数か月前からアゴラ学院で文学の講師をしていた。アゴラ学院は、近辺の金持ち連中が将来の後継者たちをのらくらさせるために送り込む私立校だ。ディエゴは幼い頃から、金と大理石でできたその楽園に堂々と通う、ブランド品に身を包んだ子供たちが羨ましかった。自分は暖房もない公立校で退屈な授業を受けるため、遠路とぼとぼ歩かされるのに。それが運命のいたずらで、憧れの学校でなんと教師をすることになったのだ。そう悪い境遇ではないはずだった。教えるのが大嫌いでさえなかったら。

学校で教え始めてから借りている部屋にくたくたになって帰る夕方など、泣きたくなった。ホルモンたっぷりで煩悩だらけ、いくら知識を授けても右から左、そんな上流気取りの騒々しい若者たちと毎日を無為に過ごすことが僕の人生なのか？　この先に待ち受ける、退屈で屈辱的な年月。新しい刺激など見つかりっこない、長い道のりの始まり。ディエゴは意気阻喪して、書くことさえやめてしまっていた。

　だがじつは、本人の知らないうちに、幸運は近づいてきていたのだ。ごくありふれた一月のある寒い朝、それは起きた。いかにもやる気のない色白の学生サンティアゴ・バヨナが、『わがシッドの歌』を暗唱している最中に失神した（ただし、作品と失神に関連はなさそうだった）。ところがこれでクラス全体が冬眠から突然目覚めたかのように、大騒ぎを始めた。数分もすると、騒動を聞きつけた守衛や学務部長、授業のない教師たちが廊下に集まってきた。

　すぐに、生徒は単に気が遠くなっただけで、大事はないとわかった。誰かが顔に冷水をかけたとたん、少し呆然とはしていたが、意識を取り戻した。とはいえ、学務部長は念のために医者に診せたほうがいいと判断した。両親は出張中で、村には今家族がいなかったので、ディエゴが医療センターに連れていくことになった。呼んだタクシーで病院に向かうあいだ、隣にはサンティアゴが黙ってぼんやりと座っていたので、ディエゴはできるかぎり不快感を表に出すまいとした。サンティアゴは、ディエゴには理解できない生徒の一人だった。両親は金持ちだし、本人もハンサムだ。自分にそれだけ好条件が揃っていれば何だってできたはずだとディエゴは思うが、当の本人は教室の最後列に座るはみ出し者の一人に甘んじている。

　診察に現れたのは新顔の小児科医ラウラ・フォルチで、今度意識が吹っ飛んでしまったのはディエゴのほうだった。ラウラがパニャフォール村に来てすでに六か月が経ち、村の重要なポストによそ者が就くといつもそうなのだが、さまざまな噂が飛び交った。新任の医者は三十の坂は越えていないとか、めったにいないほどの美人だとか、暗い過去があるとか。中でも噂好きの患者が聞き出したところでは、バルセロナの南にあるタラゴナ出身で、両親は今もそこで暮らしているが、わざわざ進んでここに赴任してきたのは男から逃げるためだという。教員室で耳にした噂だが、ディエゴはたいして興味は持たなかった。その手の話はたいてい作り話だからだ。

しかし今こうしてフォルチ先生を前にして、〝めったにいないほどの美人〟では言葉が足りなすぎると知った。ラウラは美人どころではなかった。ディエゴが見たことも想像したこともないような美の化身。まわりを黒い豊かなまつ毛に縁どられたアーモンド形の大きな目。とても澄んだ珍しい琥珀色で、金色に近い。その目に見つめられたとき、ディエゴは無防備のまま放射線でも浴びたかのように、脆《もろ》くもすべてをあらわにされた気がした。そしてふいに気づいたのだ。自分は恋に落ちた。生涯この女性が自分の人生から立ち去ることはない、そんな激しい衝撃が体を貫いた。

しかし、ここを出てくれと彼女はディエゴに言ってきた。少なくとも彼女の診察室から。ディエゴは夢心地で言われるがまま立ち去り、廊下に出たとたんに彼女の瞳の魔力から解放されて、やっとわれに返り、まともに考えられるようになった。残ったのはかすかな欲望の火花だけ。たしかに扉の向こう側にいるのはこの世でいちばん美しい女性だ。ああ、まさに奇跡。サンティアゴの診察が済むまで十分から十五分の猶予がある。そのあいだに冷静さを取り戻し、再び診察室に入るときにはやさしくて機知に富んだ、自信にあふれる男に変身して、誘惑はできないにしても、面白い人だからまた会ってもかまわないかな、程度には思ってもらうのだ。

十二分十五秒少々後にディエゴはラウラに呼ばれ、サンティアゴがレントゲンを撮りに行くあいだ、彼女をこっそり観察して一目惚れを完璧なものにした。白衣に隠れた体は妖精のようにはかなく華奢で、髪型はちょっと古風な感じだ。少々尖《とが》りすぎた顎がかえって愛らしい。

サンティアゴがいなくなると、ラウラは、話があるのでこちらへどうぞ、とデスクの前の椅子をディエゴに勧めた。自分の幸運が信じられず、芸達者なアザラシのようにそそくさとその言葉に従った。何を話すにしろ、記憶に残るものになるだろう。自分にとって最高の武器は言葉だ。この対決に当たって、僕ほどうってつけの相手はいないだろう。

彼女は前置き代わりに微笑んだ。

「サンティアゴのことが心配です。少し話しただけですが、家庭内で問題があるようです」

「僕も心配してるんです」ディエゴは瞬時に答えた。「どんなことに気づきましたか？」

「昨日友人たちとマリファナを吸ったせいで、朝起きられず、登校前に朝食を食べる時間がなかったそうです」

「ああ」

「もう大丈夫だと言うんですが、すごく怯えて、絶対に両親には言わないでくれと訴えて。あんなに怖がるのは普通ではありません。どんな家庭環境なんですか？」

ディエゴにわかるわけがなかった。サンティアゴにしろ、ほかの生徒にしろ、何の興味もなかったからだ。一日に三、四時間一緒にいるのが我慢の限界だった。だが当然ながら、そう答えては不正解だ。心配そうに唇を歪め、考え込むようにしばらく黙り込んだ。

「もしよければ、僕にまかせてください。少し調べてみます」琥珀色の瞳の魔法にかかったディエゴは、生徒を心から思いやる献身的な教育者の鑑《かがみ》に変身した。

そして、約束を果たした。美人を喜ばせたいという動機は男にとって何にも勝るのだ。

そのあとディエゴはサンティことサンティアゴを心底心配している教師を装って、彼や、やはり教室の最後列を居場所と決めた〝負け組〟の友人たちと話をした。いつも髪がくしゃくしゃの少々チックがある痩せこけた少年ルベール・ラバントス、カタルーニャでも指折りの大会社の御曹司で、けたたましく笑う巨漢のガブリエル・マルトレイ、サンティの恋人で大人びたジュディ・ルケ。サンティアゴはゲイだと思っていたし、ジュディは男友だちのほうが多く、ロマンスとは無縁に見えたから、このカップルは意外だった。それでも二人は実際に付き合っていた。いやはや。

　人間には隠れた一面があるものだ、とディエゴは思い、一見凡庸な生徒たちの仮面の下にある秘密の生活にしだいに惹きつけられていった。そして、天啓に打たれたかのように、教師として無為に過ごしたこの数か月間、本物の作家なら待ってましたと思うような絶好の機会をみすみす逃していたのだと気づいた。人生が花開こうとしている生徒たちとその柔らかな心をじっくりと研究し、科学的に操作する機会だ。ディエゴは、彼らのことを本気で心配しているらしいたった一人の大人として、四人の生徒たちの秘密を夢中になって書き留めていった。

　そして、ある日の放課後、ディエゴは自分の発見をラウラに報告しに行った。彼が生徒たちの様子を話すのを聞くうちに、ラウラの顔に賞賛の色が広がっていき、美しい瞳が真珠のようにきらきら輝き始めた。彼女に言わせれば、その四人はそれぞれ隠そうとはしていても、じつは人一倍純粋で特別な魂の持ち主で、人とちょっと違うせいで家族や社会に理解してもらえない子供たちなのだ。

「じつはずっと考えていることがあってね」ディエゴはその数日後、ラウラと散歩しながら言った。二人でそうして海辺の散歩道を歩くのが習慣になっていた。「課外授業で創作ワークショップができないか、校長に提案しようと思うんだ。放課後に僕が開くつもりだ。サンティ、ルベール、ジュディは本の虫だから、きっと参加してくれると思う。ガブリエルはわからないけど。あの子は本が嫌いだから。だけど、三人がやると言えば何でもやるから、たぶん加わるだろう。参加者が四人いればワークショップは開講できるし、ほかの生徒たちもその気になるよ。小さな共同体で暮らす子供たちには創造的な刺激を与えて、自分だってできると思わせることが必要だと思うんだ。どう思う?」

ラウラがふいに立ち止まって、こちらをじっと見つめてきた。それも驚くことではなかった。この散歩の習慣を続けるうちに、彼女の情報もたっぷり集めた。彼が恋をしているその医師は、理想主義者で、ベジタリアンで、アフリカに代母を務めている子が一人いるほか、さまざまな慈善団体でボランティアをしている。生徒のためにワークショップを開くという提案は、長年マナティの保護活動をしてきたと話すB案よりはるかに信憑性《しんぴょうせい》があるだろう。

「どう思うか?」考え事をするときいつも顔をしかめるラウラは、寒さで赤くなった小さな鼻に皺を寄せ、やがて言った。「ディエゴ・アルサ、世界一すばらしいアイデアだわ」

それから彼女は本気で言ったことを証明するように、初めて彼の唇にキスをした。ディエゴは、彼女を感心させたくて言った言葉の褒美を受け取った。彼女の腰におずおずと腕をまわし、温かく甘い唇を楽しんだ。診察室に入った日からずっと空想してきたことだった。そして二人は、何日もとろ火で煮込まれてきたこの口づけで、サンティの失神で始まった何かが完結したのだと直感した。

結局、創作ワークショップには四人のはぐれ者しか参加しなかった。最初はがっかりしたディエゴだが、やってもお金にも名声にも結びつかない、ラウラの気を引くためだけに考えたその課外授業がだんだん楽しくなってきた。何しろ四人はうっとりとディエゴを見つめ、彼が何を言っても感動するのだ。気持ちがよくないわけがない。じつは作家になりたいんですと打ち明けてきたルベールは、四人の中ではいちばん頭が切れ、神のご託宣のごとくディエゴの言葉に聴き入った。悩み多き少年の夢を支えてやりたいという使命感に駆られ、欲しいとまもなく言ってきた。少し前から小説を書き始めたらしく、アドバイスがディエゴは喜んで特別授業をした。ジュディとサンティも熱心に授業に参加した。ジュディなどすっかり心酔して、ラウラの髪型を真似し、唇や目にメイクまでしてワークショップに現れた。ビエルとみんなが呼ぶガブリエルは、ほかの三人とは違った。眼鏡をかけた太っちょで、歳も二つ上。仲間の中では少々まぬけな〝みそっかす〟的存在だった。たぶんほかのグループはどこも受け入れてくれないので、彼らと一緒にいるのだろう。容赦のないやり方でみずからの帝国を築いたと言われる実業家パラーヨ・マルトレイの息子だとはとても信じられない。ワークショップで彼がやっとこさ書き上げた短編は、ヒットラーが悪人になったのは、子供の頃に山羊《やぎ》に睾丸を嚙みちぎられたせいだとするとんでもない話だ。ディエゴが教えたいい短編を書くためのルールにことごとく反していたが、本人はなぜか出来に自信満々で、ヒットラーへの謝辞代わりに「総統《フューラー》」というペンネームで何かのコンクールに出したいとまで言った。そのペンネームにしても、ビエルは正しいドイツ語の綴《つづ》りを調べることさえせず、耳で聞いたまま自己流で表記していて、ディエゴは呆《あき》れてしまった。ビエルがワークショップの質を落としているとわかっていたが、笑いを巻き起こすので、なくてはならない存在になっていた。

海辺でのキスで始まったラウラとの関係は課外授業と並行して進展したが、折り紙でもするようなどこかもったいぶったスローペースだった。ときどきしか会えず、その合間をせっせと埋めようとしたのは、信じがたい幸福に舞い上がっていたディエゴのほうだった。ある週末にラウラから、タラゴナに一緒に行き、両親に会ってほしいと言われたときなど、教養あふれる魅力的な好人物を演じ、食後の皿洗いまで買って出た。しかしキッチンに向かった彼をラウラの母親が待ち伏せしていて、「もう少し肩の力を抜いたらどう？ 完璧な娘婿を演じなくても、あなたが本当はどういう人かそのうちわかるわ、私も娘も」と言った。戻ってきたとき、ディエゴは母親に言われたことをラウラには話さなかった。警告なのか、それとも以前ラウラが話していた「うちの母のユーモアのセンス、ちょっと変わってるの」とはこのことなのか、わからなかったからだ。いずれにせよ、タラゴナとパニャフォールのあいだにはかなりの距離があるおかげで、そう頻繁には行き来できず、今のところは心配の必要はない。一方、父親のジュゼップに敵意は感じられなかった。人好きのする物静かな七十代の老人で、こんな年だからもう傍観者を決め込むつもりらしく、人生の成り行きを皮肉めいた笑みを浮かべて眺めているようなところがあった。

両親はもう何年も前に他界したから、申し訳ないけど僕には紹介するような人がいないよ、とディエゴが言うと、「お兄さんももう他界したの？」とラウラがふざけて言った。こういう辛辣なところは母親譲りらしい。ああ、エクトルね……兄は夫婦でバルセロナに住んでるけど、すごく忙しい人だから、最近あまり連絡を取ってないんだ……いつか一緒に食事でもしよう。しかし内心、天地が引っくり返ってもその日は来ないだろうけど、と思った。

ディエゴとラウラは村の海辺を散歩しながら愛を育んだ。話題は文学、映画、音楽、若者の教育の重要性について……だって若者がよりよい成長をすれば、未来もよくなるでしょ、などなど。

「山を散策したこと、一度もないわね」ある日の午後、ラウラが言った。「今度の土曜は山に行かない？」

「山は嫌いなんだ」ディエゴは答えた。「小さい頃、毎週日曜に両親と兄と一緒に出かけて、アスパラガスとキノコを採って歩いた。しまいには山を憎むようにすらなった」

「あら」ラウラは残念そうだった。「でも、頂上に幽霊屋敷があるって本当？　病院の同僚から聞いたんだけど……」

「そんなの耳を貸すなよ」ディエゴは乱暴に遮った。「昔からある与太話だ。ただの廃墟《はいきょ》だけど、持ち主がはっきりしない。今あそこに行くのはヤク中ぐらいだ。それに、頂上にたどり着くには北側にある暗くて陰気な森を通らなきゃならない。一人で行こうなんて気を起こさないでくれ」

ただの森からさえ必死に自分を守ろうとしてくれるディエゴに心を動かされ、ラウラは彼に熱いキスをした。ディエゴは唇が触れ合うのを感じながら、胸で震えているこの光はきっと愛だと思った。それも本物の愛。今の今まで、そんなものはアトランティス大陸とかイエティみたいに伝説だと思っていた。だがたしかにそこにあり、心をいきなり満たした。キスが終わると、ラウラは頭を彼の肩にもたせかけ、二人はそうして長いあいだ抱き合い、彼らにしか聞こえないやさしいメロディに合わせてそっと体を揺らしていた。

そんな魔法の時間のさなか、突然ラウラが体をこわばらせた。そして、散歩道の突き当たりにそびえる、海岸線を見渡せる天然の展望台さながらの小高い丘をじっと見つめた。そこに、こちらをうかがっているような人影があるのにディエゴは気づいた。遠すぎて顔は見えないが、ポケットに手を突っ込んで二人を見ている陰鬱な雰囲気が不安を煽《あお》る。

「彼だわ」ラウラが独り言のようにつぶやいた。「ついに見つかってしまった」

ディエゴはそのとき、ラウラが男から逃げてこの村に来たという噂を思い出した。のぼせ上がっていてすっかり忘れていたし、彼女にそのことを尋ねさえしなかった。だがすぐにピンときた。とっさに丘まで全速力で走ったが、到着したときにはもう誰もいなかった。

男は蜃気楼《しんきろう》のように消えてしまった。肩で息をしながら戻ってきたディエゴは、ラウラが散歩道のベンチに座り、体を強く抱きしめているのを見た。恐怖で歪んでいた顔が、今は不安で引き攣っている。ディエゴは横に腰かけると、理由を話すようそっと表情で促した。

「はっきりとはわからない。でも、体型や、私を観察していたあの感じは……ジュリアンだと思う」

ラウラから大学時代の恋人ジュリアン・バソルについて聞いたのはそれが初めてだった。彼女はその男から逃げていたのだ。そして、常軌を逸した彼の行動に対する恐怖、ずっとつきまとわれていたあいだどんなに不安だったか、脅し文句の並ぶ手紙について聞くうちに、ディエゴの中に、彼女をあらゆる邪悪や危険から守りたいという抑えきれない思いがふくらんでいった。こんなに繊細な女性がそんな目に遭わされ、知らなくてもいい愛の暗部を知るはめになったという事実に、怒りを覚える。羊を狙う狼《おおかみ》のように、暗い場所に隠れて純粋な心を脅かす魔物たち。二人の人生が一本の組み紐をあざなうあいだは、もうけっしてラウラに恐ろしいことは起こらないようにしたい。

「ラウラ……」今もまだ震えている彼女の体を抱き寄せながら、耳元で囁く。「僕が君を必ず守る。君も、いつか二人のあいだに生まれる大事な子供たちも、絶対に。誓うよ、僕は何でもすると。命を懸けて守る」

あの風の強い午後、そんなふうにディエゴは囁いた。十二年後、おとぎ話のようなその約束を果たすことになるとは思いもよらずに。

8　執着に期限はない

グラシア地区を訪れるたび、ルカモラ警部はミュージカルの舞台に紛れ込んだような気分になる。通りを歩いているのはたいていおしゃれな若者で、彼らが突然足を止め、たがいに示し合わせると、いきなり陽気なダンスを始めるのだ。だが今回はそんな印象はなかった。ジュールズ・バス医師という異質な存在のせいだろう。医師は通りの奥に姿を現し、夜通し人々の体を修理し続けた疲労でぼんやりしているのか、周囲には目も向けずに夢遊病者のようにこちらに歩いてきた。玄関前に駐車してある赤いライン塗装が施された白のミニにも、眉をひそめて近づいてくる二人の男にも気づかない。鍵穴に鍵を差し入れた彼にルカモラが背後から声をかけた瞬間、オーバーなくらい跳び上がったのはそのせいかもしれない。あるいは、数年前に名前を変えて以来使っていないスペイン名で呼ばれたからか、あるいは、昔の恋人への練りに練った復讐計画の第一歩に踏み出したところだからか。

「ジュリアン・バソルさん？」ルカモラは、すぐ後ろにオラーヤを引き連れてバソルの横にたどり着いたとき、もう一度名前を呼んだ。

バソルは平凡な男に見えた。四十代、痩せ型で背はあまり高くなく、髪は茶色、感じのいい顔。だが目を見たとたん印象が変わった。疑り深そうな邪悪なまなざしは、体を構成する六十五パーセントの水分すべてを恨みに変えたかのようだ。細胞の隙間まで入り込んだ垢《あか》さながら、どうしてもこすり落とせない古い恨み。ルカモラの警戒度が一気に上昇した。こいつがアリの誘拐犯なのか？　今すぐ殴り倒して、どこにいるのか白状させるか？

「どちら様ですか？」医師はこちらを胡散臭《うさんくさ》そうに見た。

「私はルカモラ警部、こっちはオラーヤ警部補です」二人は警察章をひらめかせた。「少しうかがいたいことがあるのですが、よろしいですか？」

「ええ、もちろんです」やや口調をやわらげて、医師は答えた。「ですが……どういった用件で？」

「捜査の一環としての型通りの質問です。アリアドナ・アルサ誘拐事件についてはご存じでしょう」

バソルは二人をぽかんと見た。本当に知らないようだった。

「ええと……じつは知りません。アリアドナ・アルサって誰ですか？」

ルカモラとオラーヤはさっと目を見交わした。

「本当にご存じない？」ルカモラが言う。「昨日の午後からあらゆるメディアがその話で持ちきりです」

「ツイッターのトレンドにも入ってますよ」オラーヤが続けた。

「じつはSNSをやってなくて」医師は申し訳なさそうに微笑んだ。「病院で二十四時間勤務を終えたところなんですよ。そのあいだに六件の手術をこなし、回を重ねるごとに難しい手術になっていった。手術室から一歩も出ていないくらいです。当然、テレビも観てないし、新聞も読んでない……。とにかくへとへとなんです。よければ本題に入ってもらえませんか？　無礼なことはしたくないが、話しながら眠り込んでしまうかもしれない」

バソルはそう言って笑ったが、刑事たちの厳《いか》めしい顔を見てすぐに真顔になった。「それで、用件は何でしょうか？　その誘拐された女性のことは何も知りません」

「女性ではありません」ルカモラが訂正した。「七歳の少女で、作家のディエゴ・アルサと医師のラウラ・フォルチの娘です」そう告げると口をつぐみ、わずかな反応も見逃さないよう医師の顔を見据えた。しかし無表情のままだったので、続けた。「ラウラとあなたは大学時代に恋人同士で、あまり好ましい別れ方をしなかったと聞いています」

医師は無言のまま不可解な表情をしていたが、少しずつそれが変化し始めたのにルカモラは気づいた。

「少しお付き合いいただけますか？」と、とどめを刺す。

医師は急にわれに返ったかのように、目をぱちくりさせた。

「何と言っていいか……ラウラに娘がいたのか……そして誘拐された……」意味を理解す

るのに苦労しているかのようにつぶやく。それから二人の刑事を交互に見た。「恐ろしい。まさかそんなことが……」そこで言葉を切り、急にはっとした。「待てよ、あなた方がここに来たのは……」表情がたちまち歪んだ。「ああ、そうか。昔のあの出来事のせいか」

「バソルさん……」オラーヤが口を開いた。

「バス先生でお願いします」医師がつっけんどんに訂正した。「いや、すみません。疲れているし、この状況はちょっと手に負えない。ジュールズと呼んでください。あるいはジュリアンと。どちらでも同じだ」口調をやわらげて言葉を結んだ。

「ジュリアン」ルカモラは言われたとおりにした。「あなたを容疑者扱いするつもりはないんです。今言ったように、型通りの質問なんだ。そうしたいなら、弁護士と一緒に署に来てもらってもかまわない。ただ質問はたった四つなので、今するなら五分で終わり、全員すぐにベッドに潜り込める。一晩中起きていたのはあなただけじゃないんだ」

医師はさえない顔で二人の刑事をしばらく眺めた。

「わかりました。たった四つ答えるだけなら……」ため息をついて降参する。「よければ中に入りませんか？　うまいコーヒーをご馳走《ちそう》しますよ。自然食品店で豆を買って、自分で挽《ひ》くんです。残念ながら食べるものはない。朝食はいつも病院で済ませるので」

「コーヒーをいただきましょう」オラーヤが同意した。

建物の中に入り、廊下を進むと頑丈そうなドアがあり、医師は鍵を開けて二人を部屋に通した。独身者用の今風のロフトで、内装はモノトーンでまとめられている。壁や家具などほぼ全体がその色調だが、辛子色のクッション、ところどころ煉瓦が剝き出しの壁、そここに置かれた骨董品《こっとうひん》だけが色彩を加えている。部屋の主人が、クッションと同じ辛子色を基調としたオープン形式のキッチンに向かうあいだ、オラーヤは壁一面を占める、ぎっしり本が並んだ巨大な本棚に近づき、ルカモラは唯一快適そうなソファーに座った。前には、ミニカーがずらりと並ぶセンターテーブルがある。手帳を見返そうとして取り出したとき、機関銃でもぶっ放したような轟音《ごうおん》が突然響き、ぎょっとして手帳を床に取り落とした。電動のコーヒーミルの音だとわかって、メモをそっと拾った。

「すごい読書家なんですね！」オラーヤはコーヒーミルの音に負けじと声を張り上げ、たまたま目に留まった本を手に取った。

「本があるから読むだけですよ！」バソルも大声で返す。「以前はもっと読みましたが、だんだん時間も気力もなくなり、正直に言うと忍耐力もなくなりました」

ふいに轟音がやんで、室内に雪崩のように静寂が流れ込んだ。ルカモラは頭痛が消えたときと同じ安堵を感じた。

「古典が好きみたいですね」オラーヤは本を戻し、歩きながら本の背を指で撫でた。それから目に留まった題名を挙げていく。「『ファウスト』、『大尉の娘』、『山猫』、『ボマルツォ』、『憂愁のオード』、『嵐が丘』……。全部読んだんですか？」驚いてバソルのほうを見る。

医師は自嘲気味に笑い、挽いたコーヒーを錬金術師の手つきでポットに入れた。一瞬いい香りが呪文のごとく室内に広がった。

「ええ、残念ながら」悲しげな声で答える。

ルカモラは手帳から顔を上げた。

「残念ながら？」

医師はポットを火にかけ、警部のほうに向き直った。

「古典をほとんど読んでしまうと、胸を揺さぶる本を現代文学の中から見つけるしかなくなる。考えただけで眩暈《めまい》がしますよ。だって過去に慰めが、未来に希望がなくなったら、何が残るか？」

「現代作家には興味がないと？」

バソルは困ったように微笑み、オラーヤを横目でちらりと見た。彼は相変わらず本を出したり戻したり、ぱらぱらめくったりしている。医師が何か声をかけようとしたように見えたが、結局ルカモラの質問に答えた。

「そこまでは言いませんよ、警部。もちろん好きな現代作品はあるし、ずっと関心を持っている作家もいますが、がっかりすることが増えるばかりで」バソルはあきらめの表情で肩をすくめた。「読者としても、人は老いるのでしょう」

「わかります、とは言いかねますがね。じつは私はあまり本を読まない。胸を揺さぶられるとすれば、ますます心配になってきた前立腺の問題ぐらいです。私の場合、老い方もありきたりらしい」

医師は明るく笑った。

「ある意味羨ましい。読書は一種の麻薬です。読者はつねに次を求め、以前と同じ楽しみを見つけるのがどんどん難しくなっていく。本を読まない人はそういう苦しみに悩まされずに済む……警部補、そこにある本には気をつけてください。貴重な初版本なので」

オラーヤは手にした本を書棚に戻した。「ああ、すみません」

「あなたの本の好みに話を戻しますが、ではディエゴ・アルサは読んだことがない？」ルカモラが尋ねた。

「ええ、じつは」医師は肩越しにポットを見て答えた。「コーヒーができた。ミルクと砂糖は？　警部補はいかがですか？」

「お願いします。ありがとう」オラーヤは延々と続く本棚をまだ眺めながら答えた。

「私はブラックで」ルカモラが言う。

バソルは振り返り、ポットを火から下ろした。

「さっき言いかけましたが……」棚からカップを取り出しながら言った。「読んだことがないんですよ。もちろん名前は聞いたことがありますが、ミステリにはあまり興味がないので。ましてやベストセラーは。コーヒーをお持ちしますよ、警部補！」肩越しに呼ぶ。

オラーヤは宙に親指を立て、まだ書棚を眺めていた。バソルはため息をつき、また向こうを向いた。

「ディエゴ・アルサがラウラの夫だということも知らなかった？」

医師はコーヒーの準備に忙しく、すぐには答えなかった。やっとこちらを向いたとき、表情はとても冷静だった。だがルカモラは騙されない。バソルはずっと背中に意識を集中させていた。

「さっきもその質問しましたよね？」バソルはトレーを手に近づいてきながら、落ち着いた声で答えた。「そして私はこう答えた。まったく知らなかったと。ラウラが結婚していたことさえ知りませんでした。テーブルの上のものをどかしてもらえますか？」

「ええ、そうですね」ルカモラは答え、ミニカーのあいだにスペースを作った。「しつこくてすみません。でも、変だなと思いましてね。ディエゴ・アルサはマスコミによく顔を出している。『血と琥珀』で成功したあと、文芸誌だけでなく、あらゆる雑誌やテレビ番組でインタビューを受けていた。妻と一緒に写った写真もずいぶん見た記憶がある。そういう写真を見てラウラだとわからなかったなんて、おかしい」

「でも、わからなかったんです」バソルは微笑み、シマウマの革張りらしき椅子に腰かけた。「変だと思うかもしれませんが、事実なのでそう答えるしかない。それに嘘をつく理由もないでしょう。写真を見てラウラだとわかったとして、娘を誘拐してやろうと思いますかね」

「それはそうです」

「いい香りですね！」いきなり現れたオラーヤが上司の隣に座った。

ルカモラはいつの間にかそこにいたオラーヤを驚いて見た。この男ならアルキメデスの原理を無視して風呂に浸かれるに違いない。

「うわ……なんて数のミニカーだ」オラーヤは近くにあった車を手に取った。「珍しいものをコレクションするのが趣味らしいですね」

「というか、修理するのが好きなんです。人の命を救う以外のことに手を使うとリラックスできる。それは、ケネディが暗殺されたときに乗っていた車のレプリカなんですよ。トゥールーズの蚤の市で見つけたときはひどい状態だった」

「さて、本題に入りましょうか」ルカモラが言った。「去る金曜の夜、十一時から十二時頃、何をしてましたか？」

医師はコーヒーを飲んだ。目を閉じてじっくりと味わい、やがて冷静に答えた。

「ここに、自宅にいました。一人でした。夜十時頃、夕食にワインと一緒に軽くサラダを食べ、そのあと少し読書をした。でもすぐに眠くなって、十一時半には寝ました。翌日八時に病院に行き、二十四時間の連続勤務をこなして、ご存じのとおり、ついさっき退勤したというわけです」処置なしというように肩をすくめる。「残念ながらアリバイはない。まずい状況ですよね……」そしてルカモラとオラーヤを交互に見る。「でも事実です」

「アリバイの話はまだ早い」ルカモラは指摘した。「そんなものは求めてないし、これはただのおしゃべりです」

医師はやや乱暴にカップをトレーに置き、ルカモラを真剣な表情で見た。

「私は馬鹿じゃない。自分の状況は理解している。ラウラ・フォルチは以前ストーカー行為で私を告訴し、判事が接近禁止命令を出した。あなた方が私のところに来たのはそれが理由だ。あなた方だって、ラウラやその夫の友人や元恋人全員から話を聞くわけじゃない、そうでしょう？　だからごまかさなくていい。私には前歴があり、アリバイもない。そういう困った状況だが、それでも弁護士の同席なしにあなた方を受け入れている。家にまで招き入れて、その気になればあなた方は家宅捜索もできる。どうぞやってください。礼状がなくてもかまわない。隠すものは何もないですから」彼は身を乗り出し、ルカモラを催眠術にかけようとするかのようにその目をじっと見た。「私はその少女を誘拐などしていない。まず存在すら知らなかった。いや、たとえ知っていたとしてもラウラを苦しめるようなことは二度としない。誓って」

ルカモラも小人の駐車場のようなテーブルに身を乗り出し、バソルの目を真正面から見据えた。

「だが、当時彼女に送った手紙に、ほかの男のものになったら絶対に許さない、近づこうとするやつは全員殺してやる、と書いていた」

「大昔のことだ！」

「執着に期限はないんだよ」ルカモラは見つめ続ける。

「まったく……」医師は椅子に背をもたせ、顔を両手でこすった。「私が後悔していないとでも？」二人の刑事を交互に見るその目に突然涙があふれ出した。「してるさ！　思い出すたびに恥辱と呵責の念で息ができなくなるほどだ。たしかに私はラウラに執着していた。だが誤解しないでほしい。彼女を愛してたんだ。ただ執着していただけじゃない……」バソルは首を振り、蜘蛛の巣のように絡みつく記憶に浸る。「とても聡明《そうめい》で、明るい女性だった……失うかと思うと不安で不安で、しだいにおかしくなっていった。今振り返ると、なぜあんなことをしたのかわからない……。無自覚だったんだ。だがラウラに告訴されて、彼女の目に自分がどう映っているかわかった。初めて自分の行動の非常識さ、痛々しさに気づいた。それから変わったんだ。以来ラウラを困らせたことはない。彼女もそう言ってただろう？　黙って姿を消し、ロンドンに行ってセラピーを受け、新たな生活を始めた。過去は捨てたんだ。独身生活を楽しんだ。それは現在もだ。今の生活に充分満足している。ラウラのことは、もちろんときどき思い出すよ。今どうしているだろうと考えると胸が引き裂かれる。だが、もう執着はしていない。スペインに戻ってきたのは、いい条件の仕事のオファーがあったのと、ロンドンの気候にうんざりしたからだ。ラウラがバルセロナにいることさえ知らなかった。もし今ラウラに会うとしたら、それは過去について謝罪するためだ」

「信じますか？」十分後、オラーヤは車のドアを開けながら尋ねた。

ルカモラは、車内に体を押し込めるため、大きな体をベビーカーのように折りたたまなければならなかった。

「嘘を言っているようには思えなかったな」何とか乗り込んでから答えた。「もし演技なら、相当な役者だ」

「でも、演技を準備する時間もあった」オラーヤは一度のハンドルさばきでわずかな隙間から車をみごと脱出させた。「僕はちょっと気になってます。二、三、しっくりこないことがある」

「たとえば？」

「まず、ラウラがディエゴ・アルサと結婚していたことを本当に知らなかったのか？ネットや新聞、雑誌ででも、二人の写真を見たことがないなんて信じられない」

「まあな」ルカモラはポケットから煙草を取り出してしぶしぶうなずいた。

「すみません、この車、禁煙なんです」

「知ってるよ。手に持ってるだけだ。続けろ」

「仮にあいつが知っていたとしましょう。あんなに熱心な読書家なら、心から愛した女性の夫となった男の作品を読むのが普通です」と皮肉っぽく言う。「僕なら読みますね。単なる好奇心でも。ところがバソルは読んでいないと断言した。実際、書棚にもディエゴ・アルサの本はありませんでした。ただ……」

「ただ？」ルカモラはオラーヤのもったいぶった態度に嫌気がさして促した。

「僕が書棚を見ていたことは知ってますよね。あいつは特別几帳面《きちょうめん》だ。ジャンルごとに本を分類し、その中で作家をアルファベット順に並べてた。で、ミステリの棚で気づいたことがあるんです。あまり興味がない分野だというのは嘘じゃない。三段分しかなく、古典の名作ばかりだった。ドイル、ハメット、ジェームズ・M・ケイン……。ところが、アルファベットの最初のほうの作家たちが並ぶ一段目を見たとき、本のあいだがあきすぎているように見えた。実際、エドガー・アラン・ポーの『モルグ街の殺人』とアントニイ・バークリーの『毒入りチョコレート事件』のあいだの埃《ほこり》に跡がついていた。そのあたりの
「本を何冊か引き抜き、慌てて隙間をごまかしたみたいに。で、調べてみたんです。その棚には、四百ページ超えの本がもう三冊ほど入る余地があった」

「ディエゴの三冊の小説か」ルカモラがつぶやいた。

「そのとおり！　推理してみましょう……」オラーヤは、南仏でドライブでもしているか

のように、片手で運転しながらウィンドーから腕を出した。風が彼の髪をなぶり、しだいに髪型がいい感じに乱れていく。「バソルは復讐計画を練っていた。そのために『血と琥珀』を徹底的に研究した。たとえば下線を引いたり、余白にメモしたり。誘拐をいざ実行したら、自分には前科があるからいつかは警察が来ると思い、不利な証拠となるこの本は処分する。純粋に好奇心から買ったほかの二冊も一緒に。そうすれば、この作家と元恋人の関係を知らなかったと警察に言い張れる……」

ルカモラは疑わしげに首を振った。

「かなりこじつけだな。だが、おかげで一つ思いついた。バルセロナじゅうの書店で『血と琥珀』の購入者をすべてリストアップするんだ。おまえが言ったように、犯人はこの小説を徹底的に研究したはずだ。そしてそのリストと小児性愛者や精神疾患患者のリストをルジャスに照合してもらう」

「十年分ですか?」オラーヤはぎょっとして、そのせいで車が少し横に揺れた。「何日も、いや何週間もかかるかもしれない。それに、クレジットカードでの購入分しかわかりませんよ」

「大型店ではそうだろう。だが小さい書店ならお得意さんがいる。犯人は本についてしつこく訊いたはずだから、書店側も覚えているだろう。うまくいくかもしれない。あそこから始めよう!」ルカモラは、そのとき通り過ぎた小さな本屋を指さした。

「でもほかの町で買ったかもしれませんよ」オラーヤは反対し続けた。「あるいは人から借りたか。いや、違法なコピーだったかも。貸出記録を調べなければ。それにアマゾンのダウンロード記録も」

「図書館も忘れちゃいけない」ルカモラはオラーヤを無視して続ける。「おもな文学フォーラムも追いたい。怪物やディエゴの作品について普通と違う、激しすぎるコメントはないか探してくれ」

「ジェラール」オラーヤは上司を落ち着かせようとした。「人員が足りませんよ。バソルに集中すべきだ。今のところ、唯一の容疑者です。さっきも言いましたが、あいつは何か隠してる。あの日には何かある……」

「情報分析チームを総動員するんだ」

「いや、ですから……」

「反対ばかりするな！」

オラーヤは、今ルカモラが殴ったダッシュボードを見て眉をひそめた。何も言わなかったが、歯を食いしばっているせいで、こめかみで血管がぴくぴくと脈打っている。

少し冷静になってから、ルカモラが続けた。「そうしたいなら、パラルタ判事に頼んで、バソルの銀行口座、電話、メールなんかを調べる命令を出してもらおう。もし人員が充分なら、の話だが。それでいいか？」

オラーヤはうなずいた。

「パラルタのことはよく知っています。テニスの腕前もまあまあです。だが、不安が大きいと負けがちだ。外面《そとづら》を気にしすぎるんです。だから、試合より練習のほうがいいプレーをする。世間のプレッシャーに弱い」

「どういうことだ？」

「上の連中に余計な口出しをさせたくなかったら、せめて当面は、パラルタがきちんと仕切っていると連中に思わせなければならない。それには、パラルタ本人にもそう信じさせることです。最善策は、第一容疑者をできるだけ早く差し出し、捜査の方向性を定めること。さもないと彼はプレッシャーに押しつぶされて、ラケットを放り出し、泣きながらマドリードに帰ってパパとママに助けを求めるでしょう」

「いいか」ルカモラは告げた。「おまえの譬え話など俺にはどうでもいいことだ。よく聞け。おまえはそのコミュニケーション能力と情報網のおかげで、いつか重要ポストに就くだろう。警察トップにだってなるかもな。だが俺のチームにいるあいだは指示をするのはこの俺だ。いいな？」と言って相手をじろりと睨んだ。

「はい……」オラーヤは前方から目を離さずにもごもごと言った。「よくわかりました」

「よし……くそっ！」ルカモラは天を仰ぐ。「今度は何だ？」

突然鳴り出した携帯電話を取り出す。

「リエラか！」と怒鳴る。「……ああ……ああ……くそ、わかった。すぐに行く」

電話を切ってポケットに戻すと、煙草を出して火をつけた。

「ええと、ジェラール……」

「サイレンを鳴らしてアクセルを床まで踏み込め」言葉を遮って命じた。

「何事ですか?」

ルカモラはゆっくりと煙草の煙を吸い込んだ。

「出国しようとしていたエクトル・アルサが空港で見つかった。南米行きの片道航空券を持っていた。今署に移送されている」

9 超能力

九月二十三日の夜、ディエゴが第十二回国際文学会議で編集者を追いまわしていた頃、彼の書斎で小さな奇跡が起こった。〈怪物〉がフィクションのベールを切り裂き、現実世界に姿を現したのである。力を使い果たし疲労困憊《ひろうこんぱい》した怪物は、新生児のようにしばらく床で身を縮め、荒い呼吸をしていた。周囲では、すべてが赤インクにまみれていた。書棚の本、天井、椅子、そしてもちろん、堂々たる書き物机も。そのいちばん上の抽斗は粉々に破壊されている。

わずかに開いた窓から夜風が吹き込み、少しずつ回復しつつあった生気のない人影をやさしく愛撫《あいぶ》する。弱々しく震えながら、その影が闇の中で徐々に立ち上がった。人間の姿をしているが、体じゅうが赤いインクの滲《にじ》む紙片で覆われている。棘《とげ》や皺だらけの彫刻のようだ。それは手を持ち上げて、口に詰まっていた紙のかたまりをほじくり出し、目に張りついていた細い紙の帯をむしり取った。そうしてやっと目が現れた。たとえ体は紙でできているように見えても、暗く禍々しいその瞳は、人間そのものの怒りを発散していた。

無残に破り捨てられた原稿が足元に落ちているのを見ると、それは勝利の雄叫《おたけ》びをあげた。ついにやった。長年自分を閉じ込めていた小説から脱出できたのだ。

よろよろしながら書斎を出て、やはりぼんやりとした光で満たされた廊下に出た。歩くうちに、体を蛹のように覆っていた紙切れがはらはらと剝がれていった。しだいに人間らしい姿になっていくそれは、後ろに紙と血に似た赤インクの跡を残しながら進み、やがてわずかに開いたドアの前で立ち止まった。中を覗くと、作家の娘がベッドですやすやと眠っているのが見えた。

体の奥で蠢《うごめ》く憎しみを抑え込む。家の中にほかに誰かいないかどうか確認するのが先だ。進むうちに脱皮は完了し、そこにいるのは古風な手術着を着た男だった。居間は静まり返っているが、彼が立っているところから、浴室のドアが開き始めるのが見えた。手袋をはめた手でドアを強く閉め、中にいる者が外に出られないようにした。

それから娘の寝室に戻り、中に入ると、そろそろとベッドに近づき、娘をしばし観察した。おそらく彼の企みに勘づいたのだろう、娘が突然目を開けた。その瞳は琥珀色だった。奇跡のような特別な色。ついにこれで作品が完成する。

ディエゴがあげた悲鳴が寝室にこだました。混乱していたが、気づくとベッドで半身を起こしていた。脈が乱れ、全身汗まみれだ。また悪夢だ……ずっと見ていなかったのに、これで二度目だ。悪い癖が甦《よみがえ》り、新たな悪夢が紡がれ始めたらしい。初めてそれが訪れたのは十歳のときだった。〈夜驚症〉、〈睡眠時随伴症《パラソムニア》〉などなど、母にあちこちの医者に連れまわされ、どれくらいさまざまな診断をされたか覚えていないくらいだ。「想像力過多なお子さんです」と、ディエゴが夢の内容を話すとどの医者も言った。巨大蜘蛛、ピラニア、ゾンビ、吸血鬼、狼男、パンサーウーマン、その他無数の怪物たち。当時はまっていたSFやホラーの映画、テレビ番組、漫画、小説に頼った。本当のことは言いたくなかった。悪夢の登場人物はいつも同じで、空想の産物でも何でもない、ということは。

ディエゴはヘッドボードに寄りかかってしばらく目を閉じ、鼓動のリズムが元に戻るのを待った。そのとき、ラウラの字でメモが書かれたポストイットが枕に貼りつけられているのに気づいた。まだ震えている指でそれを剝がす。

〈駅に母を迎えに行ってきます。昨夜、予定より一時間早く着くと電話があったの。アレナが車で送ってくれます。戻るのは十時半頃だと思う。キッチンに淹れたてのコーヒーがあります〉

昨夜ラウラはずっと泣きどおしで、ようやくソファーで眠りについた。ディエゴは彼女に毛布を掛け、自分はベッドに入ると睡眠薬を飲み、とたんに意識を失った。とても深い眠りだったので、ラウラがメモを置きに部屋に入ってきたことにも気づかなかった。それにしても、メモにアレナの名前があったことが気に入らなかった。駅まで送ってもらうのに、夫より知り合ってたった一年の友人を選ぶとは、どういうことだ？

メモを丸めて床に放る。それから苦労して起き上がり、廊下に出た。深い静寂がわが家を包み込み、コーヒーを飲もうとキッチンに向かいながら、ディエゴは自分が幽霊になったような気がした。アリの部屋に差しかかったとき、立ち止まらずにいられなかった。いつもの日曜日なら、この時間まだアリは眠っていて、シーツを体に絡ませてベッドに横たわっているはずだ。逆さまになっていることもあったな、と思い、涙があふれる。ぬいぐるみのユニコーンにまたがって世紀の大戦争で戦ってきた夢でも見たかのように、ぼさぼさの髪は汗だくで、束になった前髪が額に張りついていたっけ。ひょっとして、中にいたりしないだろうか？　何もかもいつもの悪い夢だったとか？　ドアを押したとき、ベッドが乱れ、枕の上にぬいぐるみのユニコーンが転がっているのを見て、どきっとした。前日、ラウラが普段のようにベッドを整え、クッションの上にぬいぐるみを丁寧に置いたのをたしかに見た。そうしていつもどおりにしておけば、娘が戻ってくるとでもいうように。ところがベッドはまた乱れている。あれも夢だったのか？　ディエゴはよろよろとベッドの横にしゃがみ込み、シーツに顔を埋めた。おなじみの柑橘系の香りが鼻腔《びこう》をくすぐった。それで、ラウラはソファーで一晩過ごしたわけではなく、途中で目覚めて娘のベッドに移ったのだとわかった。娘がいるはずなのにいない場所で体を丸めて眠っている妻を思い浮かべる。たがいの胸の痛みをどうしたら分かち合えるか、わからなかった。たぶんどんな夫婦にもわからないだろう、と自分を慰めるように言い聞かせる。それぞれのやり方で向き合うしかないことが、夫婦にはあるのだろう。

ディエゴはベッドに座り、ユニコーンを生き物さながら慎重に手に取った。アリに会いたい！　あの子は娘であると同時に、無条件に僕を愛し、完全な共犯関係を築けるたった一人の相手でもあった。ラウラとでさえ、そんな関係にはなれなかった。どうしても彼女に話せない、二人のあいだに深い溝を作る暗い過去の出来事があるからだ。だが、大人の心が隠し持つ屈折をまだ知らないアリとなら、ラウラさえ立ち入れない二人きりの純粋な世界を創れた。

ぬいぐるみを撫で続けながら、ディエゴはたびたび娘と訪問客をびっくりさせるゲームをしたことを思い出した。アリはそのちょっとしたごっこ遊びが大好きだった。「ゲームする、パパ？」人を夕食に招くたび、目をきらきらさせてそう尋ねてきたものだった。ラウラには以前から禁止されているのだが、ディエゴはしーっというように唇に指を押し当て、こっそりうなずいた。妻に叱られることなど、二人で密談する楽しさに比べれば些細なことだ。だから食事が済んで、アリがみんなにおやすみなさいと告げてベッドに行き、大人はリキュールが配られるのを待つあいだ、ディエゴは遠くに目をやり、じつは僕には超能力があるんだと打ち明けた。子供の頃から人の心が読めるんだよ、と望んでもいない才能を持つ悲しみを声に滲ませる。そして、ラウラの渋面を見ないようにしながら、その人がしっかり念じてくれれば、たとえば身分証の番号なんかを当てることができる、と控えめに言った。一同は笑い合い、訝しげに目を見交わしたあと、じゃあ今やってみせてくれよ、とたいていは言い出す。そこでアリがまたリビングに現れ、天真爛漫《てんしんらんまん》な声で「おやすみのキスを忘れてるよ、パパ」とディエゴに言う。それが約束の合図だ。ディエゴは腕を広げ、一同がうっとりと見守るなか、アリが父親の頬にキスしながら、玄関に掛けてあった招待客たちのバッグか財布からくすねてきた身分証をそっと渡す。ディエゴは娘を膝に座らせ、それから偶然を装って客の一人を選ぶと、身分証の番号を思い浮かべてみて、と頼んだあと、B級映画のテレパスよろしくこめかみに指を二本押し当て、娘の体の陰に隠した身分証の番号を次々に唱えていく。しまいに種明かしをすると、客人たちは父と娘の連係プレーを褒《ほ》め称《たた》え、一方ラウラは怒りをこらえて、娘がコソ泥みたいに持ち物をかきまわしたことを平謝りし、客たちはいっそう大笑いする、というわけだ。

しかし、もっと楽しいのはそのあとだ。ベッドに行きなさいとラウラに命じられたアリに、ディエゴも付き添う。そう、家庭教師に罰を受ける子供たちみたいにすごすごと。でも寝室で二人きりになったとたん、二人はゲームの成功を祝って、笑い声が外に響かないように注意しながら、ぎゅっと抱き合うのだ。娘を抱きしめるのが大好きだった。自分はそのために生まれてきた、とさえ思う。そうしてアリを抱いていると、心が明るい光に照らされているような気がする反面、『血と琥珀』のラストで描写したナバド警部が娘を抱擁する場面に、忸怩《じくじ》たる思いがこみ上げる。こんなに複雑で微妙な感覚を安易なメタファーでごまかしていた。だが当時はまだアリは生まれていなかったのだ。今書いたら、もっと違っていただろうに。今ならそれがどんなものかはっきりわかる。アリが教えてくれたのだ。

そのとき携帯電話のしつこい呼び出し音でわれに返った。寝室に置き去りにしてあったので駆け戻り、ぎりぎりで応答できた。聞こえてきたのはルカモラ警部の疲れたかすれ声だった。昨夜はジュリアン・バソルも兄もまだ居場所がわからなかったのに、この数時間のうちに、手をつないだ恋人同士のように二人とも見つかったらしい。バソルはじつはずいぶん前からバルセロナに帰郷していて、自宅で聴取したが、とくに何も聞き出せなかったそうだ。だが兄のほうは、出国しようとしていたところを捕えられ、署に連行されたという。

出国？　にわかには信じられずに絶句したが、そっちに行くとどうにか告げた。しかししばしそのまま立ち尽くし、考え込んだ。まさか、兄のエクトルがアリを誘拐？　馬鹿な。だが、それならなぜ国を出ようとしたのか？　金を貸さなかったことへの復讐？　そこまで恨まれているとは思えなかった。

借金を拒んだことを今初めて後悔した。だがあのときはどうしても貸す気になれなかった。たしかに、詐欺から兄を守りたかったことだけが理由ではないし、ラウラもそう疑っていた。あのときは否定したが、村に置き去りにされたことへの恨みがあったのは事実だ。自分をあそこから救い出してくれたのはラウラだった。おかげでバルセロナへ移り住み、そこで『血と琥珀』を書いて、怪物に打ち勝った。そのうえ金持ちになり、有名にもなった。

いざそうなったとき、いつも弟を負け犬、寄生虫、道楽者扱いしてきたエクトルを見返してやりたいと思ったのは当然だろう。パニャフォールに置いてきぼりにされてから三年というもの、二人は一度も顔を合わせなかった。エクトルはいちおう兄として二、三か月に一度は生存確認のために電話をしてきて、おたがいの暮らしについてしぶしぶ最小限の情報交換をしたが、けっして会おうとはしなかった。しかし作家として成功すると、ディエゴはモンテクリスト伯のような気分になった。僕は手負いのまま孤島に置き去りにされたが、自力で筏《いかだ》を作り、宝物まで見つけた。今こそ復讐のときだ。

だからある日曜、ディエゴは、兄のエクトルとその妻と会うので、思いきりおしゃれしてくれ、とラウラに唐突に言った。とまどいながらもラウラはめかし込み、彼女らしい輝きを放ちながら、ディエゴと手を携えて彼が予約した最高級レストランに入っていった。ディエゴは、わざわざ十五分遅れて到着し、店に現れた二人が店内の各テーブルを巡りながらやってくるところをエクトルと妻ネウスに見せつけた。兄は妻と弟のパートナーを比較せずにはいられなかっただろう。品のない安っぽいドレス姿のずんぐりした妻ネウス、かたや、エレガントなドレスに身を包む、洗練された細身の美人ラウラ。そしておたがいを比べるだろう。けちな地区で小さなネットカフェを営む、情けない見てくれのくたびれた自分。だが、負け犬で寄生虫で道楽者だったはずの弟ディエゴ・アルサは、今や大金持ちの有名作家だ。

そんなふうに食事をした彼らだったが、ネウスとラウラの馬が合ったおかげで、その後は頻繁に会うようになった。二、三か月に一度、兄夫婦は家に食事をしに来たが、アリアドナが生まれるとその回数が増えた。ネウスとエクトルは子供を欲しがっていたがなかなかできず、小さな姪《めい》っ子《こ》が二人の慰めになっていたのだ。

だが兄弟間に停戦協定が結ばれたとエクトルが解釈したのだとしたら、それは間違いだった。時間という名の風がすべてを吹き飛ばし、残るものだけが残った——つまり血の絆《きずな》だ。エクトルはそう考えたのだ。だから思いがけない離婚の痛手から回復すると、弟に借金を申し込んだ。ディエゴはそれを拒んだ。理由は、村に置き去りにされたことをこれっぽっちも許していなかったこと、そしてもう一つは、ここで救命具を投げてやっては、溺れる兄をヨットから眺める楽しみがなくなってしまうこと。

ところが、握っていたはずの手綱はもはや自分の手にはないらしい、と今になってディエゴは思った。気づかなかったのだ。エクトルの絶望と怒りが、アリを誘拐しようと思うほど大きくふくらんでいたとは。

10　溺れる者は藁《わら》をもつかむ

　ルカモラはオフィスのブラインド越しに、アラム刑事の前に座っているディエゴの兄を観察していた。アラム刑事は、エクトルをどう扱うかルカモラたちが考えるあいだ、あれこれ適当な書類に記入させて相手を引き留める役目を担っている。エクトルは弟より背が高く、同じように痩せているが、魅力という点ではだいぶ劣る。二人ともどこかだらしないが、弟のほうは計算ずくなのに対し、兄のほうは根っからそうらしい。量り売りで買ったような服を着て、眼鏡の型も流行遅れだし、髪型はさながら民謡歌手のようで、額の両側の生え際が大きく後退している。こんな凡庸な男がアリアドナを誘拐し、あんな策略を考えたというのか？　とても信じられなかったが、物事は見かけどおりとはかぎらない。

「さて、どうしますか？」オラーヤ警部補が尋ねる声がした。

「さあな」ルカモラはガラス窓から離れて自分のデスクに戻った。

「あのままあそこにただ座らせておくわけにはいきませんよ。そのうちアラムも訊くことがなくなる」

「いい案があるなら教えてくれ」警部は煙草の箱に手を伸ばしながら言った。

「電話したとき、ディエゴはどう話してました？」しばらくしてオラーヤが尋ねた。

「こっちに来るそうだ」

「兄さんがここにいると、そんなにすぐに知らせてよかったんですかね？」

ルカモラは肩をすくめた。

「わからん……まずかったかもしれない」としぶしぶ認める。「だが、どうしろと？　あの夫婦の身になってみろよ。頭のおかしいやつに娘を誘拐され、俺たちにもそいつの計画をどう止めればいいかまだ見当もつかない。俺たちには時間がものすごい勢いで過ぎていくように思えるが、親にとっては一分が永遠にも思えるはずだ……」首を振りながら煙草の箱を不器用に破き、中身を机の上に撒き散らす。「どんな知らせでも気休めにはなるだろう。兄が第一容疑者だとしても」

「僕はまだジュリアン・バソル容疑者説を捨ててませんよ」

ルカモラはため息をついた。

「オラーヤ、バソル説はこじつけにしか聞こえない。書棚に埃の跡があるかどうかで人を変質者扱いはできない。昔ラウラにご執心で、今はバルセロナに住んでいるってことも根拠にはならない。片道の航空券で出国しようとするのとはわけが違う」

「でも、エクトル・アルサ説だって根拠が薄いですよ」オラーヤが反論した。「まず、金が目的なら、なぜ身代金を要求してこないのか？」

「あとでするつもりなのかもしれない」

「あとでって、いつ？」オラーヤはビーチバレーのボールでも受けるかのように両手を差し出した。「クロービン一味に脅されてたんですよ？　借金を返さなかったら両脚をへし折ると。挑戦ゲームなんてしている場合ですか？」

ルカモラはげんなりして目を閉じた。クロービン一味……ロシア・マフィアから金を借りるとは、よほどの馬鹿に違いない。だが仕方がなかったのだろう。先ほどの事情聴取でエクトルから聞いた説明によれば、にっちもさっちもいかない状況だった。離婚に続き、仕事でも不運に見舞われて、破産寸前だったところに、起死回生の不動産投資のチャンスが転がり込んできたのだ。だが先立つものがなかった。銀行から融資を断られ、弟に借金を頼み込むも拒まれ、クロービン一味にすがるしかなくなった。しかし投資は失敗し、期限までに金を返済できなかった。そうしてこの五年間で借金は雪だるま式にふくらんだのだ。今月の二十九日までに何とかしなかったら、脚をへし折られるか、もっとひどい目に遭うかもしれなかった。だからあの不運な男が高飛びを企てたとしても不思議ではないのだ。

「だがまだ時間はある」警部は引き下がらず、煙草をばらばらにし始めた。「それにあいつは弟を憎んでたんだ」

オラーヤはわざとため息をついた。

「じゃあ、とりあえずエクトルが怪物だとしましょう。それならなぜ出国する必要が？」

「知るかよ！　それをこれから白状させるんじゃないのか？　何かがうまくいかず、急にパニックになったか……じつは共犯者がいて、うっかりミスをしたとか……」

「でも、今の一連の憶測より、エクトル本人の説明のほうがずっと単純で筋が通ってますよ」オラーヤは辛抱強く言った。

「嘘つきの天才なら、事実よりずっと筋の通った単純な説明を考えつくさ」

「警部はまるで、溺れて藁にすがろうとしてるみたいだ」

「ああ、そのとおりだよ！」ルカモラは大声を出し、机をバンッと叩いた。山となった煙草葉が、ダイナマイトで吹き飛ばされたかのように四方に散って、ほとんどが床に落ちた。

オラーヤは、掃除担当者でもないのに、上司をじろりと見た。

「いいですか、ジェラール」その冷静さに、警部は眉をひそめた。「エクトルの弁護士がまもなくここに来ます。僕たちが証拠もなしに依頼主をここに引き留めていると知って、マスコミに漏らされでもしたらまずい。連中がどんな行動に出るかわかるでしょう？　まもなく戻ってくるバルガヨ署長もいい顔をしない」

ルカモラは座ったままふんぞり返り、そのままオラーヤをただ眺めていた。今日の警部補の装いの色合いは最悪だと言わんばかりに、しかめっ面で。そのときドアの向こう側から突然わめき声が響き、二人はぎくりとした。

「殺してやる、この野郎！」

ルカモラが椅子から尻を引っ剝がす間もなく、オラーヤが猫のようにすばやくドアに飛びついて開けると、チームの部屋で起きていたとんでもない騒動が目に飛び込んできた。ディエゴとその兄が床に転がり、がむしゃらに平手打ちをしたり、髪を引っぱったり、不器用に脚をじたばたさせたりしている。映画で観るような殴り合いとは大違いだ。刑事たちは止めるべきか決めかねて、遠巻きにしていた。勝手にやらせておいたほうが、自分たちが割って入るより危険が少ないような気がしたからだ。

「すみません、班長。入口でディエゴと会ったものですから、ここまで連れてきてしまったんです」リエラが言い訳した。「まさかこんな……」

ルカモラは手を上げて刑事の謝罪を遮り、困ったように喧嘩を眺めた。今はエクトルが弟の上に馬乗りになり、なぜか相手の鼻の穴に指を突っ込もうとしているように見える。

「誰か二人を引き離せ」ため息をつき、そう命じた。

アラムとナバスがすぐに従った、二人がエクトルを羽交い絞めにして無理やり立ち上がらせ、ほかの刑事たちはディエゴが起きるのを手伝った。

「ちくしょう、娘を返せ！」立ったところで作家がすぐに吠え出し、刑事たちの腕を振りほどこうとした。「娘はどこだ？　すぐに返せ！」

「頼むよ、ディエゴ」ルカモラは彼のほうに腕を伸ばし、諫《いさ》めた。「落ち着くんだ」

「おまえは頭がおかしい」エクトルがわめく。「完全にどうかしてる。昔からそうだった」

「くそったれ！　馬鹿野郎！」

「ディエゴ、頼むと言ってるだろう……」

「子供の頃から普通じゃなかったんですよ」エクトルはアラム刑事に同意を求めるように言った。「こいつのせいで俺たちは夜も眠れなかった。ずっと頭がおかしかったんだ」すっかり歪んだ眼鏡をはずして、顔をしかめる。「見ろよ、眼鏡を壊しやがって。買い替える金もないのに！　おまえにはどうでもいいことだろうが……」

「弁償しろって？」ディエゴはヒステリックな甲高い声で告げた。「百個でも千個でも買ってやるさ！　だが娘を返せ。さもないと殺してやる」

エクトルは深い悲しみをたたえた目でディエゴを見た。

「アリアドナに俺が何かすると、本気で思うのか？」身震いして言う。「実の姪に？」

「ああ、思うね！　そうでなきゃ、なぜ出国しようとする？」

「マフィアに追われてるからだよ！」

「マフィア？」ディエゴは少々普通ではない笑い声をあげた。「あんたにはもっと地味な人生がお似合いだ。僕に嫉妬するのもそれが理由だ」

「嫉妬？　どうしておまえに嫉妬しなきゃならないんだ？」

ディエゴはまた笑った。

「どうして？　たとえば母さんのお気に入りがいつも僕だったから？　僕には才能があるのに、あんたにはないから？　僕は美人と結婚し、有名な金持ちになったが、あんたは平凡に暮らし、つまらない仕事をし、結婚前に村中の男とヤリまくった不細工な女しか手に入らなかったから？」そうしてあらんかぎりの悪口を並べ終わる。

兄は何度か唾を呑み込んだあと、獣のように唸《うな》ると、突然アラムとナバスをつかみ倒し、弟に殴りかかった。その拳は相手の顔をもろにとらえ、ディエゴはそばにいた二人の刑事もろとも、ボーリングのピンさながら後ろに倒れた。しばらく揉み合いが続いたのち、ルカモラの容赦のない決め技のおかげでエクトルが床に組み伏せられ、ディエゴは二人の刑事に押さえられた。ディエゴの片目は腫れ上がり、ほとんどふさがっていた。

「もう勘弁ならん！」ルカモラが唸った。

「ジェラール……」オラーヤが口を挟んだ。

「おまえら全員の先祖の墓にクソをしてやる！」警部はエクトルに手を貸しながら吠えた。

「ジェラール、バルガヨ署長が……」オラーヤが食い下がる。

「ああ、バルガヨ署長の先祖のところにもな！」怒りは募り、ルカモラはオラーヤに言った。

「それは象徴的な意味よね、警部。もし本気でそうしたいなら、いつでもわが家にどうぞ。

骨壺《こつつぼ》に亡き夫の灰が入ってるから」シモーナ・バルガヨ署長はぞっとするような笑みを浮かべた。「そんな面倒は起こさないとは思うけど。とにかく、馬鹿なことはやめてさっさと仕事に戻りなさい。気づいてないなら言っておくけど、一刻を争う事件なのよ、これは」

11

あなただけがいない

「あなたがいなかったら、どうしていいかわからないわ、アレナ」ラウラは渡されたガラスの大皿を食器洗い機に入れながら友人に告げた。「母にはほんとにいらいらさせられる。わざとじゃないのはわかってるけど、せめて……」唇を嚙み、いらだち紛れにコップをわざわざ置き直した。「それにディエゴ！　あの目の痣《あざ》を見るたびにむかつく！　なんであんなことを？　気持ちは理解できるけど。いいえ、もう何が理解できて何ができないかもわからない」

申し訳なさそうに、友人に顔を向けた。アレナは感情の読めない目でラウラを見返したが、答える代わりに皿を渡した。

「この状況がいまだに信じられないの」ラウラは食洗機の前にしゃがみ込んだ。「自分に言い聞かせるのよ。『これは現実よ、ラウラ。受け入れて、立ち向かわなきゃ』って。でもそんなの意味がない。口に出して言っても、本当の意味が頭からこぼれ落ちていく。このお皿、どこに入れよう？　もういっぱいだわ」

「じゃあ扉を閉めたら？」アレナが提案した。「あとでデザートのお皿なんかと一緒に洗えばいい」

ラウラは相手の言葉が聞こえていなかったかのように続ける。「たとえば今朝目覚めたときも、『ああ、もう月曜日だ。明日が最初の課題の日だわ。今頃、スタジオに向かっている時間ね』と思ったの。だけど母がいるから大丈夫、娘は母に預けられるわ、って。わかる？」また友人に顔を向け、取り乱したような笑みを浮かべる。そしてまだ手に持っていた皿に目を落とし、食洗機に視線を戻した。「もういっぱいだわ。これ、入らない……」

「そのお皿、ちょうだい」

ラウラは目をぱちくりさせた。「え？」

「あたしがやるよ。あなたにまかせたら、猫を食洗機に入れかねない」

ラウラは眉をひそめて友人を見た。

「猫は飼ってないわ」

「わかってるよ、お馬鹿さん」アレナは微笑んだ。「ちょっと試しただけ」

ラウラは目を閉じ、うっすら笑った。

「私、本当にどうかしてるように見えるわよね？」アレナが差し出した手をつかんで立ち上がる。「真面目な話、あなたがいなかったら、どうしていいかわからない」

「落ち着いて」アレナはラウラの肩にそっと手を置き、場所を交代した。「あなた、すごくよくやってるよ」食洗機に洗剤を入れ、プログラムをセットする。「自分をそんなにいじめないで」

「ときどき思うの。私、意外と強いんだなって」ラウラが首を振りながら言った。「だけど、自分に嘘をついてどうなるの、とも思う。私はただ演技をしているだけ。不屈の仮面の下はもうぼろぼろで、完全に壊れている。誰かに少し肌を突かれれば、たちまち崩れて塵の山になってしまうかも」

「そんなことない」アレナが体を起こしながら強い口調で言った。「あなたは本当に強い。自信を持って、ラウラ。強くてすてきな人だよ」

ラウラは肩をすくめた。

「まあ、なるべくそう信じるわ」あきらめと悲しみの入りまじる笑みを浮かべる。

「お母さんが来たことで負担が減ったわけじゃないみたいね」

「そうなの」ラウラはため息をついた。「そんなふうに思っちゃいけないとわかってる。全部私のためにやってくれてるんだから。でも、あんまり完璧すぎてカチンとくるの。たとえば食事にしてもそう。金曜日以来、ディエゴと私がちゃんと座って食事をするのはこれが初めてだと思う。このところ、キッチンで立ったまま何かつまむのがせいぜいだったから。それが今では冷蔵庫の中は満タン。デザートのケーキまである」

神経質に笑い、それからぼんやりと目をさまよわせる。アレナはそんな彼女をやさしく見守っていた。

「私が課題に挑戦できたらいいのに」ふいにラウラが言い、つらそうに肩をすくめた。

「だって、もしディエゴが……」

「何言ってるのよ」アレナが叫んだ。「ディエゴは完璧にやり遂げる。明日の課題はばかばかしいじゃない。誰だってできるよ。好んで食べる人だっているくらいだもん」

「やめてよ、アレナ……」ラウラはぎょっとした。そのあと深いため息をつく。「でも、そのあとの課題は……回を重ねるごとに難しくなっていく……ディエゴがパスできるかどうかわからないわ。本人もそう思ってる。小説の中でも、どの父親も失敗したんだもの。心の奥では、あの父親たち全員が自分だとわかってるから」

アレナはラウラに近づき、顔にかかった前髪をそっとどけた。「小説はしょせん小説。空想だよ。でも現実世界では、ディエゴは娘のために闘うはず。どんな父親だってそうだよ」

ラウラは悲しげに微笑んだが、頬を涙が伝った。

「私が悪いのよね、こんなこと言って。ディエゴは最高の父親よ。アリを見殺しにするようなことは絶対にしない。あの人なら何だってやり通すわ」

「そうだよ！」アレナも同意する。「だから泣かないで。あなたが泣くのを見るのはつらい。アリアドナは戻ってくる。自分がいるべきわが家へ、無事に。そう唱えて」

「アリアドナは戻ってくる……わが家へ、無事に」

「その調子。この呪文を何度も唱えて、そうすればきっと現実になるから。戻ってきたアリを待ちかまえるのは、世界一強くて勇敢な母親だよ。娘がすべてを忘れ、許すのを手伝うの。新しい人生を始めるのを。大事なのは未来だけ。アリが玄関に到着した瞬間、あなたたちの輝かしい生活が新たに始まる」

「あなたはいつも、私を元気にしてくれる」ラウラは洟《はな》をすすりながら微笑んだ。

アレナも微笑み返し、ラウラのまつ毛に残っていた涙を指で払った。

「よかった。あたしには何でも相談して。いいね？　へえ、あなたって、まつ毛が二重に生えてるんだね」彼女は顔を近づけて観察した。唇が触れ合いそうなほど近くに。「エリザベス・テイラーもそうだったんだよ、知ってる？」と囁く。「でもあなたの瞳って、とてもきれい」

「ちょっといいかな」

アレナはさっとラウラから離れ、胸に手を当ててキッチンの入口のほうを振り返った。

「驚かせた？」ディエゴが尋ねた。

普通なら何の悪意もない、単純な質問に聞こえたはずだ。しかし、右目に黒々とした痣ができ、腫れで半ば隠れているせいで、何か疑っているように思える。

「だってそんなふうにそっと入ってくるから……」アレナは神経質に笑った。

「何か必要？」ラウラが何気なく尋ねた。キッチンペーパーを手に取り、洟をかむ。妻の赤らんだ顔を見て、ディエゴは口調をやわらげた。

「大丈夫かい？」

「ええ……ちょっと落ち込んでただけよ」

「コーヒーはまだかなと思ってね。ケーキが溶けちゃうとお母さんが言うから」

「コーヒー！」ラウラは声をあげ、驚いて周囲をきょろきょろ見まわした。

「あたしがするよ」アレナが言い、ポットを探した。「あなたはお盆にカップの用意をして」

「すっかり忘れてた……」

「それじゃ、今まで長々と何してたんだ？」ディエゴはその禍々しい目で二人をじろりと横目で見た。


テレビの前にあるローテーブルにそれぞれのコーヒーを置いた。夕方のニュース番組で、事件の新情報がいくつか報じられるほか、明日の正午におこなわれる最初の課題のネット中継について知らせる、とルカモラから聞かされたからだ。残念ながら、情報の拡散を止めることはできなかったのだ。せめてルカモラが警察の代表者として出演し、挑戦者に敬意を忘れず協力してほしい、と視聴者に訴えることになったらしい。

ディエゴとラウラは三人掛けのソファーに座り、ラウラの母親は一人用の椅子にちょこんと腰かけ、アレナは長椅子にもたれかかっている。優雅なポーズのつもりだろうが、ディエゴの目には、歯医者の椅子にでも座っているかのような硬さが感じられる。彼女を観察しながら、こんな家族のプライベートな場で、この女はいったい何をしているんだろう、と思う。玄関に現れたアレナを見たとき、本当は追い返したかったが、すぐにラウラが彼女にハグをしたので、それもできなかった。そして今はこのリビングで、本人には何の関係もない家族の苦痛を共有しながら、タイトな赤いスカートが腿の上までずり上がらないように苦労している。

だがその硬さは、義母ディアナ・スレルの堂々たる緊張感とはまったく違う。七十四歳の今も、重い王冠を頭にのせて歩いているかのように、背筋がぴんと伸びている。ディエゴはちらりと横目で見た。義母は今も美しかった。ラウラのあの不思議な目は父親譲りなので似ていないが、妖精のように華奢で小柄な体形や生え際がハート形に見える卵形の顔、ウェーブのある豊かな髪は同じだ。ただし義母はそれを長く伸ばしてエレガントにお団子にしてまとめている一方、妻は若い頃と変わらず、愛らしいページボーイ・スタイルだ。

ディエゴは義母のことが好きだった。初めて会ったときにキッチンで言われたことは脅し文句ではなく冗談だったのだと、月日が経つとともに理解した。ディアナは、元気かどうか尋ねたり、夫との仲はどうか訊いたりするために娘に電話などしてこないし、連絡もせずに家に来たりしたことも一度もない。自立した女性であり、つねにわが道を行き、他人の人生はおろか、娘の人生にさえまったく干渉しない。実際、ラウラはよく冗談半分に、両親は私の前を素通りしていくの、と話した。長年ともに過ごすうちに、そのとおりだとディエゴにもわかった。妻のほうから電話をしたり、会いに行ったりしなければ、音信不通のまま何週間も過ぎるだろう。だがそういう家族のあり方について、ラウラはときどき憤慨するものの、ディエゴにはありがたかった。両親がバルセロナからそこそこ離れたところで暮らしているのが、まずすばらしい。おかげでときどきタラゴナを訪ねるのが楽しみになり、やがてそこにアリも加わった。最近義父のジュゼップが、ゆっくりと葉を落としていく大木のように、少しずつ記憶を失いつつあるのが悲しくはあるのだが。祖母、母、娘がキッチンテーブルで同じハート形のきれいな顔を寄せ合っておしゃべりに興じる様子を見るのが、ディエゴは好きだった。壮麗な妖精一族の三世代。パニャフォール村出身ディエゴ・アルサの卑しい血統がそこにまじることになったとはいえ。でもその血筋の中で何より貴重な宝石が今、奪い取られてしまった。

右側で何かがこすれる耳障りな音がしたので、アレナのほうに目をやる。あれほど苦労して決めようとしていたポーズを崩し、テーブルの上のケーキに手を伸ばしている。デザートをむしゃむしゃ食べる様子を、ディエゴはこっそり観察した。ざっくばらんでぽっちゃりしたアレナはいわゆる豪胆な女性で、あらゆる物事に反論する情熱家であり、どんな会話にも下ネタやつまらない冗談を加えては平気で不協和音を醸す、ディエゴの苦手なタイプだった。真面目で、やさしく歌うようなしゃべり方をするラウラとはあまりに違いすぎて、なぜ二人が固い友情で結ばれるようになったのか解せなかった。それに、おたがい礼儀は守っているが、向こうもディエゴを嫌っていることは明らかだった。

ラウラとアレナが友だちになったのは、にわかには信じがたいが、足のサイズが同じだったからだ。去年二人はグラシア通りの靴屋で知り合った。たまたま同じ靴が気に入ったものの、在庫がその一足しかないと店員に言われた。どうぞ、あなたこそどうぞ、としばらく譲り合ったものの、じゃあいっそ二人とも買うのをやめましょうと結論し、店員をがっかりさせたのだった。そのあと二人は偶然の結束を祝って、カフェでお茶を飲んだ。そこから友情が芽生えたのである。

ラウラは彼女のどこに引かれたのか？　ディエゴはこの一年ずっとそう自問自答してきたが、いまだに答えがわからない。仕事の面では、アレナはずっと個人で事業をしてきた。いろいろなビジネスに挑戦し、うまくいったものもあれば、いかなかったものもあったが、現在経営する清掃会社は順風満帆のように見える。結局、貧しい家に生まれながら、粘り強く努力したおかげで、掃除に特化した小帝国を築きあげたのである。そういう行動的なところがラウラの目には魅力的に見えるのか？　ディエゴにはわからなかったが、アレナがラウラをどう思っているかははっきりしていた。キッチンで彼が邪魔をしたああした出来事は、あれが初めてではなかった。アレナは何かというとラウラを撫でたり、手を握ったり、前髪に触れたり、唇に唇を近づけたりする。一度ならずその手がラウラのデリケートな場所にたまたま触れる場面を見た。それにもう四十数歳だというのに、一度も結婚も婚約もしておらず、そのわりにセックスや男についてざっくばらんに話すのが妙だった。そうして一たす一をすれば答えは明らかで、純粋で世間知らずなラウラだけは気づいていなかった。アレナと知り合ってからというもの、ルカモラのときと同様、せっせと彼女の世話を焼いてきた。アレナをスポーツジムに誘ってダイエットの手伝いまでしようとしたのだ。あまり効果はあがらなかったように見えるとはいえ。

しかし今、役目が逆転して、ラウラのほうがアレナの羽の下で身を丸めている。夫であるディエゴより、母より、アレナの肩を選んで涙を流す。ほかの友人から電話があっても折り返しもせず、たった一年の付き合いのアレナしか信用していないかのようだ。妻はなぜそこまで彼女に頼るのだろう？　いかにも誠実に見えるから？　アレナがラウラに嫉妬するならまだわかる。美しさ、幸せな家族、完璧な人生。それなら台無しにしてやりたいと思うのでは？　もしかすると、アレナは一年かけて蜘蛛のようにこつこつと罠を張り巡らせ、理想の女性を虜《とりこ》にすると同時に、夫の臆病ぶりを世界に知らしめて、評判を失墜させようとしているとか？

ディエゴはため息をこらえて首を振った。アレナまで疑うつもりか？　出口のない妄想はそのへんにしておけ。昨日さんざん痛い目に遭ったじゃないか。もう片方の目にも拳をお見舞いされるはめになるぞ。第一、エクトルよりアレナのパンチのほうがはるかに効きそうだ。

ソファーに座ったまま姿勢を変え、またため息をつく。考えれば考えるほど、誘拐犯は兄だと思い込んでかっとなった自分が理解できなかった。エクトルが怪物なんてありえないし、馬鹿げている。だいたいエクトルにはそんな仕掛けを思いつく想像力はないし、そもそもディエゴの小説だって読んでいないかもしれない。

じゃあいったい誰が？　アリを誘拐したのは誰なんだ？

義母の声でふと、われに返った。

「ディエゴ、ケーキはいらないの？」

「ああ、結構です。ありがとう」と答える。

アリがいなくなってから、何も喉を通らなくなった。胃がむかむかするのだ。義母お手製のレモンチキンも何とか食べ終えたが、いつ戻してしまうかわからなかった。

「糖分をとることがとても大事なのよ」義母は親切心からあくまで言い張った。「できるだけ食べないと。今から夕食までずっと炭水化物だけ食べるの。そうすると、寝るときには血糖値が相当なレベルまで上がって、そのあと一晩絶食すれば、今度は急激に下がる。朝目覚めたときにはお腹がぺこぺこなはずよ。そうすれば、ほら……あれが、やりやすくなるでしょ」何か楽しい計画でも待ちかまえているかのように、義母はさらりと言った。

ディエゴはラウラに目を向けて助けを求めたが、ラウラも彼と同じくらいとまどった顔で母親を見た。

「ママ、何言ってるの？」

「べつに間違ったことは言ってないでしょ。あなたは医者なんだから、糖分のことは知ってるわよね？　こういう状況だからそこまで考えが至らないと思って、私がケーキを買っておいたの。夕食の分もあるわ。少しでもディエゴの力に……」

「ママ」ラウラが不躾《ぶしつけ》に遮る。「明日ディエゴが食べなきゃならないのはケーキじゃないのよ」

「わかってるわよ！　でも私だって考えて……」

「ニュースが始まるよ！」今度ばかりはタイミングよくアレナが告げた。

全員の視線がテレビに集中した。アリの誘拐のニュースでラインナップの紹介が始まり、もちろんほかの項目はたちまち霞んだ。穏やかな雰囲気の四十絡みのニュースキャスターが現れて、重々しい口調で事件の最新情報を急いで伝えたのち、明日正午に挑戦ゲームの最初の課題がネットで生中継されると述べ、内容を手短に説明した。

続いて、目の下に隈《くま》を作った、髪もぼさぼさなままのルカモラが現れ、慣れないカメラの前で警察の声明文を読んだ。市民のみなさまには、誘拐されたお子さんの家族への敬意を忘れず、慎重に行動していただき、どうか中継をご覧にならないようにお願いします、と頼む内容だった。

「アクセス数が増えては犯人の思うつぼです」と視聴者を睨《ね》めつけるようにして警告する。「捜査は現在かなり前進しており、最初の課題がおこなわれずに済む可能性も大きいのです」手がかりがほとんどないわりには自信たっぷりに続け、事件の晩でも、そのあとでも、何かおかしなものを見たという方がいたら、ぜひ情報をお寄せください、と言って連絡先を提示した。「アリアドナの発見につながるどんな情報でも歓迎します」その口調には思いがけずやさしさが滲んでいた。

ふいに画面にアリの顔が現れ、全員が虚を突かれた。それは、映画を観に行った日、ディエゴ自身が撮った写真で、遠い昔のことのように思えた。そして、文学番組で自分のインタビューが放映されたあと、娘と交わした会話を思い出さずにいられなかった。いつかあたしもテレビに出られるかな、と娘は尋ねた。「もちろんさ、アリ」と彼は答えた。「爪を永遠に伸ばし続けるとか、世界一大きなトルティーヤを作るとか、悲しみに効くワクチンを発見するとか、それでOKさ」誘拐されてもね、と付け加えるのを忘れていた。

そのときソファーの向こう側から苦しげな呻き声が聞こえてきた。ぎょっとして振り向くと、妻が体を折り曲げ、胸をぎゅっとつかんで、呻き声を喉の奥から絞り出していた。妻は立ち上がろうとしたがよろけてがくりと膝をつき、震えながらすすり泣いている。義母とアレナが妻を抱えた。

「娘を返して」叫ぶその口は苦痛に歪んでいる。「娘を返して！」

ディエゴも立ち上がって近づこうとしたが、アレナの命令がそれを制した。

「水を持ってきて！」

ディエゴは怒りをこらえ、そのまま動かなかった。僕の役目はお使いじゃなく、妻を慰めることだ！

「早く！　気を失ってしまう」アレナがまた急かした。実権を握っているのは明らかに彼女だった。

アレナのどら声でエネルギーを注入されたかのように、ディエゴは急いでキッチンに行き、蛇口をひねって、そのまま水が流れるのをぼけっと眺めた。水は重力に従って蛇口からシンクへと垂直に流れ落ち続ける。突然蛇口を締め、また廊下に出ると、ラウラの呻き声にアレナと義母の声がまじって聞こえてくるリビングではなく玄関に向かい、車のキーをつかんで外に出た。運転席に座るまで、まるで夢遊病者のようにすべて無意識に行動していた。唯一覚えているのは、急に息苦しくなったことだけだ。家の中は苦痛があふれ、水に沈められたような気がして、息をするには逃げ出すしかなかった。

逃げたいなら、あとはエンジンをかけ、アクセルを踏み込めばそれでいい。リモコンを操作し、車庫の重いシャッターが緞帳《どんちょう》のようにゆっくりと開くと、そこにはカメラとマイクを構えた記者の群れが待っていた。遠慮なく突破する。反射神経のいいパパラッチが数人、すぐに追跡を開始し、二、三ブロックはつきまとってきたが、サリアー通りに出たところで振りきった。入り組んだ通りをピンボールのように走りきったおかげだった。

二時間後、ディエゴの車はまだ街をぐるぐる走りまわっていた。頭がまともに働かなかった。脳みそがショートしたらしい。行動をコントロールできず、ガソリンがなくならないかぎり、思いつきで始めたこの逃亡は終わらないかもしれない。助手席に置いた携帯電話はずっと鳴りっ放しで、ラウラのプロフィール写真が画面で光っている。電源を切ることもできたが、切らなかった。延々と鳴り続ける呼び出し音が、妻と自分を、そして、心の底では逃げきれないとわかっている現実と自分をつなげていたからだ。そうすることで、どうにかばらばらに崩れずにいられた。

日が暮れ始めた頃、空腹を覚えた。血管内がすかすかで、顎が引き攣り、歯のあいだに砂が詰まっているような感じ……久しぶりの感覚だった。スーパーの前に車を停《と》め、ウォッカを一瓶買う。ずっと抑えてきた衝動的な行動だ。どんな馬鹿げた結果になろうと、まともに考えられるようになるには酔っ払うしかないと思えた。この瓶を半分くらい一気に飲めば、へべれけになったあと生まれ変わったように復活し、体の奥で燃え盛る怒りや不満から解放される。あとは、その偽りの荒療治を実行する静かな場所を探すだけだ。

ワープでもしたかのように、自分が高台のバイビドレラへ続く街道に入ったことに気づく。サリアー地区の展望台の隅に車を停めたとき、すでに日が沈みかけていた。夜になれば、その天然のバルコニーはカップルの車でいっぱいになるが、今は数台しかなく、人々はバルセロナに残る数少ない見ものである美しい夕陽《ゆうひ》を楽しんでいる。その望楼からぼんやりと見える、鉄と石と煙ばかりのバルセロナの町を糖蜜みたいな黄昏《たそがれ》の光が金色に染めるなか、ディエゴは酒瓶を取り出すと、惜しげもなく中身を口に流し込んだ。喉をアルコールが滑り落ちていったとたん、胃に懐かしいぬくもりを感じ、それはすぐに全身に広がった。周囲の空気が柔らかく、やさしくなっていく。吸い込んでも鋭い爪で肺を引っかきはしないし、触れても肌がひりひりすることもなく、車のシートも驚くほどふかふかだ。ディエゴはさらに酒瓶を傾けた。さっきよりも長く。

　数メートル右手に停まっていた車から若い夫婦連れと五、六歳の男の子が降り、展望台の縁に近づいた。父親は息子を肩にのせ、母親が眼下に見える建物を指さし、男の子はにこにこしながら即席の望楼から景色をうっとり眺めている。パパの肩に乗っていれば絶対に落ちないし、ましてや誰かにかどわかされることなどけっしてないと信じている。やがて子供が眠くなり、父親は息子を肩からそっと下ろすと、腕にやさしく抱いた。ディエゴはしだいに酔いがまわっていくなか、車の中からその光景を眺めながら、人類がこの世に生まれたときから身につけていった抱擁という愛の行為についてつらつらと考え、あの父親がほんの少し腕に力を入れただけでやさしさは暴力に変わるんだ、と思った。アリがさられてから、何かひどい目に遭わされているのではないかと考え、でももし怪物がゲームのルールに従うなら、自分が課題をクリアするあいだは何も起きないとくり返しおのれに言い聞かせた。ただ、犯人が間違いをしないとはかぎらない。小説の中でそうしたように、ゲームの最終段階まで進めて、娘を窒息させて殺したりしたら？　怪物は娘に片腕をまわして抱き、よこしまな笑みを浮かべながらその腕を締めつけていく。人が自分を抱擁するのは守ろうとしているからだと、娘は今まで信じていたのだ。怪物が娘を殺そうと思えばいくらでも方法はあるが、それがいちばん残酷だろう。子供の純粋な信頼を踏みにじるのだから。

いや、そんなことにはならない。僕は課題を必ず三つともやり遂げる。酒をさらにもう二口飲んだところで、急に自分が哀れになる。本当はただの怯えた子供なのに、どうして大人みたいに振る舞わなきゃならないんだ？　頬を苦痛の涙が次々に流れ落ちる。かわいそうなディエゴ。怪物を小説に閉じ込めることで、本当に勝てたと思っていたのか？　かつて怪物はきっと命を奪ってやると僕に告げ、僕を殺さずしてそれをやり遂げた。どんな子供にも当然与えられる健やかな幼年期を奪い、人生を楽しむ力を消し、しまいには娘を取り上げたのだ……。

だが、この手で怪物を倒せないとはかぎらない、とさらに一口飲んで思う。もう怯えた十歳の子供ではないのだ。どこからどう見ても大人で、有名作家だ。それに僕はあの儀式に参加し、あちら側からやつを無責任に連れてきた一人だ。そう、最後に残った一人。あいつを元の場所に戻すなら僕だ。また一口。「誰かそこにいるのか？」セルジが尋ねた。子供のときのあいつの声が耳に響く。あまりにもすぐ近くで、リアルに聞こえたので、思わず後部座席を振り返ったくらいだ。激しく首を振る。思い出すにはあまりに恐ろしく、せっかく苦労して心の奥深くに埋め込んだのに、スコップと化したアルコールがせっせと掘り返し、そこに何が葬られているのか見つけようとする……「誰かそこにいるのか？」

断崖絶壁の先端にしがみつくように建っていた幽霊屋敷。

ディエゴは運転席に座ったまま本能的に身を縮めた。僕らは森を抜けてそこにたどり着いた。酒瓶を壊しそうなほど強くつかむ。計画を考えついたのはセルジで、腰巾着のカルロスとマテウも加わった。ディエゴはまた酒を飲んだ。酒瓶をつかむ手の関節が白くなっているのがわかる。初めは拒んだが、結局誘いを受け入れた。仲間から弱虫呼ばわりされたくなかった。床板を踏み抜いてあの箱を見つけたのはディエゴだった。ある意味、それがすべての始まりだったと言える。だが、午前中の休み時間に校庭の片隅に彼らを集合させたのはセルジだった。

「いいもの見せてやるよ」そう言って、妙なボール紙の板を差し出した。「ウィジャ盤さ。兄さんにもらったんだ」

カルロスもマテウもディエゴも、見てもたいして興味を持たなかった。

「兄さんが言うには、これを使えば死者や異次元に住む化け物、異星人とだってコンタクトできるんだってさ」セルジは興奮気味に言った。

ディエゴはそのボードを受け取り、じろじろと見た。モノポリーより小さく、全体は明るい茶色で木目が描かれ、木板を模した背景に黒い文字や描画が引き立っている。上部の両隅には人間の顔をした太陽と月があり、それぞれのそばに《はい》と《いいえ》と書かれている。しかし下のほうにも、やや粗雑な同じようなイラストがあって、ウィジャ盤を使っている黒っぽい色の人物の顔の近くに、恐ろしげな仮面が迫って、耳に何か秘密を囁いているように見える。ボードの中心には、ゴチック体の全アルファベットが虹のように湾曲した二重の列になっている。その下には数字が並び、いちばん下に《さようなら》と書かれている。それが、モノポリーやリスクといったゲームを製作しているパーカー・ブラザーズ社の製品だと知って、ディエゴは驚いた。

「異星人と？　どうやって話をするんだよ？」マテウが笑った。まるで、死者や異次元の生き物となら簡単に意思の疎通ができると言わんばかりだ。

「俺は、ETとも、TVドラマ『V』の爬虫類連中《はちゆうるい》とも、接触なんてしたくない」セルジは肩をすくめながら言った。「死者と話がしたいんだ」

「おまえのお祖母《ばあ》ちゃんのどっちかと？」マテウが皮肉っぽく言った。

「くだらないこと言うな！　俺は崖の幽霊屋敷に行って、主人の幽霊と話したい」

セルジが言ったのは、山の頂上にある、呪われていると言われる古い屋敷のことだ。その家のかつての主人についてはさまざまな噂が飛び交い、中には辻褄《つじつま》の合わない話もあった。

なかでも恐ろしい噂話によれば、屋敷のかつての持ち主は、海辺の町ラスタルティットの近くにあるサン・フィテロ精神科病院に勤務していた外科医で、患者を使って常軌を逸した人体実験をしていたが、ある日患者の一人が病院を脱走し、外科医の自宅で本人を殺害して、ようやく禍々しい所業に終止符が打たれたという。そのため、外科医の幽霊が今も屋敷内をうろつき、復讐を果たそうと手ぐすねを引いているらしい。

「僕は数に入れるなよ」ディエゴは急いで告げた。

父と山を何度か散策したときにあの廃屋のそばを通ったことがあり、噂が本当か否かにかかわらず、邪悪な雰囲気が伝わってきたのは事実で、中に入る気には到底なれなかった。

「四人いないとゲームができないんだよ」セルジが文句を言った。

「おまえ、腰抜けか、ディエゴ？」カルロスが笑った。

当然ながらマテウもからかい出し、ディエゴは学校中から弱虫呼ばわりされるのが怖くて、結局意見を曲げることになった。

その日の午後、学校が終わると四人は自転車で幽霊屋敷に向かった。セルジはリュックにボードを入れ、日暮れまでには数時間あるとはいえ幽霊と話をするうちに夜になる可能性もあるので、懐中電灯もいくつか持ってきた。

ところが山を登り始めると雲が出てきた。山道の途中で自転車を降り、断崖への玄関口となる森には自転車を押して入った。森の奥に分け入るにつれ、ディエゴの不安はふくらんだ。森の天蓋は枝や葉がみっしりと重なり合い、日光はわずかに漏れる程度だったが、午後になって急に曇り出したせいで、それさえ期待できない。森は不穏な物音にあふれ、ふいに腕を枝でこすったり、根っこでつまずいたりしそうになる、何とも恐ろしい場所だった。大人の付き添いなしにうろつきたくなかったけれど、何も言わなかった。大人がいたら冒険の楽しさが半減するのがわかったからだ。そんなふうに不安で胃がむずむずするのも胆だめしの醍醐味ではあったが、息が詰まりそうな暗い森からやっと解放されたときには心底ほっとした。

海に面した断崖絶壁の縁に、その屋敷は建っていた。二十世紀初頭に建設されたモデルニスモ様式の小宮殿並みの巨大な建物で、二階建ての屋根の上には新ムデハル様式の塔がそびえ、屋根の一部同様、崩れかけている。まわりを堂々たる石塀が囲んでいるが、やはりあちこち崩れているので、中に入るのは難しくなかった。塀に自転車を立てかけ、そうした穴から中に潜り込む。

四人を出迎えたのは、かつては美しかったはずの庭を埋め尽くす低木や雑草だった。草に埋もれた敷石を伝ってのろのろと進みながら、屋敷の壮麗なファサードにも、敷地を包み込む完全な静寂にも、圧倒されていた。崖の向こうにある海の潮騒《しおさい》は、瀕死《ひんし》の猛獣の吐く息のようで、ときおり聞こえる鷗《かもめ》の鳴き声が何とも不気味だった。近づくにつれ踏み出す足もためらいがちになる。屋敷の壁を飾るタイルの一部が剝がれ落ち、窓のほとんどはガラスがはずれ、ひどく汚れているのがわかった。巨大な扉のある玄関ポーチにいざたどり着くと、彼らは不安げに顔を見合わせた。ディエゴは、みんなが迷っている今だと思い、これでやめにしようと提案した。

「中に入っても意味ないよ。もう村に帰ったほうがいい」

「馬鹿言うなよ、ディエゴ」セルジが見下したように言った。「中に入るために来たんだし、計画は実行する」

セルジは勇気をかき集めるかのように扉をしばらく見つめ、やがて押した。それはぞっとするようなきしみを漏らしながらどうにか開き、闇に包まれた広い玄関ホールが姿を現した。闇の一端がすっと伸びたかと思うと、羽をはためかせて飛びまわり、カルロスの頭をかすめた。カルロスがぎょっとして跳び上がる。

「うわ、何だ？」

「ただの蝙蝠《こうもり》だよ」セルジは笑いながら中に足を踏み入れた。

灰色の雲に隠れた午後のかすかな日光は、色褪《いろあ》せたステンドグラスの窓からほとんど差し込まなかった。上階に続く階段の一部はすでに崩れ、上がれそうにない。探検は一階でおこなうしかなく、一同はぎゅっとくっついて進み、先頭を行くセルジは友人たちが怯える様子を鼻で嗤《わら》った。

しんがりを務めたのはディエゴで、縮こまりながら前方の仲間たちを眺めていた。時間の経過とおそらくは略奪のせいで、屋内はひどく荒れていた。進みながら、ところどころに残る往年の栄光の残骸を確認する。埃まみれの古い椅子、ぼろ布と化したカーテン、処刑された人のように物悲しく揺れる天井から下がる灯り、台所だったと思《おぼ》しき部屋のわけのわからない道具類。不安はいや増し、ディエゴは、屋敷のあるじの魂は本当に今もこの迷路のような寂しい場所に囚われているのだろうか、と思い、やけに濃密な黴臭《かびくさ》い空気や、隅々に積もる闇が吐き出す悪意に、その痕跡が感じられるような気がした。

「ディエゴの言うとおりだよ」マテウが震え声で囁いた。「もう村に戻ったほうがいい」

「まだぐずぐず言ってるのか？　女々しいやつらめ！」セルジが今いた部屋の隣のドアを開けようとしながら怒鳴った。「おい、カルロス。手を貸せよ。動かないんだ……」

二人で無理やりドアを開けると、そう広くはない部屋が現れ、湿気《しけ》た不快な臭いが漂ってきた。壁がすべて棚で覆われているところを見ると、オフィスか書斎のようだ。これだけ家じゅうの物が略奪されているのに残っているのは驚きだが、木製の大きなテーブルが部屋の中央を占め、セルジはボードを置くのにぴったりだと思ったらしい。彼がテーブルの上の埃を吹き飛ばすあいだ、ディエゴは壊れかけた書棚に近づいた。ページがくっついて固まったような本がまだ何冊か残されている。触れようとは思わなかったが、消えかけたタイトルを読むと、どれも医学や外科学関係の書物で、この屋敷のあるじにまつわる噂と一致した。やはりこの家は外科医のものだったのだ。

「早く来いよ、ディエゴ。暗くなる前に始めようぜ」セルジは、セーターの袖でテーブルを拭き終わると呼んだ。

ディエゴはためらった。こんな不気味な場所には、もういたくない。帰りたかった。だが、再び彼を呼ぶセルジの声がいらだっていたので、しぶしぶ仲間のもとに向かう。斜めに部屋を横切ろうとしたそのとき、それは起きた。右足が床板を踏み抜いたのだ。何とか引き抜いたとき、そこにできた穴の奥に箱があるのに気づいた。彼の驚いた表情に気づいたセルジが寄ってきて、そのお宝を見つけると、すぐに拾い上げた。ブリキの箱で、蓋の絵からしてビスケットが入っていたらしい。セルジはテーブルに持ってくると、躊躇《ちゅうちょ》もせずに開けた。中には古ぼけた白黒写真が詰まっていた。束を出し、目を丸くしている仲間の前に広げる。

「嘘だろ……」カルロスがつぶやいた。

どの写真にも、前世紀風の手術着を着た男が写っていた。首から膝まで覆う白衣を身につけ、頭にはキャップを、顔にはマスクをつけている。見えるのは、恐ろしげな目だけだ。ストレッチャーや奥に見える異様な器具から判断するに、そこは手術室らしく、どの写真でも男は何か外科用の道具を手に握っている。だが、何よりぞっとしたのは、一緒に写っている、ストレッチャーに横になっていたり、脇に立っていたりするさまざまな人物だった。たいていは男性だが、女性や子供の姿もある。みな全裸で、体に何らかの施術をされたり、切断されたりしているのをカメラがはっきりとらえていた。

「人は生きていられるのか、あんなふうに切断されて……」マテウは言葉を途中で呑み込んだ。「吐きそうだ」

「この子供たちは結合双生児なのか？」カルロスが震える声で指さした。「なんてこった、本物の結合双生児のわけがない。胴体を見ろよ。二つに……」

「それに、ベッドに縛りつけられてわめいているこの妊婦さん……出産中だよな？」マテウが写真に身を乗り出して言う。「でも……ありえない」ふいに真っ青になって、あえいだ。「この医者、縫っちゃってる……じゃあ、どこから赤ん坊が生まれるんだよ？」

「よし、これで誰を呼び出すか決まったな」セルジが言い、全員が震え上がった。

これ以上、恐怖の展覧会を眺めるのに耐えきれず、ディエゴは写真を急いで集めると、なるべく目を向けないようにしながらまた箱に入れ、取り出した穴に戻して、床板でふさいだ。

「何してるんだよ、ディエゴ？　どうしてまたしまうんだ？」セルジが尋ねた。

ディエゴには答えようがなかった。とにかくこんな恐ろしいものは隠しておかなきゃいけない、そう思ったのだ。

ディエゴは立ち上がりながら、手が震えているのに気づいた。隠しはしたが、千年経ってもけっして記憶からは消えないとわかっていた。

「よし、やつを呼び出そう！」セルジがじれったそうに告げ、テーブルに向かった。

ほかの三人もしぶしぶ従い、セルジを囲む。彼は白い三角形のものを取り出した。ギターのピックに似ているが三倍の大きさはあり、セルジはどう使うか説明した。幽霊に質問すると、相手はその三角形を盤上で動かし、文字や数字や言葉を指して答える。このとき全員が右手の人差し指を三角形に置き、口をつぐむこと。ディエゴは今すぐそこから逃げ出したかったが、どうやら意志力というものが消えてしまったかのようだ。セルジに逆らうより、さっさと終わらせて家に帰ったほうが簡単だった。

四人はしばらく潮騒に耳を傾けていた。文明社会はもはや存在しないかのように、ほかには何も聞こえなかった。やがてセルジが大げさに顔を上げ、全員の頭上のどことも知れない宙に目を向けた。

「誰かそこにいますか？」ゲームの手順どおりに尋ねる。

ディエゴは不安になり、周囲を見まわした。だが何も起きない。

「こんなの馬鹿げてるよ」カルロスがおずおずと言った。今すぐやめて、暗くなる前に帰りたがっているのがはっきりとわかる。

「最初の呼びかけで応えてくれるとはかぎらないんだ」セルジは当然のように言った。そして深呼吸したあと、また厳かな声で尋ねた。「誰かそこにいますか?」

また全員が不安と期待のなかで待った。ディエゴが、たとえセルジがどんなに腹を立ててもここから立ち去ろうと心に決めて、三角形から手を引っ込めようとしたその瞬間、ふいにそれが動き出した。ごくわずかだが、たしかにそれは滑っていた。動かない無機物のはずのその小片が命を得たかのように。

ディエゴはぞくっとして、マテウとカルロスが口をぽかんと開けるのを横目で目撃した。セルジは無表情のままやはり無言で三角形を見つめている。初めのうちはゆっくりだったがしだいに速度を増し、《はい》に向かって進んでいく。セルジはこの儀式の進行役として、厳かにうなずいた。

「あなたはこの家のご主人ですか?」と尋ねる。

また滑り出した。《はい》。

ディエゴは唾を呑み込み、写真に写っていた男を思い出した。自分の作品に自信満々の様子で、カメラを睨んでいた。

「どうお呼びしたらいいですか?」またセルジが訊いた。

三角形はしばらくじっとしていたが、やがてまた動き出した。こちらがじりじりするような速度で文字を示し始めた三角形を、全員がじっと見守った。

「かーい……」セルジが声に出して読む。「……ぶーっ」

「怪物」言い直す必要などないのに、カルロスが震える声で囁いた。

本当に室内にいるのは自分たちだけなのか確かめるように、全員がまわりを見まわした。

セルジは冷静さを保ちながら、また宙に目を向ける。

「何がしたいですか？」どこか挑むように尋ねた。

ディエゴはまた唾を呑み込み、三角形が動き出すのを眺めた。セルジが文字を順に読んでいく。

「おーまーえーたーちーみーなーこーろーす」

文の意味を最初に理解したのはたぶんカルロスで、腕が急に攣ったかのように三角形から手を引っ込めた。次の瞬間、セルジを含め全員がそれに倣い、怯えた目でたがいを見交わした。すでに日が翳《かげ》り出し、室内に漂うかすかな光には、うっすらと赤みがかった弱いきらめきがうかがえた。

「くそ！」そのときセルジが怒鳴り、顔を歪めて小さく跳び上がった。

「どうした？」カルロスが恐怖を必死に抑えて尋ねる。

「首を冷たい指がさわった」ぞっとしながらセルジが言った。

「僕、帰る！」マテウが叫び、一散に部屋を飛び出した。

カルロスもすぐあとに続く。少ししてセルジも二人を追った。逃亡に加わらなかったのはディエゴだけだった。恐怖で体がすくみ、生き物さながら周囲に広がっていく暗闇が、蛇のようにのたうちながら自分に巻きつくさまを怯えながら見守っていた。そのとき首に何かひんやりしたものが触れるのを感じた。その冷たさが肌から体の奥へじわじわと沁《し》み込んでいく。それでやっと体が反応した。全速力で部屋から駆け出す。喉から心臓が飛び出しそうだった。後ろも振り返らずに庭に出て、雑草に足を取られながらも、侵入したときと同じ塀の穴に突進する。外に出ると、瓦礫《がれき》に立てかけてある一台だけ残った自転車に跨《またが》った。遠くに、森に向かって狂ったように自転車のペダルを踏んでいる友人たちの姿が見えた。ディエゴもそれに続き、下りの街道が始まるところでやっと追いついた。全員が息を切らし、汗だくになりながら走り、村にたどり着くまで言葉も交わさなかった。山に向かってのぼる街道が始まる、海辺の散策路まで来て、やっと止まった。

しばらくのあいだ、恐怖に満ちあふれた目でたがいを見るだけだった。通りの雑踏や近くのロータリーを巡る車の騒音に囲まれて、海を紫に染める夕陽を眺めていると、ついさっき経験したことはみんな悪夢で、そこから目覚めたばかりのように思える。

「おまえ、本当に怪物に首をさわられたのか?」やがてマテウが、セルジに恐怖と羨望の入りまじるまなざしを向けながら尋ねた。

「本当だよ」セルジの声はまだ震えていた。

「俺も指を感じた」カルロスがふいに言う。

ディエゴは全身がかすかに震え出すのを感じた。僕も、と言おうとして、急にわからなくなる。あれは現実だったのか、それとも空想だったのか？　四人は今しがたの出来事を理解しようとして、しばらく黙り込んだ。

「なあ、今日のことはみんな忘れて、家に帰ろう」カルロスがつぶやいた。「もう遅いし、明日はいつもより早起きしなきゃならない。トッサ・ダ・マールへの遠足の日だからな」

全員がうなずき、おのおの自宅のほうへ向かって自転車を漕《こ》ぎ出《だ》した。まるで、一刻も早くばらばらになりたがっているかのように。

その晩ディエゴは夕食にほとんど手をつけずに、明日は早起きしなきゃいけないから、と言い訳してすぐにベッドに潜り込んだ。だが本当は、幽霊屋敷で起きたことを考えたくなくて、早く眠ってしまいたかったのだ。本当にあの外科医の幽霊と会話し、殺すと脅されたのだろうか？　あの箱に隠してあった恐ろしい写真のことが頭から離れなかった。セルジは指が触れてきたと言い、カルロスもそう言った。僕にもさわってきたのか？　そう自問したが、やはりはっきりしなかった。もう考えるまいとし、眠ろうとしたが、胃がよじれ、体が冷えきって、毛布にくるまっていてもがたがた震えていた。眠るまでに少なくとも二時間はかかったが、いっそ眠らないほうがよかった。そのとき初めて怪物が夢に出てきたからだ。

悲鳴をあげて目覚め、同じ寝室で寝ている兄エクトルだけでなく、上階に寝室がある両親まで驚かせた。母はディエゴを落ち着かせようとしたが、震えが止まらなかった。怪物がその部屋に入ってきて、ディエゴをベッドに縛りつけ、写真にあった禍々しいノコギリで片脚の膝を切断し始めたのだ。あまりに鮮明な夢だったので、目覚めたとき両脚があったので驚いたくらいだ。

「熱があるわ」母がディエゴの額に手を当てて言った。

ディエゴはまた横になった。体は熱いのに心は凍りつき、それでも起き上がってトイレに行くと、わずかな夕食の残骸を嘔吐《おうと》した。母が添い寝をし、手を握っていてくれたので、ようやく眠ることができた。

翌日ディエゴが目覚めたときには熱は下がっていたが、まだ吐き気がし、悪寒が止まらなかったので、母は遠足には行かせないと決めた。ディエゴもおとなしく従った。体に力が入らず、ベッドから起き上がることもできなかったし、セルジたちに怪物の夢を見たことを話すのは気が進まなかった。彼らはとっくに幽霊屋敷のことなど忘れていて、ディエゴを笑いものにするだろう。そうとも、今日は一日じゅうベッドの中で、あの恐怖が消えてくれるのを待つほうがいい。母も仕事を休み、ディエゴの看病をしてくれた。

二時間後、電話が鳴った。ディエゴはベッドの中で、母が居間に行き、会話の内容まではわからなかったけれど、しばらく話をするのを聞いた。やがて電話を切る音に続いて、のろのろとこちらに近づいてくる足音がした。ドアを開けたとき、母は泣いていた。学校からの電話だったという。トッサ・ダ・マールに向かう登り坂で、観光バスが小さな土手から落下した。転落自体はたいした事故ではなく、数人の軽傷者が出た程度だったのだが、木の枝が窓を貫き、最後尾に座っていた三人の生徒の首を切断する事態となった。

「恐ろしい事故だったそうよ」母がつぶやいた。

「死んだのは誰だったの？」真っ青になってディエゴは尋ねたが、答えはわかっていた。

　母がその直感の正しさを裏付けした。

「あなたのお友だち。カルロスとマテウとセルジよ」


　ディエゴはふいに手の中の空の酒瓶に気づいた。唇を飲み口から離して、一滴残らず飲み干していたことに驚き、助手席に転がす。それは、今もときどき鳴り続ける携帯電話のそばで止まった。家に帰らなければならないのだろう。だが、周囲のすべてがぐるぐると回転している今、どうやって帰ればいいのか。シートに寄りかかる。あたりはもう暗くなっていた。アルコールによる睡魔が彼に取り憑《とつ》き、体も心も弛緩《しかん》していく。

《木の枝が窓を貫いて、三人の生徒の首が切断された》母が、今横に座っているかのようにそう言った。本当にそこにいてくれたらいいのに。そして手を握ってくれたらいいのに。あのほっとする温かさを感じたかった。誰も、ラウラでさえ、あのぬくもりを与えてはくれない。子供の頃はずっと、真っ暗な中で手を握っていてくれたあの手の感触のおかげで、悪夢を見るたびにまた眠りに戻ることができた。怪物が寝室に現れて、マスクをつけたまま言うのだ。《あとはおまえだけだ、ディエゴ》

12
生存本能？

『血と琥珀』
第四章　八十五ページ

目覚めたとき、クラウディアは暗くて寒い地下室のようなところにいた。隅にあるガスランプの弱い光で、あまり広くない部屋だとわかった。いやな臭いのぼろ布団に横たわっている。布団近くの床に、尿瓶《しびん》と水の入ったブリキの水差しがある。気分が悪く、頭ががんがんしたけれど、ゆっくりと体を起こし、薄暗い室内を眺めまわした。壁はむき出しの石でできていて、何かべとべとしたものが滲み出ている。

奥に鉄製のドアがある。開けられるかしら？　あそこから出られる？　そのまま部屋の隅に目を移したとき、思わず悲鳴をあげた。そこに幽霊がいる。身を縮めながらも、それから目を離さないようにした。胸が狂ったようにどきどきしていた。お化け話の挿絵のように、幽霊は白いシーツをかぶっている。でも、目が暗さに慣れるにつれ、それは幽霊でも何でもないとわかった。ベッドの上に何かがのっていて、布のようなものが掛けられているだけだ。なんだか気味が悪いけれど、少なくとも動かないし、怖い呻き声を漏らしたりもしない。

クラウディアは部屋を調べ終わると、どうやってそこに来たのか思い出そうとした。玩具の汽車に乗って真っ暗なトンネルに入ったとき、子供たちの悲鳴が響くなか、背後でガタンと小さな音がして、振り返ろうとした瞬間、湿った布が顔を覆い、見えない力でぐいっと後ろに引っぱられた。そのあと深い穴のようなものに体が落ちていき、胃が喉にせり上がるような感じがして……そこから何も覚えていない。そして気づいたら、このぞっとするような場所にいた。

立ってみようとしたそのとき、突然ドアが開き、ひょろっと背の高い男が部屋に入ってきた。首から足まで白衣に包まれ、顔も同じ色のマスクで隠れている。頭にキャップをかぶり手袋もしているので、見えるのは、雪の中で銃を二発発砲したみたいに輝く二つの目だけだった。

「クラウディアちゃんがお目覚めのようだ」男はこちらをうかがいながら、歌うように言った。「名前はクラウディアだよね？　パパはアミリウ・ドゥルカス、リセウ・サークルの理事で、臆病な他人に厳しい大会社の社長だ。いや少なくとも、エル・シグロ百貨店で君のママがそう話しているのをこっそり聞いた」

マスクでくぐもってはいたが、男の声はとてもやさしく、話し方も完璧だと思えた。そのとき急に思い出した。数か月前に兄のジョアンがサッカーをしていたときに脚を折り、何週間か入院したのだが、病院の廊下をそういう服を着た男の人が大勢うろうろしていた。あたしもどこかの病院にいて、この人はあたしを治そうとしているのかしら？　うとうとして汽車から落ち、そのとき頭を打ったのかも。だからこんなに頭が痛いんだ。

「ママはどこにいるか教えてくれる？」おずおずと尋ねる。そして、ママからいつも言われていたことを思い出し、付け加えた。「お願いします、先生」

「ああ、すぐに会えるから心配いらないよ」医師は甘ったるい声で答えた。

でもクラウディアはそんな曖昧な答えでは満足できなかった。

「でも、いつ？」

「場合による。まずはパパとゲームをしなければならない」

それを聞いてクラウディアは驚いた。パパはどんな遊びもしない。遊んでいるところなんて見たことがないし、ジョアンやクラウディアが遊ぼうと言っても一度も遊んでくれたことがない。パパはもう遊ぶ年じゃないといつも言うのだ。

「パパは遊ぶのが好きじゃないと思う」男をがっかりさせたくなくて、そう告げた。「あなたともたぶん遊ばないわ」

医師は大笑いした。

「私とは間違いなく遊ぶはずだよ。どんな父親だって私とは遊びたがる」

クラウディアには信じられなかったが、反論はしなかった。

「たしかに、アスコンは遊びたがらなかったな……」男が独り言を言う。深いため息をつき、それから大声で言った。「しかし君の髪は本当にきれいだね！」

医師が少し布団のほうに近づいてきた。そのとき、男が手に鞄を持っているのにクラウディアは気づいた。

「ありがとう」と礼儀正しく礼を言う。

「まさにその色だよ！　その蜂蜜色に似たブロンド……ずっと百貨店の中をうろうろしたけど、ぴったりの子がなかなか見つからなかった。すると君が現れたんだ。髪の色が完璧だった」

「おじさん、汽車のチラシをくれた人？」クラウディアは驚いた。

「そうだよ、お嬢ちゃん。すてきな汽車だっただろう？　どんな子供だって乗りたくなる」男は寝床の脇に腰を下ろし、膝に鞄をのせた。「数日前にあれをたまたま見かけて、これだと思った。じつはね、心配になり始めていたんだよ。この町の親たちときたら、神経質なくらい用心深くなって、だんだん作品の完成が難しくなってきていてね！　だからあの汽車を見つけたときほっとして、すぐに計画が浮かんだ。その日の夜には店に忍び込んで、何も準備の必要はないとわかった。どの階にも吊り天井があって、そこを這って移動できるし、入口の一つがトンネルの真下にあった……。神様が背中を押してくれているかのようだったよ！　もちろん、完璧な女の子が現れ、その子が汽車に乗りたがるのを待つのが、いちばん難しかった。だがこうして幸運の女神が私に微笑んだわけだ」男はそこでにっこりしたらしく、目が細かい皺に隠れて消えた。

クラウディアは医師の言葉を理解しようとしたが、鞄から巻いた布が取り出されるのを見たとたん忘れてしまった。医師はそれを寝床の上に広げ、外科器具一式を見せた。どれも彼の目のように研ぎ澄まされ、光り輝いている。

「気に入ったかね？」少女が見入っているのを見て、男は尋ねた。「これはメスだ」変な形のナイフを指し示す。「これでルゼルの耳を削いだ。これは切断用のノコギリ」手挽きノコギリのようなものを指さす。「マリオナの首とライアの右脚をこれで切った。気まぐれでカリフラワーみたいな形にしてみたが、あまりうまくいかなかったな。まあ仕方がない」

クラウディアは医師の言葉を呑み込もうとした。女の子の耳や頭や脚を切ったの？　本当に？　それともあたしを怖がらせようとして嘘ついてるの？　大人ってよくそういうことをする。どっちにしても、このお医者さんは好きじゃないし、この暗くてじめじめした部屋はもっと嫌い。

「うちに帰りたい」声がいやでも震えた。

男は首を傾げた。

「それを決めるのは君でも私でもなく、パパだ。パパが挑戦ゲームの三つの課題に合格したら、君は無事に帰れる」

「三つの課題？　何、それ？」怯えながら尋ねる。

「じつは二つ目と三つ目はまだ決めてないんだよ。一つ目ができたら考えるからね。お父さんの勇気に私も刺激をもらうんだ。最初の課題がいちばん簡単だってことは言える。君のパパの課題を知りたいかい？」少女は慎重にうなずいた。「君のパパは、汽車の最後尾の車両に私が置いた手紙で説明したように、氷の水槽に三十分間浸かっていないといけない。簡単そうだろう？」クラウディアは無言だった。「まあ、そう思うかもしれないが、危険はある。氷風呂に浸かって十分もすると、体温が下がり出し、いきなり体が震え、時間とともにそれが激しくなる。血液の循環も呼吸もゆっくりになり、脳の働きが鈍る……いわゆる低体温症というやつで、そのままいけば機能不全に陥り、死ぬ。もちろん三十分我慢して、生きて水槽から出られれば、課題合格だ」

「もし合格しなかったら？」怯えながら少女が尋ねた。

「おやおや、そんなに悲観的になりなさんな。パパは、苦しくても君のために生きなきゃと思って、心臓を動かし続けるさ。蠟燭《ろうそく》の炎が消えないよう守る人みたいにね。火傷《やけど》のように肌が剝ける凍傷を負ったり、指先を切断したりしなきゃならないかもしれないけど、それで君が助かるならどうってことはない。それに、四十度のお湯を張った水槽を舞台に用意することも許したんだ。課題をやり遂げてすぐにそこに入れば、低体温症から回復し、凍傷だって免れる可能性がある」

　少女はしばらく黙り込んだ。

「でも、もし合格しなかったら？」少女はもう一度尋ねた。

　男は首を振り、父親を信用しない少女を見て面白がった。

「そのときは残念ながら君が課題をやるんだ。で、もし死ななかったら、私が殺す」重々しく男が言った。

　クラウディアは、水から出された魚のように、口をぱくぱくさせた。

「どうして？」やっとのことで尋ねる。

　目に涙があふれ、体が震え出すのが自分でもわかった。この男は医者じゃない。自分だけでなく、ほかの女の子たちも苦しめた悪者だ。もしパパがその恐ろしいテストに受からなかったら、ほかの子たちみたいにあたしも殺すのだ。

「私のかわいいバランティナと同じ髪の持ち主だからだよ」男は少女の頭を手袋をした手で撫でた。「さっきそう言っただろう？　うっかり者だね」

「バランティナ？」クラウディアはつぶやいた。

「私の娘だ……小さなかわいい娘。どんなに美しく、善良だったか想像もつかないだろう。だが恐ろしい死を迎えた。火事で死んだんだ。体が燃えるとき、どんな感じがするかわかるか？　くそったれ消防は言ったよ。悲惨な事故だったとね……」男は呻き声を漏らし、クラウディアはあんまり怖くてとうとう泣き出した。男は表情をやわらげて少女を見た。「娘のために泣かないでくれ、お嬢ちゃん。大丈夫、バランティナは復活する。死から復活するんだ」

少女は意味がわからず、男を見返した。

「復活？　幽霊のこと？」

「何を馬鹿な！」怪物はくすくす笑った。「実物だよ！　全部君たちのおかげさ。奇跡のようなものだ。見たいかね？」そのアイデアに興奮したように、突然立ち上がった。「見せてやろう。まだできあがっていないが、完成したら昔のような美しさだろう。いや、それ以上だ！」

男は、クラウディアが幽霊と見間違えたものがある部屋の隅に近づいた。ベッドの上にぶら下がった石油ランプに火が入ったとたん、そこに縮こまっていた闇がぱっと散らされた。男はシーツの隅を持ち、奇術師のような芝居がかったしぐさでそれを引いた。

そしてクラウディアは悲鳴をあげた。

ラウラは本を閉じ、枕の上に放った。この箇所を読むのはもう五度目だ。読まずにいられなかった。娘を助けるために何もできない自分への自虐的な罰だ。私にはどうしてやることもできない。それが恐ろしい現実だった。できるのは、娘の苦しみを何度も空想することだけ。自分自身が同じ苦しみを実際に受けているように感じるまで。馬鹿げているし、無意味だとわかっている。誰にも何も言わずに家から姿を消すのと同じくらいに。しかし少なくとも、夫の行為は私を苦しめている。

　ディエゴがいなくなってどれくらい経つだろう？　五、六時間？　何度も携帯に電話をしたが、応答さえしない。切羽詰まってジェラールにも電話をし、必ず見つけると彼は約束してくれた。二人からの連絡を待つあいだ、こうしてベッドに横になり、『血と琥珀』のこの恐ろしい箇所を読んで自分をいじめることぐらいしか思いつかなかった。

　怒りをこめてため息をつき、立ち上がると、窓辺に近づいた。額を窓ガラスにもたせかける。ほてった肌には氷のように冷たく感じる。

　下に目を向ける。風の強い夜だった。木々が激しく揺れ、影に沈んだ荒れ狂う海にときおり灯台の灯りが浮かび上がる。ひとけのない通りを走る車は、建物の上階でこちらを見下ろしている女性を打ちのめした事件になど無関心だ。いいえ、そう無関心ではないのかも、とラウラは思う。怪物の被害者が住んでいる部屋をただ覗いてみたくて、この界隈《かいわい》をうろうろしている野次馬の一人という可能性もある。あるいは、土曜日からずっとハイエナの群れのように建物の前で張り込みを続けていた新聞記者のうちの誰かが、交代を終えて帰宅するところなのか。

もう一度ディエゴに電話をしたが、やはり応答なしだった。どうして出ないの？　その直後、もっと恐ろしい疑問が襲いかかってきた。もし戻ってこなかったら？　このまま逃げて、妻と娘を置き去りにするつもりだとしたら？　恐怖の目盛りがいきなり数段階上がり、娘を誘拐された三人目の父親、パブロ・アスコンを思い出さずにいられなかった。アスコンは、娘ができるだけつらい罰を受けずに済むように、最初の課題に挑戦する前に降参したのだ。

でもディエゴは絶対にそんなことはしない。あの人は娘を愛しているし、きっと家に帰ってくる。もちろん戻ってくるわよ、と母も私に言った。心配することないわ、男の人ってときには一人になりたいものなの。それからにっこり微笑んだあと残念そうな顔をして、お父さんは人一倍、男だってことを振りかざす人なのに、一度も一人になりたがったことがないんだけど、と打ち明けた。ラウラは慰めてくれた母に感謝し、そうしてようやく親としての義務を果たした母は、父に電話をするために寝室に引っ込んだ。母もたまには一人になる必要がある。父の世話は看護師にまかせてあるとはいえ、それでも一日に何度か電話をかけ、寝る前にも一度、最後のお務めとして電話をする。父は何を言うわけでもないだろうが、母としては、父のたどたどしい言葉を聞けば、ぐっすり眠れるのだ。母が姿を消したあと、アレナも急な仕事で帰った。彼女の会社が掃除を担当した家が水浸しになってしまったらしく、対処しなければならないという。でも、できるだけ急いで戻るよ、とアレナは約束した。それからラウラは一人で悶々としていた。窓ガラスに額を押しつけながら自問自答する。ディエゴは一人になりたかっただけ？　だとすれば、気持ちはわかる。明日になったら、奇跡でも起きないかぎり、怪物の最初の挑戦を受けなければならないのだ。気持ちの準備をするため少し一人になる必要があったとしても当然だ……でも、それなら一言言ってくれればいいのに。どうして折り返し電話をくれないの？　私がつらい思いをしても平気なの？

恋人になってからの数か月、ディエゴがどんなにやさしかったか思い出す。パニャフォール村で彼と過ごしたあのすばらしい一年。ディエゴがラウラの診察室に現れたのは、きっと神様のお導きだったのだ。今思い返すと、あのひとときは夢か何かだったのかと思わずにいられない。二人がバルセロナに引っ越してすぐ、ディエゴが『血と琥珀』を書き始めたとたん、乱暴に幕が下ろされた美しい夢。あの小説は二人を裕福にしたとはいえ、ラウラからすれば不幸の種であり、彼女がそう考える理由は増えていくばかりだった。

でも、私のせいでもあるのよね、と思う。教職に専念するために頭から締め出してきた作家になる夢を甦らせるよう、ディエゴを説得したのは、ほかならぬラウラなのだ。そしてディエゴはラウラの言葉に耳を貸した。そんなことより、トイレの蓋を閉めることとか、シャワーのあとは抜け毛の掃除をするとか、そっちを聞いてほしかった！　なぜなら、ディエゴが小説を書いていた一年間は二人のどちらにとっても地獄だったからだ。ディエゴはラウラを完全に締め出した。酒を飲み始め、酒瓶を持って書斎にずっとこもり、ときには夜になってもしばらく出てこなかった。ドアの向こうは不穏な沈黙に満ち、ときどき恐ろしいわめき声や、ラウラには理解できない呪詛《じゅそ》の言葉が聞こえてきた。そして夜、ディエゴは悪夢にうなされるようになった。そのたびにぞっとして飛び起きた。あんなふうに人が悲鳴をあげるのを、ラウラはそれまで聞いたことがなかった。でもディエゴはどんな夢だったのかけっして話さなかった。ずいぶん鮮やかな夢のようだったが、目を開けたとたん忘れてしまうのだ。

その一年間、彼は酒を飲むことと書くことしかしなくなり、パニャフォールで熱烈に愛し合ったあのディエゴとは別人になってしまったのだとラウラは思った。作家というのは誰でも、別の人生を生み出すために、自分の人生を削るしか方法がないのだろうか？　そう考えれば希望も持てた。そして驚いたことに、小説を書き終えたとたん、その地獄も終わったのである。アルコールは小説を書くのに欠かせない単なる道具だったかのように、ディエゴは酒をやめ、悪夢も見なくなった。まるで魔法みたいだった。信じられないけれど、突然すべてが元通りになったのだ。やがて思いがけず、小説が大ベストセラーとなった。まもなくラウラは妊娠し、九か月後にアリが生まれて、いつもめそめそ泣いている柔らかくて小さなバラ色の赤ん坊に、二人とも夢中になった。ディエゴの溺愛ぶりといったら、嫉妬しそうになるほどだったが、娘がたっぷり与えてくれた幸福で夫婦二人ともたちまち満たされた。いいえ、夫は絶対に降参などしていないし、これからもしない。アリのために闘うはずだ。娘を無事に取り戻すためなら何でもするだろう。そう、少し一人になりたかっただけよ！　わかってあげなければ。

でも、そう自分に言い聞かせた瞬間、過去のある出来事が甦り、衝撃が走った。心の全領域を汚染しかねない放射性廃棄物入りのドラム缶のように、記憶の奥底へ葬り去ったはずなのに。そうするしかなかったのだ。無視することも許すこともできず、ただ受け入れるしかない、そんな出来事に直面したのは生まれて初めてだった。表面は無傷でも、心の内側には大きな影響を及ぼすような出来事。潜在性のウィルスのように。

あれは何年前だろう？　五年？　六年？　何年も口もきかなかったのにディエゴが兄エクトルとまた行き来するようになり、彼の小さなアパートで食事をして、帰宅する途中だった。アリはまだ赤ん坊だったが、もうよちよち歩きはしていて、その日は、ベビーカーなんて、と見下したように拒絶し、歩きたいと要求してきた。両親はそれを認め、車に戻るため大通りの急坂をくだりながら、娘が酔っ払いの妖精みたいに歩き、ときどきどすんと尻もちをつく様子を目を細めて見守った。交差点が赤信号だったので、ディエゴは娘が飛び出さないように急いでつかまえ、それから会話を再開するため妻のほうを振り返った。

何年も経った今でも、そのあと起きたことをスローモーションではっきりと思い出せる。ディエゴの視線がラウラを通り越して、その背後の何かに釘付けになった様子も。ディエゴの口が恐怖であんぐりと開いた。手がアリから離れ、体が後ろへ飛びのいた。ディエゴの不器用な飛びのき方を見てラウラはつい笑ってしまったのだが、それも後ろからどんと押されるまでのことだった。ラウラはふっと体が浮くのを感じ、そうしながらベビーカーが勢いよく前に滑って、娘の体を倒すのを見た。アリはよろめき、横断歩道にうつ伏せに倒れて、その車線を今しもバスが近づいてきていた。ラウラはアリの名前を叫ぶ間もなく、顔がアスファルトにぶつかるのを感じた。顎、それに両手と両膝がひりひりしたが、次の瞬間には立ち上がった。自分に背後からぶつかってきた自転車に乗っていた人が、鼻血を出して地面に倒れているのが目に入り、続いてアリと目が合った。娘は数メートル先に倒れていて、あと少しでバスのタイヤの下敷きになるというところで、奇跡的にブレーキが間に合った。ラウラは転げるようにして娘に駆け寄り、大声で泣きながら抱きしめた。アリはいくつか擦り傷ができ、やはり火がついたように泣いていたが、そうして泣いているということは、ただ驚いただけで重大な怪我《けが》はないという証《あかし》だった。しかしベビーカーは無傷とはいかず、坂を走り下りるあいだにタクシーに轢《ひ》かれた。そのときになってディエゴがどこからともなく現れた。二人をぎゅっと抱き、何度も二人の名前を呼んで、娘の顔にキスの雨を降らせた。そのあとラウラの腕から娘を奪いまでして自分の胸に抱きしめ、大声で神に感謝したが、その頃には派手な事故を目の当たりにした人々がまわりを囲み始めていた。ラウラは今起きたことが理解できず、茫然自失《ぼうぜんじしつ》としていた。ディエゴは私の背後の自転車を見て、飛びのいたの？　夫は、自分の反応は当然で、非難されることではない、という様子だった。二人とも大丈夫かと必死の形相で尋ね、キスし、答えも待たずにまた同じ質問をし、自転車の乗り手が近づいてきて、ブレーキをかけ損ねたとあえぎながら説明したとき、そのまま食い殺しそうな勢いだった……。それでラウラは疑問を持ったのだ。夫は無意識にあんな行動をとったのだろうか？

　その後数日間、ラウラはそのことばかり考えていた。とくに、彼女と娘から飛びのいたとき、ほんの一瞬夫の目に浮かんだ恐怖について、そしてその陰に見えた冷徹なきらめきについて。どんなにそうしたくても、妻や娘を無視して自分だけ助かろうとした夫の反応を肯定できなかった。何があってもおのれを優先してしまう、単純な生存本能のせい？　でも、もし私だったら、同じことをするだろうか？　私ならけっして飛びのいたりしないと確信していた。むしろ家族の前に立ちふさがり、自転車から守ろうとさえしただろう。でも、とっさの反応を事前に予測はできないから、勝手な思い込みかもしれない。実際にその場に身を置いてみないかぎり、わからないだろう。いずれにせよ、ラウラが傷ついたのは、ディエゴの反応そのものではなく、彼がたとえ遠回しにでも、それに触れようとしないことだった。謝りもしなければ、わずかな後悔さえ見せない。口に出せないほど恥じているのか、それとも悪かったと思っていないのか？　ディエゴに尋ねたことは一度もない。最初はその勇気がなかったからだが、やがて知らずにいたほうがいいと思うようになった。

携帯電話の呼び出し音で現実に引き戻された。相手が誰か確認もせず、急いで応答する。

「ディエゴ?」

「いや、ジェラールだ。彼を見つけたよ」

ラウラはほっとして、たちまち体がやさしいぬくもりで包まれた。夏の終わりの夜に、恋人が肩にショールを掛けてくれたかのように。

「よかった……」震える声で囁く。「どんな様子なの?」

「ああ、大丈夫だ。酔いつぶれて車の中で寝ていた。コーヒーを二杯飲ませたら、靴にゲロを吐かれた。もう少ししたら家に連れていくから、寝かせてやってくれ」

「でも、あの人……本当に大丈夫なの?」ラウラはそんなふうにしか尋ねられなかった。本当に訊きたいことは口にできない。

でもルカモラは、人が口に出したことだけを聞いて警部になったわけではない。

「ラウラ……ディエゴは課題に挑戦するさ。逃げたりしない。少し一人になって酒が飲みたかっただけだ。ただ自分の酒の許容量を計算し間違えた、それだけだよ。今は最悪の気分で、すっかり参っていて、穴があったら入りたいと思っているはずだ。だが、大丈夫だ。明日は必ず課題に取り組む。心配するな」

「そうね……わかった」

それ以上何が言える？　二人は黙り込んだ。ラウラは訊きたかった。今どこにいるのか、何をしているのか、車を運転しているのか、ウィンドーを下ろして、指に煙草を挟んだ手をぶらりと外に出しているのか、まるで女の顔に手をあてがうように、いかにも男らしい手つきで携帯電話を持っているのか、嘔吐物の臭いをぷんぷんさせたディエゴがそばにいて、たぶん助手席で眠っているのか、あるいは、ラウラと二人で話ができるような別の場所に一人でいるのか。

でも、ラウラは何も言わなかった。まだこの静寂を破りたくなかった。こんなに穏やかな気持ちになったのは久しぶりだった。とてもリラックスしている。凪《な》いだ海を前にして、向こう岸でジェラールの呼吸が起こすやさしい波に足を浸しているみたいな感じ。目を閉じる。喉の奥から嗚咽《おえつ》がこぼれる。

「ラウラ……」

「何も言わないで、お願い。黙って」ラウラは懇願した。「しゃべらないで」

「ラウラ……ラウラ……」ルカモラは低い声でくり返す。暗闇の中で彼女を捜しているかのように。

ラウラは泣き出した。ベッドにスマートフォンを放り出す。今では歯を食いしばり、怒りをこめて泣いている。身をかがめて電話を両手で持つ。深い穴を覗き込み、その奥底に住む化け物に話しかけようとするかのように。

「娘を見つけて！」あふれる怒りを叩きつけるように叫ぶ。「見つけてよ！」

そして切った。

13　本の虫

　ルカモラ警部は自分を責めながら、机の真ん中に悲しげにそびえている煙草の葉の山を眺めていた。中身を抜かれたたくさんの煙草の残骸がまわりに落ちている。こういう馬鹿げた癖はさっさとやめないと、とため息まじりにつぶやく。リラックスできるわけでも、気晴らしになるわけでも、煙草との関係を断てるわけでもなく、吸う量を減らす役にも立たない。ラウラと知り合った二年前から通っているセラピストには、減らすと約束したのに。それもこれも、すてきな女性の前でそういう悪い癖を披露すれば印象を悪くするわよ、とラウラに言われたからだ。時計を見て、初回の挑戦を中継するために借りたスタジオにもう出かける時間だと知る。ラウラとディエゴはすでに向かっている途中だろう。生中継の開始にはまだ二時間あるが、音声や撮影の最終確認をするため、早めに来てほしいとスタッフから言われていた。犬とその飼い主も、時間どおりに役割を果たすために事前に招集されている。ルカモラは机の下にあるゴミ箱を引き寄せ、この一時間の自己セラピーの成果をすべてそこに落とした。立ち上がって、フックに掛かっていたジャンパーに手を伸ばしたそのとき、オフィスのドアが突然開いた。パウ・リエラ刑事、ミレイア・ルジャス情報捜査官、それに髪を整え直してきたマルク・オラーヤ警部補が断りもなくなだれ込んできた。

「何かわかったのか？」ルカモラはすぐに尋ねた。

誰も、オラーヤでさえ、三メートル級の鯉《こい》でも釣り上げたのでなければ、こんなふうに警部のオフィスにずかずか入ってきはしない。

「ナンバープレートの一つがヒットしたんです」ルジャスが息せき切って言った。「誘拐が起きる何時間か前に近くを通った車なので、最初のスクリーニングには引っかからなかった。でも範囲を広めていったら……ビンゴ！」にっこりするその顔を見て、警部はほんの一瞬、彼女が魅力的に見えた。

「ワゴン車です」やはり興奮を抑えきれないらしいリエラ刑事が続けた。「所有者はミケル・カルドナという二十八歳の男。精神疾患の既往症があり、何度も入退院をくり返しています。離婚歴があり、幼い娘がいる。法定後見人である実兄の付き添いのもと、娘との面会を許可する判決が出ていますが、母親は六か月間、これを守っていません。それでカルドナは彼女を提訴した」自分がその訴えを起こしたかのように堂々と言った。

「主治医のジョアキム・フレイシャに電話をしてみました」今度はオラーヤの番だ。「初めは電話で話すのをひどく渋っていたんです。例の守秘義務とかそういう理由で。でも、ルジャスはその気になれば、じつはすごく説得力がある。電話をひったくって、フレイシャ先生に倫理的責任とかいろいろ並べて……」

「わかった、わかった。ルジャスに勲章でも授けよう」ルカモラは遮った。「いや、新しいピアスでもいい。そっちのほうがよければ。さっさと本題に入ってくれ。医者はなんて？」

「あまり詳しいことは話してくれませんでした」オラーヤが続けた。「でも、この情報には警部も関心を持つと思います。じつはカルドナは本の虫で、ミステリやホラーをよく読むようです。とくにスティーヴン・キングのファンで、鏡を見るたび、そこに自分の顔ではなく、ピエロのペニーワイズが見えていたことも一時期あったらしくて。風船の束を持っていたかどうかはわかりませんが……」

「誰なんだ、それは？」ルカモラが尋ねる。

「綿飴《わたあめ》の匂いがする黄色い目のピエロですよ！」オラーヤは常識だと言わんばかりだった。

「ホットドッグの匂いも」リエラが続ける。

「ピーナッツの匂いも」ルジャスも言った。

ルカモラはしばらくのあいだ三人を無言で眺めた。このキングのファン集団の一員でなかったことを悔やむべきか安堵すべきかわからなかった。

「でも、カルドナはディエゴ・アルサも好んで読んでいたんです」オラーヤが続けた。

『血と琥珀』を何度も再読していた」

「くそ……」

「それだけじゃない。彼の住所は、署に寄せられた無数の通報の一つと一致するんです」情報捜査官が言った。「誘拐のあった夜、通行人が、眠っている女の子を抱いて建物のロビーに入っていく男を見たと話しています。通報の裏付けは取られませんでした。時間がずれていたからです。通行人は、その男を見たのは夜十一時頃だったと言っていて、その時間、アリアドナ・アルサはまだベッドの中だったと思われます。でも改めて新情報と照合してみたら、それがミケル・カルドナの自宅住所だとわかったんです」

「その情報提供者は時間を勘違いした可能性がある」ルカモラの声に興奮がうかがえた。

「人はよく時間を間違える。いつ何をしたか正確な時間なんて誰も覚えていない。だが警察に訊かれると、だいたいの時間をでっちあげるものなんだ。くそ……そいつが怪物なのか？」いらいらした様子で両手をこすり合わせながらつぶやく。「そうかもしれない。よし、行こう！」そう言って、コート掛けからジャンパーをひったくった。「オラーヤ、パラルタ判事と秘書に知らせてくれ。怪物を見つけたから十分以内に逮捕する、と。ルジャス、君はスタジオに連絡してくれ。こちらがゴーサインを出すまで放送を始めるな、と」にやりと笑う。「バルガヨ署長には、くそったれ犯人をこれから捕まえに行くと俺から伝える」

そのカルドナはラ・ミナ地区に住んでいた。サン・アドリア・ダ・バゾス市に属している地区だが、その中心部とはバゾス川や鉄道、リトゥラル高速道路で分断されていて、むしろバルセロナに近い。七〇年代に、近隣に分散していたみすぼらしいバラックを大急ぎでそこにかき集めたロマ人がおもに暮らしていたが、ムーア人や黒人もおり、たちまち非白人居住区と認識されるようになった。

ルカモラ、オラーヤ、ルジャス、リエラ、アラムに加え、もう二人の警察官が、防弾チョッキを身につけて車から降りた。警部は、パラルタ判事と秘書には広場で待ったほうがいいと勧めた。判事は以前会ったときよりだいぶ瘦せていて、驚いた。オラーヤとテニスコートで走りまわっているおかげかもしれない。もっとも、瘦せてよかったとは必ずしも言いきれない。あちこちで皮膚がたるんで、半分空気の抜けたビニール人形みたいに見えるからだ。それに、太っていたときの服をそのまま着ているから、同じ体格の人がもう一、二人は入れそうなほどぶかぶかなこともその印象を強めていた。一方、秘書のほうは小柄で頭の大きな三十代の女性で、すぐにファイルを出して記録をとり始めた。そうして二人でいると、まるで案山子《かかし》とETみたいだ。ルカモラは容疑者の住所に向かい、チームもそれを追った。今にも通りの向こう側へ崩れ落ちそうなアパートだ。外壁は黒く汚れ、窓に渡された洗濯紐には衣類やらシーツやらが干されている。風に当てるというより、周辺の不幸や卑しさをわざわざ染み込ませているように見える。

「四階のB室です」リエラ刑事が言い、全員が速足で歩き出した。

広場にいる地元の人々は眠たげな静寂のなかで彼らを眺め、この一帯の気だるさを突如破る突風のような騒ぎに驚いている。ルカモラを先頭に建物にいっせいに突入し、汚れた階段を四階まで一気に駆けのぼる。おそらく朝の一服のために出てきたと思われる、だらっとした風体の男が、一団に押しつぶされそうになって壁にへばりついた。二秒後には、ルカモラの石のような拳が、ぼろぼろの玄関ドアを叩き壊しそうな勢いで何度も殴りつけていた。中から大音量のテレビの音が漏れ出してくる。やがて、誰かがいきなりドアを開けた。塩を借りに来る近所の人たちはいつもこんなふうにドアを乱暴に叩くので、慣れているかのように。

現れたのは、意外にもきちんとした服装をした、三十過ぎに見える清潔そうな男だった。ルカモラは男の鼻先にバッジを突きつけた。

「ミケル・カルドナだな?」と尋ねる。

男はとまどい、怯えた様子で一同を見た。狭い玄関の向こうに、質素だがよく手入れをされた家具を備えた居間が見え、埃っぽい闇が満ちる廊下の奥には閉じたドアがあった。

「いや、僕は……」

しかし男が話し終える前に、女の子の甲高い叫び声が聞こえた。急に電流が通ったかのように、ルカモラは男を乱暴に押しのけ、居間にずかずかと踏み込んだ。安手の芳香剤や焦げたコーヒー、饐《す》えたニコチンの匂いが漂っている。オラーヤがシャム猫みたいな足取りで続いた。この男は重力の影響をまったく受けないらしい。二人はしばし耳を澄まし、周囲を見まわした。ソファーの前にある小テーブルにノートパソコンがあり、近くにスナック菓子の袋や缶ビールが置いてある。この男、挑戦ゲームを楽しむ準備を怠りなく済ませていたらしい。そのときまた女の子の叫び声がした。今度はルカモラにも誰の声かわかった。あの子の声はどこにいてもわかる。

「アリ」とつぶやく。

「こっちです」オラーヤが廊下の奥のドアを指さした。

二人が大股で廊下を走っていくあいだ、リエラ刑事が容疑者に銃を向け、ルジャスとアラムは銃を構えて台所に向かい、ほかは室内に散らばった。ルカモラとオラーヤは銃を振りかざしながらドアの前に位置取った。今では金切り声が漏れている。二人は目を見交わし、ルカモラの合図で警部補がドアを蹴破った。ドアがいきなり全開する。

「警察だ！」ルカモラは全方位に銃を向けながら中に踏み込んだ。

部屋には、ベッドのヘッドレストに寄りかかっている二十代らしきスキンヘッドの男がいた。上半身は裸で、心臓の上に虎のタトゥーが彫られ、脚はくしゃくしゃのシーツで覆われている。ベッドの足元に子供用のワンピースが置いてある。そして床にアリがいた。

壁に顔を向けて泣いているが、髪の毛でわかった。ショーツ一枚しか身につけていないと知った瞬間、腹の底から怒りが間欠泉のように噴き上がった。「くそ」と小さくつぶやき、すぐに二つのことを理解した。アリはこの出来事で心に傷を受け、回復は難しいということ、そして、今自分は身の破滅を目前にしているということ。突然心臓発作でも起こさないかぎり、今ここで、部下たちの目の前で、ベッドにいる男を殴り殺さずにいられないからだ。ルカモラは、オラーヤがくそ野郎に銃口を向けるあいだ、しゃがみ込んで少女の腕をそっとつかんだ。

「落ち着いて、アリ。俺だ、ジェラールだよ。もう大丈夫だ」怒りと苦痛の入りまじった声を絞り出す。

アリがこちらを向いた。泣いているせいで真っ赤になった不安げな顔が見えた。でもそのとき何かが起きた。アリの顔が、池に投げた石の波紋でかき消される映り込みのようにぼやけ、ルカモラは気を取り直して改めて少女の顔に目を凝らした。髪の色も年の頃も同じだし、雰囲気も似ているが……アリではない。ルカモラは少女の腕から手を離し、立ち上がった。ほっとしてもいたし、感覚に簡単に騙された自分にとまどってもいた。

そのときルジャスが部屋に入ってきて、ドアを開けた男以外に室内には誰もいないと報告した。オラーヤは部屋の隅にあるおんぼろの洋服ダンスを示した。誰か隠れているとしたらあとはそこぐらいだ。情報捜査官が飛びついて開けると、銃口でハンガーに掛かったわずかな服をかき分けた。

「誰もいません！」必要以上に元気よく報告する。

「いったい何なんだ？　あんたたち誰なんだよ？」ベッドの上の男が怯えた様子で尋ねた。

「動くな！　両手を上げろ」オラーヤが命じる。

警部補もすでに誤解だったと気づいていたが、それでも銃口を向け続けていた。

「動くな？　これは何かの冗談か？」ベッドの男が言い、シーツをどけようとした。

「両手を上にあげておけ！」ルカモラはわめき、一歩近づいて銃を振った。「これが最後だぞ、わかったか？」

「わかった、わかった」男は静かになった。

「オラーヤ、女の子を連れていけ」ルカモラが命令する。

警部補は銃を脇に挟み、ルジャスに代われと身ぶりで伝えると、少女に近づいた。とたんに少女はまた泣き出した。

「あんたの名前は？」ルカモラがベッドの男に尋ねる。

「ミケル・カルドナ……おい、おまえ、娘から手を放せ！」

「黙れ！」警部が命じた。続いて、肩に担いでいた無線でしゃべるため、顔を傾けた。

「ミケル・カルドナと女の子を確保した。だが女の子はアリアドナ・アルサではない。くり返す、アリアドナではない……」

「アリアドナ・アルサって、あの誘拐された女の子か?」カルドナは驚いた様子だった。

「当たり前だ、違うに決まってる! あんたたちおかしいんじゃないか? この子は俺の娘、エバだ」

「パパ、パパ!」自分の正体を裏付けるかのように、少女が泣きながら呻き、男に手を伸ばした。

「六か月前から奥さんがあなたをエバと会わせないようにしてたはずよ」ルジャスが銃口を向けたまま告げる。

「そのとおりだ」男は認めた。「だが、だとしても俺の娘に変わりはない」

「母親の許可なく娘を連れてきたのか?」ルカモラは険しい声で尋ねた。

「違うよ!」カルドナは今やすっかり取り乱していた。「母親がこの子をここに置いていったんだ」

「パパ、パパ!」

カルドナは、オラーヤの腕の中で身をよじり続けている娘のほうを向いた。

「おまえ、すぐに娘を放せ。さもないと……」男は両手をベッドの上に置き、体を何とか起こそうとする。

「手を上げろと言っただろう!」ルカモラが吠えた。「勝手に動いたら……」

「動いたら、何だ?」カルドナはさっとシーツを剝ぎ、腿のあたりまでギプスで固められた両脚をあらわにした。

　ルカモラとオラーヤは困惑して顔を見合わせた。

「パパー！」泣き叫ぶ少女の顔はほとんど紫がかっている。

「頼む」カルドナは、努めて冷静さを保とうとしていた。「娘から手を放してくれ」

　ルカモラはまだためらいを見せていた。部屋に入った瞬間の恐ろしい光景が頭から離れないのだ。上半身裸の男のベッドの足元で、ショーツ一枚で泣いていたアリ……。

「この子はなぜ泣いていたんだ？」

「ベッドから落ちたからだよ！　服を着替えながらベッドの上でジャンプし始めて、その勢いで落ち、頭をぶつけたんだ」カルドナは娘の泣き声に負けじと大声で言った。ふいに顔をしかめてルカモラを見る。「何をしてたと思ったんだ、くそったれ？」

　そのときリエラが携帯を手に部屋に入ってきた。

「班長、外にいる男はミケル・カルドナの兄で、女の子は姪っ子のエバ・カルドナだと言っています。母親が数日、預けていったそうです。母親の電話番号がわかりました。かけてみますか？」電話を見せながら尋ねる。

　警部はちらりとそれを見ただけで、何も言わなかった。少女はオラーヤの腕の中で泣き叫んでいる。とうとうルカモラがげっそりした顔で警部補に顎をしゃくり、オラーヤは娘を父親に渡した。少女はすぐに父親の首に思いきりしがみついた。嵐の海で見つけた揺れる小舟か何かのように。

「もう大丈夫だよ……何も怖くないから泣かないで……この悪いおじさんたちにはおまえに何もさせない。約束する」

ルカモラは深いため息をついた。

「こいつの言うことが事実かどうか、裏をとれ」リエラとルジャスに命じ、オラーヤとともに部屋を出た。

玄関から出て無言のまま汚れた階段を下り、通りに面した嫌な臭いのする踊り場で足を止める。ドアのガラス窓から、判事とその秘書の凸凹コンビが見える。その必要もないのに目立たないように努めながら、手錠をかけられた怪物が建物から現れ、この最悪の事件に終止符が打たれるそのときを待ちかまえている。だが期待は裏切られることになる。

「めったにないドジを踏みましたね」オラーヤが言った。「いや、初めての、と言うべきかな……」

「今は笑う気分じゃないんだ、オラーヤ」ルカモラはぴしゃりと言った。

「ええ。でもあなたの腹立ちは、どこかの署長のそれとは比べものにならないと思いますよ」

「くそ」ルカモラは今のオラーヤの言葉が耳に入らなかったかのように呻いた。

たしかに署長は腹を立てるだろうが、それはいい。早合点してしまったのだ。一度も早合点などしたことがなかったのに。どうしちまったんだ？　だが答えはわかっていた。この世でいちばんきれいな目をした少女、母親と同じ目をした少女。そう、そのせいだ。

通りに出ようともせずに煙草に火をつける。オラーヤはため息をつき、重い沈黙のなか、上司が煙草を吸うあいだ、壁に寄りかかっていた。煙草を吸い終わる前に、リエラが現れた。

「今のところ、すべて符合します」誰に促されたわけでもないが、報告を始めた。「ドアを開けた人物はシャビ・カルドナです。身分証で確認しました。ミケル・カルドナのアリバイについては鉄壁です。水曜に交通事故に遭って、片脚は三か所、もう一方は二か所骨折した。交通課に調書がありますし、病院のカルテもそれを裏付けています。あいつは一歩も歩けません。それ以来ずっとベッドで寝たきりです。だからこの数日、兄が泊まり込んでるんです。シャビ・カルドナ、三十四歳、職業は販売員。弟が鏡の中にピエロのペニーワイズを見るようになってから、弟の法定後見人をしています。シャビはずいぶん前から、弟と娘を会わせるよう元妻を説得しようとしてきました。取り決めを守るよう元妻を訴えろと弟に促しまでした。でも元妻は頑として譲りませんでした。ところが、交通事故のあと、とうとう態度をやわらげたらしく、金曜日の夜八時頃、アリアドナが誘拐されるだいぶ前に、シャビがワゴン車でエバを迎えに行った。監視カメラがワゴン車をとらえたのはこのときです。その後、眠っている姪っ子を抱いて弟の家に戻ってきたのが十一時十分前頃で、通行人の証言とも一致します。つまり、まだ確認が取れていないことはいくつかありますが、もうはっきりしている。二人の証言に食い違いはないし、どちらにもアリバイがある。犯人は彼らじゃないですね」

ルカモラは不穏な沈黙を保ったまま、リエラの長口舌を聞いていた。

「今何時だ？」見るからに不機嫌な顔で、鼻梁《びりょう》を揉みながら尋ねた。

「十二時まであと三十分少々です」リエラが答えた。

警部は深々とため息をつき、携帯電話を取り出した。

「俺はディエゴに電話して、犬のクソを食ってもらわなきゃならないと話す」それから警部補に目を向けた。「オラーヤ、あそこにいるパラルタ判事に事情を説明してきてくれ。そのあと一緒にテニスをしてきてもいいぞ。あるいは、体のサイズに合った服を買いに行かせろ」

14　あの子が僕を見るあのまなざし

ディエゴとラウラはスタジオの小さな待合室で、知らせが来るのをじっと待っていた。ラウラは膝の上で手を組み、脚を斜めに揃えた姿勢で、ディエゴのほうは初めての聖体拝領の写真さながら、唇のところで両手を組み合わせている。二人とも黙りこくって、目の前にある小テーブルに置いた携帯電話に視線を集中させている。携帯はしんと静まり返っている。

ついに携帯が鳴ったとき、二人とも跳び上がりそうになった。ディエゴが、妻が反応する一瞬前にそれをつかんだ。

「もしもし！」切羽詰まった口調で応答する。妻はこちらをじっと見つめている。「うん……うん……」同意が続くうちに表情が曇っていき、しまいに目を閉じた。「わかった……」そう言ってがっくりする。ラウラが絞り出すように呻き声を漏らし、うなだれた。「落ち着いてくれ、ジェラール。ああ、僕は大丈夫だ……本当だよ。じゃあ、あとで」

電話を切ったあと、苦痛に顔をしかめる妻を眺めた。しばらくして彼女も顔を上げてこちらを見た。瞬きもせずにたがいに見つめ合う。疲労感の漂う、妙に穏やかなつらい沈黙が満ちた。

「ラウラ……」ディエゴが口を開いたが、底なし沼に落ちて息ができなくなったかのように、続けられなくなる。「心配しなくていい。きっとうまくいく。この課題、やり遂げるよ。そして、もしあればだが、そのあとの課題も。約束する」

ラウラは、ディエゴが急に透明人間になってしまったかのように、ぼんやり見ている。

「あの子に触れたい」突然ラウラが言った。夫の体の向こう側にいる誰か、あるいは何かに向かって。「ただ触れられればそれでいい。抱擁やキスじゃなく、ときどき何気なく触れ合うあの感触が懐かしいの。テレビを観ながら私の腿に触れるあの子の足の裏、地下鉄で同じ手すりにつかまったときのあの子のべたべたした手……。とくに意味のない接触。まわりにある空気みたいなもの。肌がひりひり痛むほど、本当はそれに飢えているんだと気づいた。触れたいときだけじゃなく、べつに触れたくないときでも、あの子に触れる〝可能性〟を私は奪われたのよ。もちろん死ぬほどあの子にキスしたいし、抱きしめたい。でも、いちばん恋しいのは、空気以上に必要なのは、ふとした瞬間にあの子と触れ合うこと。私はそれを奪われた」ラウラはそこで目をぱちくりさせた。突然目の前にディエゴが現れて、太陽を遮ったかのように。それから少し驚いた顔で彼の目を見た。「ジェラールが二時間前に、容疑者が見つかったと電話してきたとき、今日またあの子に触れられるんだと思った。本気でそう信じたの」

「僕もだよ」ディエゴも打ち明けた。

そんなふうに無邪気に希望を持っていた自分たちのことがおたがい信じられなかった。

「あの子の何が恋しい?」やがてラウラが尋ねた。

ディエゴはしばし考えた。答えははっきりしていたが、この場にふさわしい答えではないかもしれない。ラウラに比べたら、自分がちっぽけに思えた。アリについて何を恋しいと思っても、それはやはりラウラへの裏切りであり、ダメな父親だという証拠の一つになる。結局のところ、突進してくる自転車から逃げたその瞬間から、ディエゴがしたり言ったりしたことはどれもみなそうなのだ。六年も前の出来事だが、ディエゴは今も毎日思い出す。そして思い出すたび、心臓が一瞬動きを止め、胃がよじれ、顔にべたべたしたベールが張りついて呼吸ができなくなる。なぜ逃げたりしたんだろう、と思う。答えは単純明快だ。あれは無意識だった。人間の根底に息づく、やむにやまれぬ生存本能のしわざ。無意識というブラックボックスから「逃げろ」という命令が飛び出し、それが意識の地平に着地したときには、もう取り消せなかった。体はすでに動き出し、慣性の法則には逆らえなかったからだ。つまりディエゴは行動し終わらないうちから自分の行動を後悔していたのである。だが、そんな言葉を何度くり返しても無意味だった。いや、言えば言うだけ逆効果かもしれない。もしそれが、無意識が否応なく命じたことなら、悪いのはくそったれ逆な無意識であり、くそったれな彼の人格だ。いろいろな物語やニュースで語られるほかの親たちの場合、子供への愛が生存本能を奇跡的に凌駕《りょうが》するものだが、ディエゴの場合そうはならなかったということは、よくよく考えれば、彼の本能は最低のしろものということになる。なぜなら、こんな見下げ果てた存在、自然に反する生命体、さっさと地球上から消えたほうがいい寄生虫を、わざわざ守ったのだから……。

そんなふうに六年前から週に何度かディエゴは苦悩し、そういうときいつもラウラに胸の内を打ち明けそうになった。だが一度もできなかった。何が言えるというんだ？　どんな言い訳ができる？「悪かった」と謝ったところで許されはしない。それに、ラウラが夫の臆病な行動に気づいていなかった可能性も捨てきれない。あっという間の出来事だったのだから、具体的に何が起きたのか、あとから順序立てて再現するのは不可能だろう。ディエゴはそんな希望のかけらにしがみついた。心の底では、自分を欺いているだけだとわかっていた。あの琥珀色の瞳には残念な出来事の一部始終が刻み込まれているはずだし、けっして消し去ることはできないだろう。

しかし、答えを口にしようとしたそのとき、小部屋のドアをノックする音がした。ディエゴは立ち上がり、緊張のあまり将軍か何かのように「入れ！」と言ってしまった。現れたのは心配そうに顔を歪めた編集者のアルマン・タジャーダで、大げさに腕を広げ、お得意の芝居がかったしぐさでこちらに向かってきたが、ディエゴの顔を見て途中で気を変え、優雅に身をかわすと、まだ座ったままのラウラの頭を痩せた胸に抱き寄せた。「ああ、本当に残念だ」彼女の頭頂部にぶちゅっとキスをしながら言う。それから両手で彼女の顔を包み込んだ。「ルカモラ警部が追っていた手がかりは誤りで、課題に挑戦しなければならないと聞いたよ。二人ともさぞつらいだろうね」

「ええ、ショックでした……」ラウラがつぶやく。「少しのあいだでも希望を持てたのですが」

「いや、まだ希望を捨ててはだめだ！」タジャーダはラウラの手を握って振った。それからディエゴに近づくと、興奮を表に出さないようにしながら肩を叩いた。「そうとも、へこたれるなよ！　それもこれも、警察はちゃんと休まず仕事をしているという証だ。捜査の範囲は狭まっている。まもなくいい結果が出るさ。たぶん数時間のうちに！」

タジャーダがしゃべるあいだ、ディエゴは無理に笑みを浮かべている妻の様子を見ていたが、やがてタジャーダに目を向けた。タジャーダは、相手を元気づけようとする何とも支離滅裂な長広舌にしだいに酔っていく。どんなに厳粛な表情を装っても、興奮は隠せていない。懐に転がり込んできそうな金をもう数え始めているのだろうか？　この事件で『血と琥珀』の売り上げが再燃するのは明らかで、そのうちかなりの割合がタジャーダのものになるはずだった。実際、自分の周囲にいる者で、今回の事件でいちばん得をするのはこの強欲なチビだ。ディエゴは眉をひそめながらタジャーダを睨んだ。そのとき彼が何か尋ねてきた。

「え、何だって?」

「ラモン・ダル・バーヤが君にインタビューをしたいそうだ。もし君がよければ、だが」

「あの『ラモンとの夕べ』のラモン・ダル・バーヤが僕にインタビューを?」

「そう、そのラモンさ。今や君の名前はスキャンダルまみれになってしまったが、テレビ局側は、このインタビューをきっかけに君のキャリアがシリアス路線に大きく転換するだろうと言っている。明後日、木曜日の予定だ。もちろん、インタビューは君の状況をきちんと尊重し、センセーショナルなものにはけっしてしない。それに、事前に質問の内容を見せてもらい、合意のもとでおこなうという。明日、質問をすべて渡してもらうことになっている。完全にこちらの主導で内容を精査し……」

「いやだ」ディエゴが遮った。それから無言で二度首を横に振り、そのあときっぱりくり返した。「いやだ」

タジャーダは同情するようにため息をついた。

「ディエゴ……早まるな。気持ちはわかるが、落ち着いて考えろ。アリにとってもプラスになるかもしれないんだぞ? 残念だが、木曜にはまだ事件は解決していないだろう。だとすれば、さらに大勢の人に捜査に協力してもらう絶好のチャンスになる。誘拐事件の解決には、市民の協力が不可欠なんだ」それからラウラのほうを向く。「警察もそう言ってるだろう?」

　ラウラは迷いながらもうなずいた。

「もう充分知れ渡ってるよ、アルマン」ディエゴが言葉を噛み砕くようにして言った。

「これ以上必要ない。全世界の人が僕が誰で、家族に何が起きているか知っている。あるいは、もう三十分もしたら、知るようになる」

「ああ、だが……」

「インタビューであんた、いくら儲かる?」

「何だって?」タジャーダは目を剥いた。「ギャラなんてもらわんよ、当然だ! そんなことをする人間だと思ってるのか?」傷ついたように言う。

　ディエゴは肩をすくめ、あえて皮肉な笑みを浮かべた。

「この一件で誰かががっぽり儲ける。どんなに僕がつらい思いをしても気遣いも見せず、怪物を呼び戻すためならどんな手を使ってでもプレッシャーをかけてきた誰か。自分の求めるものが手に入らないあいだは、僕が何度電話をかけても応答もしなかった誰か。僕が金の卵を産むガチョウに返り咲いたと見るや、また僕の腰巾着になった誰か。もう『血と琥珀』の新版の準備をしてるんだろう、アルマン? 帯も新しくして? どんな文句が書いてあるのかな? いや、言うな。僕が想像する。《怪物を産み落とした小説》かな?」

「なあ……何をそんなに怒ってるんだ?」タジャーダが言葉に詰まりながら言った。「私はそんなことちっとも考えてないよ」そう言いながら両手を振る。「君がどんな目に遭っているか考えたら……」

「あんたは何も考えてない」ディエゴは歯を食いしばりながら編集者に近づいた。「あんたには想像力などこれっぽっちもないからだ。人の才能を食って生きる寄生虫だよ。空っぽになるまで吸い尽くすんだ。ああ、編集者でさえないね。知識人気取りの卑しい商人《あきんど》だ。何の目的もない、市場の言いなりになるばかりの、な。売れているかぎり、作家が何を書こうとかまわないんだ」

タジャーダが何度か目をしばたたくあいだ、よく目立つ喉仏がごくりと上下した。そしてとうとう後ずさりを始めた。無理やり肩をそびやかしている。弱々しく咳払《せきばら》いをすると、ラウラのほうを向き、同情するような表情を浮かべて、何とか威厳を保ったまま無言で部屋を出ていった。ディエゴはソファーにどさりと座り込み、妻をちらりと見た。

「悪かった。僕にはどうしても……」

「最高だったわ」ラウラは遮った。「タジャーダはゲス野郎よ。誰かが一度はっきりそう言ってやる必要があった」

数分後、二人は手をつないで廊下を進んでいた。何年も前に海岸沿いを散歩したときのようだったが、ディエゴは夢の中のぐらぐらした不安定な光景にいるような気がした。一歩踏み出すごとに廊下が伸び、足を止めないかぎり永遠に終わらないのだ。壁が揺れ動き、どんどん高くなって大聖堂の丸天井のごとくてっぺんが見えなくなったかと思うと、次の瞬間には棺の蓋のように天井がこちらに迫ってくる。歩くうちに、いろいろな人とすれ違う。忙しそうな者もいれば、迷ってきょろきょろしている人もいる。しかしディエゴには、彼らの顔が歪んではっきり見えない。本来はどこか別次元の人間で、たまたま部分的にぼやっと姿が現れたかのように。確かな現実感があるのは、手の中にあるラウラの手だけだ。ラウラが彼の錨《いかり》だった。もしその手を放したら自分はたちまち姿が消えて、あとには渦を巻く煙しか残らない。ついに、上方に赤いランプが灯《とも》ったドアの前にたどり着いた。その前には、誰かが置いた小道具のトーテムのようにむっつりと黙り込んで立つルカモラ警部がいた。二人に気づくとやっと動き出し、近づいてきた。

「ラウラ、ディエゴ……申し訳ない」声が震え、大きく深呼吸してから先を続けた。「本当に申し訳ない」

「あなたはできるだけのことをしてくれたわ」ラウラが真摯に言った。

ルカモラは目を閉じた。そして開けたとき、ディエゴを正面から見た。

「俺は約束を果たせなかった。だが二番目の課題は絶対にさせない。その前にアリアドナを見つける」ディエゴは心ここにあらずといった様子でうなずいた。「君たちがここにいるあいだに、やつを捕まえる。もしやつが小説のとおりに事を進めるつもりなら、明日必ず二通目の手紙をどこかの警察署に届けるはずだ。それを待ち伏せする。あらゆる警察署、郵便局、宅配業者に覆面捜査官を配置する。やつはまもなくミスを犯し、俺たちはそれを見逃さない。誓うよ」

その瞬間、ドアの上の赤いランプが消え、首にヘッドホンを掛けた男が現れた。

「どうも、ディエゴさん。ディレクターのマルティンです。前に一度挨拶しましたよね。準備は万全です。犬がじかに皿に……排便したところです、指示通りにね。犬は飼育係と一緒にもう部屋を出たので、中には生中継担当者がいるだけです。だからいつでも好きなときに中に入って……ええと、始めてかまいません。全部お膳立てされたテーブルがあるのがわかると思います。あなたはそこに行って座ればいいだけ。ただし椅子は、画面構成の関係上、その印から動かすわけにいきません。あまり動きすぎないでください。さもないと手が画面から見えなくなって、挑戦が無効になってしまう。とにかく、先日のリハーサルどおりにやってもらえばOKです」ディエゴはのろのろとうなずいた。「よし。いつでも気が向いたらどうぞ」ディレクターは、しっかり閉じてあったドアを少し開けて促した。「早く始めればそれだけ早く終わる。ですよね?」元気づけるように微笑む。

ディエゴはラウラとルカモラに目を向け、それから小さなスタジオ内をちらっと見た。中央に実用的なテーブルと椅子があり、どちらも床にある黒いテープのバツ印の上に置かれ、二台のスポットライトで照らされている。二メートルほど離れたところに、セット全体をとらえる三脚に載ったカメラをいじっている人がいる。それはパソコンにつながれ、生中継されている画像が見えている。テーブルの上にはワインが一瓶、グラス、すでに盛り付け済みの皿がある。ディエゴは、皿の上の形のはっきりしないものが視界に入ったとたん、さっと目を逸らした。犬は任務を完了した。次はこちらの番だ。ラウラに目を向けると、頑張れというように微笑み返してくれた。これまでになく大きく見えるその瞳は、熔《と》けた銅を流し込んだ二滴のように見える。信じられないほどきれいだった。自分は彼女にふさわしくないし、これまでもふさわしくなかった。

「逃げなければよかった」と囁く。

「何？」何のことかわからず、ラウラが訊き返した。

「あの日、アリがまだ小さかったとき、自転車が後ろから突っ込んできた……なのに僕は逃げた」ディエゴは首を振った。唇が震え、目に涙があふれる。でも何とか先を続けようとした。「僕は自分が許せない。今も、これからも」

ラウラが彼の顔を両手で包み込んだ。

「いいのよ、あなた。もういいの」ディエゴ自身こぼれているとは気づかなかった涙で濡《ぬ》れた頰を、彼女が指で拭った。「自分を責めないで。許す必要なんてない」

「中に入らないと、ディエゴ」ルカモラが遮り、空想はたちまち砕け散った。

ディエゴは面食らったように目をしばたたいた。一瞬、本当に自分が今の言葉を口にして、妻が許してくれたのだと思った。だが実際には、二人は久しく会っていなかったかのように、しばらくただ無言で見つめ合っていただけだと知った。

「アリの何がいちばん恋しいか、答えてなかったね。あの子が僕を見るあのまなざしだよ」次に言う言葉を慎重に選ぶように、しばしためらう。「僕には何も恐れるものなどない、そう信じさせてくれるあの瞳」詫びのしるしに肩をすくめて微笑んだ。「何一つ、ね」

ラウラは涙で目を濡らしながらうなずいた。そしてディエゴはスタジオに入っていった。彼女が必要としていた答えを与えることができたと感じながら。

15　人間の魂に関するちょっとした実験（その一）

ディエゴは、その日は昼も夜も一日中、とにかく吐き続けた。ほかには何もしなかった。臭い、味、口ざわり……すべてが記憶に刻み込まれた。永遠に。怪物の最初の課題を堂々とやり遂げたディエゴの家路は、ちっとも堂々としていなかった。車の中で吐き、歩道で吐き、エレベーターで吐き、玄関ホールで吐き、トイレで吐き、ラウラが風に当たらせようとして連れ出したベランダの手すり越しにも吐いた。腹の中にもう何も残っていないくらい、すっかり空にしたと言っていいだろう。最初は襲いかかってくる吐き気にまかせて、その後は口の奥に指を突っ込んで、無理やり。まるで、おのれの哀れな魂まで、汚れた地《ち》下牢《かろう》のようになってしまったこの体から追い出そうとするように。

数えきれないほど何回も吐いたあと、ディエゴはよろよろと浴室を出てベッドに倒れ込んだが、またぞろ眩暈が襲ってきて、浴室に戻るしかなくなった。その晩はその無限ループから脱出できなかった。夜が明け始めた頃、ラウラがドアをノックした。

「あなた……」顔を覗かせて囁く。「起きてる？」

「ああ……ある意味では」

「母がコーヒーを淹れてるの。いかが？」

「ラウラ、頼む」

「わかってる……でも、朝食に何か食べたほうがいいかと思って。たとえばケーキを一切れとか。それにジェラールから電話があって、ここに向かってるって。新しい情報があるそうよ」

ディエゴは返事代わりにベッドを飛び出して浴室に駆け込み、ひとしきりえずいて汗だくになった。でもそのあとダイニングのテーブルに座ったとき、娘の指示など無視して義母のディアナが目の前に置いたカフェオレの匂いを嗅ぐと、意外にも元気が出た。思いきって一口すすってもみた。喉がぎゅっと縮こまり、一瞬胃が受け付けずに吐き出すかと思ったが、まもなくぬくもりが染み渡った。

「チョコレートケーキを少しどう？」

「ママ、だめって言ったでしょ……」

「じゃあ、小さいのを一切れ」勇気をもらったディエゴはそう言った。

「そうこなきゃ」ディアナは、巨人相手であれば小さいと言えそうな大きさにケーキをカットした。「ラウラには言ったけれど、いちばんよくないのはこの話題をタブーにすることよ。あなたが糞《ミエルダ》を食べたなら、糞を食べたの。ただそれだけ。どうぞ」皿を差し出す。

「これは糞じゃない。ケーキよ。それぞれをきちんと名前で呼ぶ。そうして初めて乗り越えられる」

「いつから心理学者になったの、ママ？」ラウラは皮肉めかして言ったが、声に秘めたいらだちは隠しきれなかった。

　娘のぶっきらぼうな言葉にいつもはやさしく微笑むだけのディアナだが、今回は違った。こちらを見る母の目に深い痛みを垣間見て、ラウラは顔を平手打ちされたようなショックを受けた。

「たしかに心理学者になった気分だわ。少なくとも、あなたのパパが呼び名を忘れないように、家じゅうの家具や物に名札を貼り、毎朝、今一緒に目覚めた女の名前を思い出させ、私の夫はときどきこちらを憎々しげに睨むあの男ではなく、その中に囚われているんだ、と自分に言い聞かせなければならなくなってからは。すべてはあくまでアルツハイマーという病気のせいだもの」そこで言葉を切り、青白く繊細な、おとぎ話の機織り娘のような両手を見下ろして、悲しげな笑みを浮かべた。「そんなわけで、物を一つひとつ名前で呼ぶと痛みが少しだけやわらぐのよ。ちょっと失礼、シャワーを浴びてくるわね」

　ディアナは女王のように堂々と立ち上がり、自分のコーヒーカップを持ってキッチンに姿を消した。

「まったく《ミエルダ》」母が立ち去ったあと、ラウラがつぶやいた。

「当分、その言葉を使わないでもらえるとありがたい」ディエゴはそう頼んで、フォークに突き刺したケーキを何か別のものに変身したかのようにまじまじと見た。

「ああ、ごめんなさい。ママと話しているつもりだった……」

そのとき呼び鈴が鳴った。相手はルカモラで、ごわごわした髪を手で撫でつけ、雄牛のように鼻息を荒くしながら家に入ってきた。

「くそったれめ《バーヤ・ミエルダ》」またしてもディエゴへの責め苦が続いた。「下には新聞記者や野次馬がわんさと群がってる。アホどもが。あいだを縫って進むのにサイレンを鳴らさなきゃならなかった」

大きな体を椅子にどすんと沈めた。椅子はよく持ちこたえた。

「ええ。昨夜も同じよ」ラウラは顔をしかめ、首を振りながら言った。

「どんどんひどいことになりそうだよ。ネットを見たか？」

「いいえ……」ラウラが答える。

「見ないほうがいい。昨日の生中継以来、限度を超えている。予想はできたがね。もちろん君の挑戦を讃《たた》えている者もいるが、くだらん冗談を書き立てている連中もいる。まさに炎上してるよ。中には、怪物ファンクラブを立ち上げた馬鹿までいる」

「怪物のファンクラブだと？」ディエゴが訊き返した。

「ああ。考えられるか？　山のようにフォロワーがいるんだぞ！　フェイスブックにページがあって、気味の悪い十九世紀の外科医の写真を載せてる。午前中のうちに二度閉鎖させたが、すぐにまた開かれるんだ。小説の中の怪物その人が本物の誘拐犯だとそこで断言している。本の中から脱け出して、魔力によってこの世界を恐怖に陥れたそうだ。こんな深刻な事態でなければ笑い飛ばせるような、疑似科学の理論さえ持ち出して。《私は生き、存在する、現実だ》というスローガンがトレンド入りしてるよ」警部は苦々しい表情で首を振った。「この世はビョーキだ」

ディエゴは急に真っ青になって、ソファーの背もたれに身をゆだねた。《私は生き、存在する、現実だ》。

「そのファンクラブだか何だかを作った人物が誘拐と関係している可能性は？」ラウラが尋ねた。

ルカモラは肩をすくめた。

「その可能性は捨ててない。重要なのはそのページから犯人につながるかどうかだが、運営元のプロフィールは虚偽だし、未登録のプリペイドのスマートフォンが使われていて、IPアドレスがたどれそうにないんだ。ああいうハッカーみたいな連中はネットを知り尽くしてる。もちろんそちらもまだ追っているが、もっと緊急の用件があって来たんだ」

ルカモラは唇を結び、ふいに足元に視線を落とした。帰宅するまでに靴が壊れないか、急に心配になったかのように。やがて重々しい表情で顔を上げた。

「怪物からの二通目の手紙が来た」

ラウラとディエゴは息を凝らした。

「それで、捕まえたのか……？」ディエゴは期待をこめて尋ねた。

「いや。あの悪党、今回は警察に黒い封筒を送ってこなかった。小説から離れたんだよ。同じ上品ぶった文字、昔の伊達男《だておとこ》みたいな文面だが、スキャンしてメールで送ってきた。こっちのＩＰアドレスも追跡中だ。精鋭たちが取り組んでいる。たぶん何とかなるだろう」

「ああ……」ディエゴは顔面蒼白《そうはく》で、ルカモラにおずおずと目を向け、やっとのことで声を絞り出した。「それで、二番目の課題は？　今度は何をさせようというんだ？」

ルカモラは答えなかった。折りたたんだ紙をポケットから出し、差し出した。

「プリントしたんだ。自分で読め」

ディエゴはそれをひったくった。ラウラもソファーにいる夫の横に座り、二人は無言で読み始めた。

親愛なる看守殿
貴殿が最初の課題をやり遂げたことを祝うこの新たな書状を書き始めることができて、心から嬉しく思う。じつは、成功するかどうか疑っていたことは認めなければなるまい。

だが君はみごとやり遂げてみせた。せっかく君のためにいろいろと計画を練ったというのに、始まるや否や最初の馬鹿げた課題ですべてがおじゃんになっていたら、正直、ひどくがっかりしていたはずだ。だが杞憂《きゆう》だった。君はつかのまためらっただけで、観客たちもぎょっとするほど大胆にスプーンを口に運び、皿をすっかり空にした。その原動力は娘への愛情なのか、それとも第二のパブロ・アスコンとして世界一腰抜けの父親になるのが怖かったのか？　答えを知っているのは君だけだ。だが、メダルが本物かどうか齧《かじ》って確かめるのは私の役割ではないから、先に進むとしよう。

従来どおり黒い封筒で手紙がじかに警察に届くのではなく、私もつい目を見張る現代社会の新発明の一つを使ったことに、驚いたかもしれない。だが、少し考えれば、仕方がなかったのだとご理解いただけるだろう。待ち伏せされているとわかっていたからだ。そこで改めて今風のやり方に適応し、われわれのゲームにちょっとした変更を加えた。また変えるのか、と君はため息をつくだろう。だが、心配はご無用。どんな変更も、君が発明したこの感動的なゲームの根本を損ねることにならないよう、細心の注意を払っている。

ああ、また話が脇道に逸れてしまったようだ……さっそく二番目の課題を発表することにしよう。次の土曜の正午に、実施してもらわなければならない。前回の手紙で、二番目の課題はもっと創意あふれるものにすると約束したが、そうであることを願う。〈コウノトリ〉について聞いたことがあるだろうか？　中世の拷問道具で、人の首、手、足首を拘束して、ひどく不自然で苦痛な姿勢を強制するものだ。この道具を君だけのためにあつらえ（ロンドン塔に保管されているものが参考になるだろう）、それを体に装着し、君の娘の年齢に合わせて、七時間耐えてもらう。申し訳ないが、私はそういう象徴性に目がないのだ。

次に、遵守してもらう条件を列挙していく。まず、生中継の冒頭で、君が装着する前に道具を細部まですべて映してもらう。何か細工がされていないか、確認するためだ。君にはそれを全裸で装着してもらい、前回と同様、その一部始終を七時間にわたって生中継すること。鎮静剤や鎮痛剤など苦痛をやわらげる薬物はけっして服用しないこと。これについては、その場で血液検査をして証明してもらわねばならない。もちろん、挑戦のあいだ、そばに誰も付き添ってはならない。君は、いざ時計が動き出したら、画面の中で一人きりになる。君は痛みの井戸に一人浸る。そこは狼の口さながら真っ暗で、おのれの勇気というかすかな光以外に何の灯りもない。ほんのわずかでも不正の気配が見つかったときには、挑戦は無効となり、ご存じのとおり、最悪の結果が待ち受ける。

ああ、忘れていた。それがなかったら、この挑戦もちっとも面白くない。君には手にスイッチを持っておいてもらい、押せば拷問をおしまいにできる。おわかりのとおり、君がやめたいときにやめられる選択肢がなければ、挑戦をやり遂げる意味がない。この等式にスイッチボタンが加わることで、七時間耐えるかどうかは、君一人の意思しだいとなる。

娘のためにどれだけ苦痛に耐えられるか、ということだ。

この二番目の課題に君が失望していないといいのだが、ディエゴ。君が小説の中で考え出したものに負けず劣らずおぞましい課題だから、これに合格するには全力で取り組む必要があるだろう。もしやり遂げたときには、残るは第三の課題のみとなり、それについても時間厳守でお知らせしよう。幸運を祈る。君は最悪の拷問に挑むことになるわけだが、ボタンを押してしまおうかと考えるたび、私がこういうことをするのはすべて君のせいなのだ、と思い出すといい。たくさんの無垢《むく》な魂へこうして痛みをばらまいているその責任は、君一人にあるのだ。

敬具
怪物より

ディエゴは目を上げ、リビングを見まわした。手紙はその手から膝に滑り落ちた。横ではラウラが顔色を変え、震えながら目を閉じた。

「どうか落ち着いてくれ……」ルカモラが言った。「最初の課題のときにも同じことを言ったが、今度こそ約束を果たす。君はこの挑戦をしなくて済む、ディエゴ。このくそみたいな手紙を書いたやつを俺たちがまもなく見つける。だんだん真相に近づいているんだ」

ディエゴは答えなかった。聞こえてさえいないように見えた。妙に思いつめたように宙を凝視している。空気という布地を織っている糸をふいに見分けられるようになったかのように。

「近づいている？　私には手当たり次第に藪《やぶ》をついているようにしか見えない」ラウラは取り乱した表情で大きく目を見開いた。「エクトル、ジュリアン、カルドナ兄弟……みんな憶測ばかりで、行き止まりの迷路で迷っているだけだわ」

「そういうものなんだ、ラウラ」ルカモラは言い訳した。「さまざまな方向性について調べ、捜査が進んでいくうちに真相が浮かび上がり始める。そのうちわかるよ」

「そうかもしれないけど、私たちには時間がないのよ！」喉の苦悶のフィルターを通して声が絞り出された。「何かしら形は見えてきていないの？　わからないけど、せめて消去法で。たとえばこの二通目の手紙でエクトルは容疑者から排除できない？　身代金の要求がどこにもないわ」ラウラはディエゴの膝にあった手紙をつかみ、どの折り目にも〝身代金〟という言葉が隠れていないことを証明するように、宙で振ってみせた。「明日が借金返済の期限なんでしょう？　義兄が犯人なら、お金を要求してくるのが道理じゃない？」

「まあな、だが……」ルカモラはしばらくためらっていたが、やがて重いため息をつくと、意を決して口を開いた。「まあ、よそで聞くより俺から話したほうがいいだろう。エクトルは明日、ラモン・ダル・バーヤの番組でインタビューを受けるんだ。それでいくらかギャラがもらえるんだと思う。だからどうだというわけじゃないし、クロービン一味になんとか金を返すためにチャンスにすがっただけ、そう考えるのが筋だろう。だが、最初からつまずいてしまった計画の元を取ろうとしたとも考えられる。あるいはそれも計画の一部なのかも。さっきも言ったように、まだどの可能性も捨てられないんだ。ラウラ、頼むから俺を信じてくれ。捜査のやり方はちゃんとわかってる」

「エクトルがインタビューを受けてギャラをもらう?」ラウラは驚いた。「でも、昨日タジャーダがディエゴに同じことを提案したときには、ギャラは発生しないと言ってたわ」

考え込むような表情を浮かべ、黙り込む。それから急に何か思いついたかのように、ルカモラを見た。「待って、まさかタジャーダが関与してるってこと? あるいはタジャーダとそのラモン・ダル・バーヤとかいう男が?」

「ラウラ、やめるんだ」ルカモラがなだめた。「捜査はわれわれにまかせろ」

「これを書いたのが誰か、わかった気がする」突然ディエゴが言った。

二人は目を丸くして彼のほうを見た。ディエゴはラウラの手から手紙をひったくり、無意識にうなずきながら急いで紙をめくった。それからまた友人に目を向けた。

「これを書いたのが誰か、わかったと思う」いよいよ確信を深めながらくり返す。「いや、ほとんど絶対だ。くそ、どうしてもっと早く気づかなかったのか」彼は顔を手でこすった。

「最初の手紙もなんとなく見覚えがあったが、気に留めなかった。アリがいなくなったばかりで気が動転してたし……結局のところ、小説の中で自分で書いた手紙を真似したものだから、見覚えがあって当然だ、と思った。だがそれだけじゃなかった。文のリズム、人をいらだたせるような口調、新米作家らしい自分の誇示……。そしてこの表現――〝狼の口さながら〟」

「狼の口さながら？」ルカモラには意味がわからず、くり返した。

「ああ、ここだよ……」ディエゴは震える指で手書きの文章を追った。「《君は、いざ時計が動き出したら、画面の中で一人きりになる。君は痛みの井戸に一人浸る。そこは狼の口さながら真っ暗で、おのれの勇気というかすかな光以外に何の灯りもない》」

それから狂気に駆られたような視線をルカモラからラウラへ移した。

「ルベールとの議論を思い出したんだ」ディエゴは紙を手で叩いて言った。

「ルベール？」ラウラはますます混乱し、尋ねた。「何のこと？」

「ルベール・ラバントスだよ」ディエゴはじれったそうに言った。「サンティ・バヨナの友人で、僕の教え子だった。作家になりたがっていた。思い出せないか？」

ラウラは驚いた様子で名前をくり返した。「覚えてるわ。でも、どうしてあの子が……」

「ああ、たしかに馬鹿げてる」ディエゴは妻を遮った。「だが、あの議論をすっかり思い出したんだ」

ディエゴは、ルベールのための特別な課外授業のさなかに起きた出来事を二人に話した。それは、基本的には、ルベールが書いていた小説の批評をすることが目的だった。正直言って、まったくの駄作だった。構成がまるでなっていなかったし、一貫性がなく、登場人物は蝶ネクタイをしたダチョウ並みに現実味がない。つまり、作家がやってはいけないことを全部集約させたような作品だった。何よりまずいのは気取った文体で、大げさな語彙と使い古された表現が混在している点だ。こんなものはさっさと火にくべて、今後は作家になろうなんていっさい考えないことだ、と言ってやるしかないと思えたが、もちろんそんなことはできない。十代の若者とは、六十パーセントの水と四十パーセントの自惚れでできており、ルベールはディエゴの批評を個人攻撃ととらえる可能性が高かった。それに、かわいそうなルベールがつらい毎日をやり過ごすのに、文学が唯一の支えなのでは、と案じていた。それを奪うわけにはいかない。だから、批判は控え、簡単に直せそうな間違いをいくつか指摘して、ゴムのハンマーで軽くエゴを叩く程度にし、せっかくの課外授業を有意義なものにしようと思っていたのだ。

ところがその晩、結局もう少し踏み込むことになり、今読んだ部分には常套句《じょうとうく》が多いので、そういうありきたりな表現は〝蛇蝎《だかつ》のごとく〟避けたほうがいいとつい言ってしまった。自分の冗談ににんまりして、「書くこととは、つねに常套句との戦いなんだ」と続けた。そう言ったのは英国の作家マーティン・エイミスだ、と付け加えるのは忘れてしまったのだが。本物の作家になりたければ、新しい表現を探し、みずからの創造力の欠如を露呈するそういう雑草を文章から引っこ抜かなければならない。「バケツを引っくり返したような雨が降り、主人公が泥のように眠り、地下室がいつも狼の口さながら真っ暗な小説には、読者は心を動かされないよ」とルベールに告げた。もちろん彼は予想どおりの反応をした。個人攻撃として受け止めたのだ。むっとして胸を張り、そんなことは先刻承知だし、辛辣な風刺のつもりでわざと使っているんだと言い返してきた。たとえば〝狼の口さながら〟という表現をここに入れたのも、強烈な皮肉なのだという。ディエゴは大笑いしたいのをこらえた。たとえオスカー・ワイルドの血を輸血しても、この若者に皮肉な文章など書けっこない。皮肉はどこにも感じられないとできるだけやんわり伝えたが、いやでも、常套句全般、とくに〝狼の口〟についての馬鹿げた議論に延々と付き合わされるはめになった。途中でキッチンに行き、水を一杯飲んで頭を冷やさなければならなくなったほどだ。ルベールは、書くものと同じように散らかった美文調で論じ、ひどく癇に障った。おまえには才能のかけらもないのだから絶対に作家になどなれないと、この無知な若者に怒鳴ってしまわないよう、結局水を三杯飲んで、充分冷静になったと思えたところでリビングに戻り、痛み分けとしようと提案するつもりだったのだが、意外にもルベールは急に落ち着きを取り戻していた。まるで、どこかから神の手が現れて、彼をそっとなだめたかのように。

「ところがここに例の〝狼の口さながら〟が登場している」ディエゴは手紙を持ち上げて言い募った。「このくそったれな文章に強烈な皮肉を加えるために」眉をひそめてラウラとルカモラを見る。「どうした？　わからないのか？」

警部と妻が一瞬目を見交わした。

「ディエゴ、本気か？」ルカモラが言った。「十年かそこら前に、言うなればこんなありきたりな表現について交わした文学談義が、その若者を犯人だと考える手がかりだと？」

「ああ、そうだ」ディエゴは再度断言した。「あの議論を完璧に覚えている。あのとき、なぜかわからないが、ルベールは最後の一言を言わずに呑み込んだと思ったことも」

ルカモラは何と言っていいかわからず、大きくため息をついて、しぼんだ風船人形のように椅子に座り込んだ。

「あの子たちに授業をしたのは、いやいやだったの？」

ラウラの声は悲しげだった。妻が目に涙を溜め、信じられないという表情をしているのを見て、ディエゴは真っ青になった。自分が何をしたか、ようやく気づいた。長年隠してきたことを、無意識にラウラに告白してしまったのだ。小説を書こうとしていたルベールを、けっして楽しんで手伝っていたわけではない、と。あの頃、妻にどんなことを言ったか、必死に思い出そうとした。ディエゴの熱心さを、利他的で寛大な姿勢を、ラウラは賞賛してくれたのだ。ルベールのように若く情熱的な作家志望の若者を指導することで、文学、人生、そして世界全体と和解することができた、だったか？　そう、それに作家としての姿勢についても何か言った。あの子供たち、とくにルベールには、こちらが教える以上に僕のほうが教えられた？　そんなようなことだ。自分の発見にすっかり舞い上がった僕は、そのルベールのことをペンを握る資格さえないやつだった、と今言った。何とかして訂正する方法はあるだろうか？　妻から目を逸らし、ヒントを求めて室内に視線をさまよわせる。しかし、答えを必死に探しながら、心の中で何かが崩れ落ちた。それが何だ？　アリがいなければ、すべては無意味だ。ディエゴはラウラに向き直った。

「そうだよ。僕は授業をいやいややっていた。彼に対しても、ほかの子供たちに対しても」恥じ入りながら認める。「本当は……飽き飽きしてたんだ。僕は教師になんてなりたくなかった。好きになった女性に、本来の自分とは違う人間だと思ってもらいたかっただけだ。君みたいに真摯で寛大な人間だ、とね。神に見放されたようなあのちっぽけな村で、人生の伴侶を見つけたと君に思ってほしかった」

ラウラは眉をひそめ、弱々しく首を横に振った。

「でも……創作ワークショップはあなたのアイデアだった。海辺を散歩しているときに提案された日のことを覚えてるわ。すごく興奮してた。それに、四人の生徒に教えているとき、楽しそうだった」信じていたことと現実が違っていたなんて、と否定し続ける。「そう見えたわ。子供たちのことをいつもいろいろ話してくれた。あんなに夢中だったのに。全部嘘だったなんて……」懇願するようにこちらを見る。「違うわよね。そうでしょう？」

ディエゴは神経質に肩をすくめた。

「ワークショップは悪くなかった。少なくとも、学校での授業やルベールとの特別授業の苦痛と比べたら何千倍も。四人の前に立つと自分がある種の神になったような気がして、なんだか気分がよかった。だが、君に伝えたような熱意はまったく感じていなかった。多少わくわくしたのは、将来書く小説のネタが増えたことぐらいだ。作品の素材としては興味があったが、一人ひとりにはなかった……」

ラウラは首を振っていたが、やがてやっと自分を抑え、尋ねた。

「でも、どうしてそれでルベールがあなたに敵意を？」

唇を噛んでいる夫を見て、答える心の準備ができていないのだとラウラは気づいた。

「最初は生徒たちの考え方を知るのがとても楽しかったけど、それがだいたい形になってくると、飽きてしまった。それで……ワークショップのテーマを使って実験を始めた」

「実験？　どういうこと？」

夫は顔を両手に埋め、黙り込んでいる。

「ディエゴ、何があったのか話してくれ」ルカモラも促す。

「僕は暗い方向に進みすぎたんだと思う」指のあいだから声を漏らす。「いつもと違うことを感じてほしくて、刺激を与えたかっただけなんだ」そこで挑むように顔を上げた。「眠っている意識を目覚めさせ、純朴《せいひつ》な心にどこまで美を理解してもらえるか、試したかった。でも、黄昏時や静謐な湖のような誰もが理解できるありきたりな美ではなく、苦痛や恐怖、痛み、あるいは死に潜む詩を見つけてほしかった。だからウィリアム・ブレイクの幻視を解説し、さらにロマン派の詩人たちを取り上げた。照明を消して教室内を蠟燭の灯りで満たし、シェリー、バイロン、キーツを読んで、彼らの早すぎる死は波乱万丈の人生が導いた必然的な結果だったと話した。あるいは、ゲーテの有名な『若きウェルテルの悩み』の一部。かなわぬ恋に悩み、頭を銃で吹き飛ばす主人公に触発されて、当時同じような岐路に立たされた読者たちが次々に自殺した。それに、ヴァージニア・ウルフやヘミングウェイ、三島由紀夫、チェーザレ・パヴェーゼといった、自殺によってみずからを完成させた作家の作品も読んだ。僕は生徒たちを闇の奥へと導いた。永遠の恐怖について、真の作家につねにつきまとう際限のない孤独について語った。高みにある魂にとっては、平凡な世界で生きることはそれだけで地獄なんだ、真の芸術家は生きているあいだに芸術を〝作る〟人ではなく、みずからの人生を芸術作品にしてしまう人だ、と説明した。そして、本物の芸術家は、作品を作り終えたとき、それにピリオドを打つ必要に迫られるのだ、と」つらそうに首を振る。「あの授業で自分がとても刺激を受けたのは事実だ。だが……彼らが授業をそこまで真剣に受け止めるとは思わなかった。理解さえできないだろうと思っていたんだ。だがある日、ワークショップが終わりに近づいたとき……」

「サンティが自殺した」ラウラが言葉を引き継ぎ、震える声で囁いた。「父親の猟銃を口にくわえて」

「なんてこった」ルカモラが声をあげた。「本当なのか？」

「あんなことになるとは思わなかったんだよ！」ディエゴは弁解した。「本当だ。僕はショックを受け、恐怖に駆られた。最初に考えたのは、ワークショップで何を学んだか生徒たちが話せば、サンティの両親から僕が自殺を煽ったと非難されるかもしれない、ということだった。結局のところ、満足のいかない人生を終わらせるのは、尊くて誇らしい、すばらしい行為だと吹聴《ふいちょう》したんだから。《人間が弱いか強いかという問題ではなく、それがどういうものであろうと、不幸が続くことに耐えられるかどうかということなのだ。自殺する者は臆病だと言うのは、悪い熱病で死んだ人をそう呼ぶのと同じくらい馬鹿げていると私は思う》僕はこれを彼らに読んで聞かせた。サンティをそこまで追いつめることになるなんて、誰が思う？　僕は不安のあまり、体調を崩した……」

「覚えてるわ」ラウラが目を潤ませながら言った。「あなたは何日も臥《ふ》せった。熱が下がらず、嘔吐して……。生徒を失った心痛のせいだと思ってた」

「もちろんあの子が亡くなって、本当に心が痛んだよ、ラウラ！　僕だって化け物じゃないんだ。僕のせいで死なせてしまったかと思うと、つらかった。だが怖くもあったんだ！　刑務所に行くこと、まわりに軽蔑されること、人生がめちゃくちゃになること……。だが何より、君を失うのが怖かった」

ラウラがぎょっとしたように目を逸らした。ルカモラが咳払いをする。

「つまり、そのルベールは友人を自殺に追い込んだ君を罰しようとしていると？」

ディエゴは顎を掻《か》き、うつむいた。

「たぶん……ある意味で……」ため息をつき、迷いを捨ててきっぱり言った。「ああ、そのとおりだ。僕を罰しているんだろう。たぶんほかの二人もルベールと一緒に。罰を受けて当然だよ」ディエゴは無理に笑みを作った。「それに、サンティが亡くなったあと、僕は彼らにひどい仕打ちをした。恐怖と向き合えず、彼らとの関係をいきなり切ったんだ。君がバルセロナに引っ越した頃のことだ」ラウラに顔を向ける。彼女はまだ目を逸らしていた。「ワークショップが終わる一か月前、二人の新居の準備をするため、君は先にバルセロナに行ったよね？　君が村を去るとすぐ、僕は学校を辞めて家に閉じこもったんだ。生徒たちは僕と連絡を取ろうとしたが、電話にも出ず、何度か家にも来た彼らにドアも開けなかった。君に今までずっと黙ってた。逆に、子供たちと四人で支え合い、悲しみを乗り越えようとしたとさえ話した。だが実際は、彼らを尊重し特別な存在だと思わせた唯一の大人だったはずの僕は、臆病な鼠に成り下がり、彼らがいちばん助言を必要としていたときに逃げ出した。なのに、あの子たちは僕を裏切らなかった。僕の知るかぎり、ワークショップでのどす黒い講義について誰にも話さなかった。とうとうバルセロナに引っ越すときが来ても、僕はあの子たちにさよならさえ言わなかった。背を向け、裏切ったんだ。僕はあの子たちに、人を信じてはいけないと教えたも同然だ」ディエゴはしばらく黙り込んだ。「そうとも、恨まれていたとしても不思議じゃない」

「だが、そんなに傷ついたんだとしたら、なぜもっと早く復讐しなかったんだ？」ルカモラが尋ねる。「簡単にできたはずじゃないか。何を教え込まれたのか誰か大人に話せば、君はたちまち非難の的だ。どうして今まで待ったんだ？　そして、なんでこんな危険な真似をするのか？　理屈に合わんよ」

ディエゴはぼんやりした顔で力なく警部を見た。

「わからない。何か彼らなりの理由があるんだろう」

ルカモラはゆっくりうなずき、手帳を取り出した。

「三人の教え子の名前を教えてくれ。彼らが今どこにいて、何をしているか調べる」

警部は情報をメモしたあと立ち去り、リビングにはディエゴとラウラだけが残された。ラウラは無言で、夫に目も向けないまま朝食の皿などを片づけ、キッチンに運んだ。ディエゴは水が流れる音や食器がぶつかる音を聞きながら、絨毯の複雑な模様を目で追っていた。やがて立ち上がり、キッチンに向かった。

「聞いてくれ、ラウラ、僕は……」ドアを開けるや否や、そう切り出す。

しかし妻はそれを遮った。夫が来るのを待っていたかのようにいきなり振り返り、告げたのだ。

「どうしてもっと早く言ってくれなかったの？　なぜ？」

「言っただろう？　君を失うのが怖かったんだ。僕を愛し、尊敬してほしかった。僕が君を愛し、尊敬したように」

「そうできたはずよ！」激しい心の痛みを表現しようとするように、両腕を突き出す。「あなたの不満や怒り、恐怖、そして限界を理解し、受け入れることもきっとできた。それでもあなたを愛せたはず。小説の登場人物なんかじゃない、現実の人間同士がそうするように。少なくとも、私にはそれを試す権利があった！　そういう女になる権利が、両親みたいに無償の愛とともに生きる権利があったのよ。でもあなたがそれを奪った。私がどういう人間か、どんなふうにあなたを愛せるか、証明するチャンスを与えてもらえなかった。あなたが勝手に二人の愛の物語を作り、私たちのキャラクターを設定し、台詞をいちいち書き、反論する権利は私にはなかった。私はあなたが誰か知らない。でも最悪なのは、自分の可能性を探る機会さえ持たせてもらえなかったことよ。あなたは知ってるのよね？　妻と娘が誰か？　あなたにとって私たち、本当にリアルなのかしら？」

ディエゴは答えようとして口を開けたが、言葉が出てこなかった。代わりに妙に甲高い呻き声が漏れ始めた。脳の指令もなくそんな音が湧き出したことに驚いて口を押さえたが、それは水のように指の隙間からこぼれ続けた。とうとう体の奥深くで何かが崩壊し、激しい嗚咽で体が震えて立っていられなくなった。ドアをつかんで体を支えようとしたが手が届かず、倒れる夫を見て驚き駆け寄ってきた妻にしがみつくはめになった。華奢なラウラを抱きかかえ、吸血鬼のように首に顔を埋める。

「ごめん、本当にごめん……」何度もつぶやいた。

ラウラもそれ以上夫を支えきれなくなって二人してひざまずき、きつく抱き合いながら泣いた。

「君の言うとおりだ」ディエゴは体を震わせながら認めた。「僕は何も現実として捉えてこなかった。どうすればいいかわからないんだ。そうすることがずっと怖かった。キャラクターを作って別の誰かに変身すれば、自分の運命をコントロールし、あいつから逃げられると思った。許してほしい。アリを取り戻し、一からやり直したい。この恐怖から自由になりたい。疲れたんだ、恐怖にがんじがらめにされているのが……」

「でも、何をそんなに恐れているの？」ラウラは彼の髪を撫でながら尋ねた。「話して」

ディエゴは妻の顔を手で包み、無言でじっと見つめた。

「怪物だよ」と囁く。

「でも、怪物なんて存在しないわ」夫の声から伝わる恐怖に自分まで侵され始め、ラウラはそれを遮りたくて反論した。「あなた自身、アリを誘拐したのはルベールじゃないかと言った」

「そう考えなきゃならないんだ。ルベールかほかの誰かが怪物だと。さもないと、頭がおかしくなる」

ラウラは今の夫の言葉の意味を推し量りながら、少しずつ青ざめていった。

「でも……なぜ？」か細い声でようやく尋ねる。「なぜ頭がおかしくなるの？　ルベールかほかの誰かが怪物を名乗ったのでなければ、誰だというの？」

ディエゴは息を止め、ラウラの瞳の琥珀色の海に飛び込んだ。無謀にも、底なしの深淵へどんどん深く潜っていき、ついに生暖かくて居心地のよい、安心できる場所にたどり着いた。そこで肺に溜めていた空気をすべて吐き出した。

「遠い昔の出来事を全部話すよ。これは事実なんだ。今まで誰にも話したことがないけど……」そこで言葉を切り、悲しげな笑みを浮かべると尋ねた。「幽霊を信じるかい？」

16　くず拾いの娘

『血と琥珀』

第十一章　二百十五ページ

ウィリアム・テルも、ファウストも、蝶々夫人も、リセウ劇場をここまで観客で埋めたことはなかった。今舞台には、娘を救うために舌を切ろうとしている男がいる。アミリウ・ドゥルカスという五十代の小柄な男で、凡庸な顔立ちだが立派な髭をたくわえ、外国製品を扱う大会社を所有している。今彼は、左手と両足に包帯を巻いた格好で車椅子に座り、舞台の上で待っている。手の包帯は、第一の課題で凍傷を負い、指を数本失ったせいだろう。だが両足のふくらはぎまで達する仰々しい包帯は、第二の課題でピラニアだらけの桶《おけ》に両足を浸さなければならなかったからだ。驚いたことに、彼は指定の十分間を耐え抜いた。獰猛《どうもう》な魚たちに肉を引きちぎられているあいだ、気を失ってしまったおかげかもしれないが。いずれにせよ、その晩彼は三番目にして最後の課題に挑むため、みたび舞台に上がった。もしやり遂げられれば、怪物は三通目の手紙で約束したとおり、彼の娘を解放するだろう。そばにある小卓には、儀式を執り行う目的で選んだ理容用の剃刀《かみそり》と、切り取った舌を置き、客に見せるための銀の盆が置かれている。

ウリオル・ナバド警部は劇場五階にある天井桟敷から観客席を見ていた。細部までくっきりわかるわけではなかったが、一階の桟敷席からボックス席に至るまで、全体を眺めることができる点で理想的な位置だった。彼がとくに注目しているのはボックス席だ。そこはまさに、二十年前、アナーキストのサンティアゴ・サルバドルが一階席に向かって爆弾を二発投げ込んだ場所だと気づいた。たしか十三列目と十四列目に落ち、二個のうち一個しか爆発しなかったとはいえ、二十人ほどの人々が死亡したはずだ。今警部は、あのテロの時代に大活躍した画期的なオルシーニ爆弾を手にしてはいないし、持っているのは食べかけの焼き栗の入った包みだけだったが、それを観客に向かって投げつけたい衝動をこらえるのに苦労していた。この事件にまつわるすべての出来事に対する怒りをどうにかして発散させずにいられないのだが、見世物が始まるのを今か今かと待っている、下にいるブルジョワの群れがその格好の標的に思えた。

機嫌が悪いのは、数時間前に劇場の前でエドゥアル・クルコイ警部補と交わした会話のせいだった。警官を配備するために、そこで会う約束をしていたのだ。怪物は手紙のあちこちで、自分の指示どおりに挑戦がおこなわれたかどうかじかに確認するため、必ず観客に紛れてリセウ劇場にいるとほのめかしていた。だから、ここにいること自体すでに警察の負けだとしても、劇場や近辺の通りに戦略的に警官を配備するつもりだった。神経がぴりぴりしているせいか、わずか十分ではあっても警部補が遅刻していることにいらだった。焼き栗を買ってぽりぽりと食べながら、近頃とみに幅を利かせている自動車とかいう最新の乗り物を睨みつける。そのときランブラス大通りからやっと警部補が姿を見せた。上背はないががっしりした体格で、長くて濃い髭で顔の大部分が隠れている。警官にしては凶悪すぎる顔だとナバドは日ごろから思っていた。〈悲劇の一週間〉事件のときに左目を失い、アイパッチをつけることになってから、その凶悪さがいや増した。

「カレルが刑務所で自殺しました」警部補はナバドに近づくとすぐ、そう報告した。

ナバドは驚いて眉を吊り上げたが、やがてやるせない気持ちで首を振った。クラウディア・ドゥルカスが誘拐されたあと、第一に疑われたのが巨漢の黒人の使用人で、ナバドがその手で逮捕することになったが、じつは彼が犯人だとは少しも思えなかった。だが、それが世の中というものだ。カルボネイ判事とクヤス・イ・ジル市長は、まどろっこしい捜査なんてものは抜きにして、さっさと逮捕しろと命じた。迅速かつ断固とした行動が必要だった。バルセロナ市民の恐怖と怒りはふくらむ一方だった。クラウディアは五人目の被害者だったし、上流階級の人々は、さっさと犯人を捕まえなかったら、もはや町を捨て財産もすべて引き上げると議会を脅した。そればかりか、スペインの他地域やヨーロッパ、国際世論の大部分がバルセロナ警察を嘲笑っていた。ナバド自身、〈ラバルの吸血女〉事件を解決して得た輝かしい名声が、急降下していた。上司たちも忍耐力を失いつつあった。世論を抑えるにはスケープゴートが必要だったし、その唯一の候補は、理想的な肌の色をしたカレルだけだった。新聞がニュースを大々的に報じたことは言うまでもない。一般には怪物は逮捕されたことになっており、その正体は、獣の魂を隠して何食わぬ顔で市民に紛れて暮らしていた、アフリカ出身の野蛮人だった、というわけだ。

カレルはムンジュイック城の地下牢に収容され、自白を強要された。無実の人間を犯罪者に変身させるには、これ以上効果的な装置はほかにない。当時はアナーキストとされる人々で地下牢は満杯だったにもかかわらず、何人か手早く銃殺刑にして、この黒人の使用人を収容する空間が取り急ぎ作られた。好奇の目の届かないその地獄への待合室で、カレルは三日三晩、休みなく取り調べを受けたが、終始無実を主張し続けた。しかし、最初の課題の日が来たとき、判事も市長もアミリウ・ドゥルカスに挑戦をする必要はないと落ち着き払って助言した。怪物は刑務所にいるのだから、娘さんを傷つけることはできない。だからわざわざ苦しい思いをしなくてもいい。あの野蛮人が自白し、娘さんの居場所を吐くのは時間の問題だ。しかしナバドは内緒で、アミリウにまったく逆の助言をした。幸いアミリウはナバドの言うことを聞き、怪物を裏切らないことにした。そして翌日、遅れもせずに怪物からの二通目の手紙が届き、カレルへの疑いはみごとに晴れた。地下牢から手紙を出すことなどできないし、両手の骨が折れ、片目が見えない悲惨な状態にあるカレルにはなおさら無理だった。

「あの哀れな男をすぐに釈放してください」ナバドは判事の目の前で手紙を振り、要請した。

「ムンジュイックにつないである、あの野蛮人のことか？」カルボネイ判事は皮肉めいた笑みを浮かべて問い返した。

「単に肌の色が黒いというだけで逮捕された無実の男のことです」ナバドは嫌悪感を隠しもせずに言った。

「無実？　それはどうだろう。二通目の手紙を書いていないからといって、怪物と共謀していないとは言いきれない。どうあれ、あの男が少女を玩具の列車に乗せたのは事実だろう？　あの手紙からわかるのは、共犯者がいるということだけだ。きちんとわれわれを納得させたほうがいい。さもないと、釈放するのは全部終わってからになる」

ナバドは、今判事をののしるのは貴重な時間の無駄遣いだと思った。唯一確かなのは、悪夢はまだ終わっていないということだ。怪物はまだ自由に外を歩きまわっている。

「カレルはどんなふうに命を絶ったんだ？」ナバドは部下に尋ねた。

「三番目の課題では父親が舌を切らなければならないと知り、自分がそれを実行しようと決めたようです」クルコイ警部補は説明した。「ピラニアの課題のときの様子から、元主人が第三の課題を成し遂げるのは難しいと判断したらしくて。そこで看守を呼び、判事に手紙を出したいので口述を頼むと言ったそうです。自白をするものと思い込んだ看守は、急いでペンと紙を持ってきた。ところがカレルは《白人が俺からすべてを奪った。俺の人生、未来、自由。今俺に差し出せるものは一つしかない。この魂を神へ、この舌を怪物へ》と言ったとたん、雄叫びをあげ、舌を一気に噛み切ったんです。すぐに出血で喉を詰まらせ、窒息した。看守は目にしたものに震え上がり、カレルの死を見守ることしかできなかったそうです」

「かわいそうに……不幸なことだ」ナバドはつぶやいた。

今、天井桟敷にいるナバドは、首を振っていやな思いを頭から振り払い、劇場に詰めかけた観客を眺め渡した。バルセロナの人々は、次々に少女が誘拐される事件に抗議しながらも、こうして忌まわしい見世物に夢中になっている。だが、ここに集まった、人間の原始的好奇心に病的なまでに取り憑かれている人々の中に、一人そうでない者がいる。怪物は、たぶん今もオペラグラスを手にどこかから観衆を眺め、彼らの不満を面白がっている。無数に並ぶ顔に無力感を覚えながらナバドは思う。誰なんだ、おまえは？

ふいに、三列目の席に、妻を同伴した兄エクトルがいるのに気づいた。一瞬二人の目が合ったが、すぐにエクトルのほうが気づかなかったふりをして視線をはずした。だが、間違いなかった。兄はたしかにこちらを見たし、舞台に目を戻しながらほくそ笑んでいた。ナバドは歯ぎしりした。今すぐ下りていって、一言言ってやりたかった。観に行かないでほしいという警察からの要請を実の兄が無視するとは。だが、エクトルがそういう病的な好奇心からここにいるわけではないとわかっていた。兄は悪徳や劣情に左右される人間ではないし、その手の想像力に欠けている。生真面目なつまらない男で、毎日同じ時間に食事し、同じ体位で性交し、仕事に金を注ぎ込む。子供の頃、ナバドが大好きだった探偵小説について話そうとしたり、推理ごっこをしようと誘ったりすると、エクトルは決まって変人を見るような目でこちらを見て、「やらなきゃいけないもっと大事なことがあるんだ。店で父さんや母さんの手伝いをするとか」と答えた。だからエクトルが今夜そこにいるのは、ほかの人たちとは違う二つの理由からだ。一つは自分の存在を世間に印象づけること。それで、兄のような普通の商人にはとても手が出ないような席をわざわざ借りたのだ。二つ目は、弟の失敗をじかに目撃すること。ナバドがラバルの吸血女を逮捕してバルセロナの伝説と化したとき、歓迎しなかったのはエクトルだけだった。だからナバドにははっきりわかった。かつての英雄が日に日に世界中の物笑いの種になっていくさまを眺めることが、エクトルにとってはいちばんの見世物なのだ。

だが、怪物の犠牲者はクラウディア・ドゥルカスが最後となるだろう。次の少女が誘拐される前に必ず捕まえてみせる。ラバルの吸血女ことアンリケタ・マルティは十二人の子供を身売りさせたり殺したりしたが、怪物の犠牲者の数はそこまで至らない。殺した子供の血や骨、臓器で、梅毒やら結核やらのための軟膏《なんこう》やシロップを作り、バルセロナの上流階級の人々に供給していた邪悪な呪術医の犯行をこの手で止めたように、やつも必ず食い止める。ナバドは、証拠品として押収される前に、かの呪術医の顧客リストに目を通した。その内容が報道されることはなかったが、そこにあった裕福な商人や弁護士、医師、政治家の名前をけっして忘れないだろう。あれを見たとき、ナバドは人類への信頼をなくし、世界を疑うようになった。人は誰でも怪物になれると知ったのだ。兄でさえも。

観客のあいだにさざ波のように興奮の囁きが広がり、ナバドは現実に引き戻された。判事が挑戦の開始を告げ、アミリウ・ドゥルカスは意を決して、無傷なほうの手で剃刀を持ったが、手が震えて顔の近くに持っていくので精いっぱいだった。ナバドは衝動的に一階観客席に下りようとした。怪物は、儀式の細かいところも見逃すまいと前のほうの席を選んだのかもしれないし、目立つと困るので上階のどこかで見守っている可能性もある。だが、一階席からなら観客の顔がすべて見える。天井桟敷にいる質素な人々のあいだをかき分けていく。彼らはたぶんこの見世物を楽しむために貯金をはたいたのだろう。しかもこの見世物の犠牲者は、ラバルの吸血女の場合とは違って、金持ち連中から選ばれており、だからこそ彼らにもおおいに楽しめる。大股で階段を下りて一階に着いたのは、アミリウが突き出した舌に震える剃刀を近づけているときだった。滝のように汗をかき、顔は真っ青で、目が今にも飛び出しそうだ。劇場内には期待にあふれる沈黙が満ちているが、この様子では成功しないだろうとナバドは思った。舞台の前には各所にカメラマンが配置されて、ドゥルカスが舌を切り落とす瞬間をとらえようと待ちかまえている。それに、ニュース映画のために挑戦を撮影しようとしている、映画会社パテ兄弟商会の技術者らしき人もいる。ナバドは、クルコイ警部補に右半分を見張れとこっそり首を振って命じ、自分は左半分の観衆の緊張した顔を観察した。

舞台ではアミリウ・ドゥルカスが剃刀を舌にあてがい、ごく軽く押した。たちまち血があふれ出し、剃刀の刃に沿ってのろのろと滑っていく。ぞっとした観衆からさまざまな呻き声が漏れた。だがアミリウは作業を続けない。「早くやれ、アミリウ、頭で考えるな！」観客の誰かが叫んだ。アミリウは目を半ば閉じ、ズボンの裾から黒っぽい汚れが流れ出した。無理だな、とナバドは暗い気持ちで思った。明日、舌のない少女の体のどこか一部を切断された遺体がまた発見されるのだろう。すると、アミリウの手から剃刀が滑り落ちた。蒼白になったアミリウが目をしばたたき、剃刀を拾おうとしてかがみ込んだが、バランスを崩して車椅子から転げ落ちた。四つん這いになったまま、すすり泣き始める。

「できない、できない……」と呻く。

両手に顔を埋め、石打ちの刑さながら、飛んでくる観衆の野次に身を縮めている。そのとき舞台袖から五十絡みの女性が現れ、男のそばにひざまずいた。ナバドにはすぐに誰かわかった。妻のエルビラ・ドゥルカスで、今にもヒステリーを起こしそうなありさまだ。

「やらないと、やらないとだめよ！」夫の肩を揺さぶってわめく。「お願い、アミリウ

「……」

アミリウ・ドゥルカスは妻を見た。口から血を流しながら、悲しげに見つめる。

「ごめんよ、おまえ……」上着の内ポケットに手を入れながら囁く。

「やめて、言わないで……」妻もわっと泣き出す。

「心配いらない」悲しそうな笑みを浮かべる。「すぐにみんな一緒になれる」

まずい、と即座にナバドは察した。観客席のざわめきのせいで、彼のいる場所からは夫婦の会話は耳に入ってこなかったが、アミリウ・ドゥルカスの唇の動きが読めた。

「彼を止めろ！」舞台近くに配備された警官たちに怒鳴った。

しかし彼の命令は観客の野次や罵倒にかき消されてしまった。仕方なく叫び続けながら舞台に向かって走る。その間にもアミリウはポケットから何か取り出し、妻に抱きついた。

もう間に合わない、とナバドにはわかった。あきらめの表情で発砲音を聞き、妻のエルビラが腹部を押さえて後ろに倒れるのを見た。痙攣《けいれん》する指のあいだから血があふれ出す。何が起きたのか理解した観衆の一部は叫ぶのをやめたが、それでも抗議の声が大きすぎて、ナバドの命令は部下たちに届かなかった。ひざまずいているアミリウは観衆に目を向けた。今ではその手にピストルが握られているのがはっきり見えた。錯乱した表情で、前方席に銃口を向ける。それを見て、頭を押さえてかがみ込む者も多かったが、大多数はいっせいに逃げ出し、脇の通路に殺到した。ナバドは、鮭の川登りさながら人の流れに逆らって前に進まなければならなくなり、人ごみを縫おうと、いやその前に圧倒されまいともがいているうと、クルコイ警部補も同じように通路を進もうとしているのに気づいた。だが、自分以上に舞台から遠いようだ。すると、アミリウ・ドゥルカスが宙でピストルを振った。まだ発砲するつもりはなさそうだ。

「私はよき父親だ！」と叫ぶ。「いいか、虫けらども、私はよき父親だ！」

ナバドは、アミリウが発砲しないうちに何とか舞台脇にたどり着き、舞台に飛び乗った。アミリウはそれに気づくとすぐ、ナバドに銃を向けた。

「落ち着け、アミリウ、落ち着くんだ……」ナバドは丸腰だということを示すために両手を上げた。「銃をこちらに投げてくれ、頼む」

アミリウはぼんやりとこちらを見て、それから手にある銃に目を落とした。そこにそれがあることに今初めて気づいたかのように。そして迷うことなく銃を口にくわえた。

「やめろ！」ナバドは叫んで彼に飛びついた。

しかし遅すぎた。アミリウは引き金を引き、その小さな頭は粉々になった。脳みそのかけらや血飛沫が四方八方に飛び、中にはナバドの顔に跳ねたものもあった。

早く解決しないかぎり、自分もこんなふうに顔じゅう血飛沫にまみれるはめになるかもしれない、とルカモラ警部は思った。本を閉じ、机の上の、いつもの煙草の葉の山の横に置く。山を作るのがどんどんうまくなってきた。山岳ジオラマ製作のプロになりつつある。警察を解雇されたら、鉄道模型の風景作りに専念してもいいかもしれない。そのときオラーヤがオフィスに入ってきて、一陣の風が山を崩した。

「バルガヨ署長とパラルタ判事が会議室でお待ちです」

ルカモラは恋煩いの貴婦人さながら憂鬱そうなため息をつき、二人は外で彼らを待っていたリエラとルジャスとともに会合に向かった。処刑場へ近づいていく囚人よろしく、一同の表情は暗かった。署長の機嫌があまりよくないことは想像がついた。

予想は当たった。署長は、棘付きの苦行帯でも締めているかのようなしかめっ面で彼らを迎えた。年齢不詳の痩せた女性で、見る角度によって四十代後半のようにも六十過ぎのようにも見える。頬がこけ、皺だらけの肌は保湿クリームの存在を知らないかのようだった。しかし筋肉質の体はすらりとしていて、不穏なくらい若々しく、フランケンシュタイン博士に相談して体に電流でも流してもらってきたかのようにしゃんとしている。だが何よりぞっとするのは、まるで子供みたいにきんきん響く甲高い声だった。一方、パラルタ判事は、痩せたとはいえ依然ふくよかな赤ら顔で、たるんだ体や薄い髪を見るだに、貝殻を剝がれた無力な軟体動物を思わせる。彼は署長の横で、痔でも患っているかのような苦々しい笑みを浮かべていた。

ルカモラ班の面々は、署長と目を合わせないようにして、しおらしく空いた席に座った。

例のきんきん声で署長が沈黙を破るのを、誰もが覚悟しているようだった。

「さて、本件の最高責任者であるパラルタ判事がこの会議を取り仕切るので、質問は彼にすること。それに、あなたたちが用意してきた、捜査がいっこうに進まない言い訳についても。私は口を挟まず、あなた方を軽蔑の目で眺め、どうやって目に物を見せてやるか想像するだけに留めるわ。わかった？」

全員無言でうなずいた。一般的なののしり文句の代わりに、署長は、漫画雑誌でしかお目にかかれないような子供じみたわめき声でいつも怒りを表現するが、彼らにはののしられたのと同じ、いやそれ以上の効果を発揮した。

「結構。ではどうぞ、リカール」署長は紙吹雪でも撒きそうな手つきで判事を示した。

「死んだほうがましだと思わせてやって」

パラルタ判事はうなずき、一同をじろりと睨みつけた。

「さて、署長と私でもらった情報、とくに二番目の課題について検討し……」

「私たちとしては、これは単なる冗談だと思う」署長がいきなり口を挟み、テーブルの上に積み重なった書類の中から手紙のコピーを拾い上げた。「〈コウノトリ〉？　中世の拷問用具？　まさかね？」誰にともなく尋ねる。

署長が持っている紙を全員が無言で見た。

「具体的には、一五〇〇年から一六五〇年まで使われていたものです」オラーヤが手袋を取りながら言った。

署長がそちらを見た。

「あなたが調べたの?」

「いえ、僕ではありません」オラーヤは恐縮して手を振った。「ルジャスです。調べ物の専門家ですから。だろ、ミレイア?」

情報捜査官は全身に散らばるピアスに電流が流れでもしたかのように、びくっとした。

「ええと……そのとおりです」その必要もないのに咳払いをする。「〈コウノトリ〉は、今言った期間にヴェネチア、ローマ、ミラノのさまざまな裁判記録や異端審問記録で言及されており、全ヨーロッパでよく使われていた拷問道具でした。首、手首、足首を三つの鉄の環でまとめる簡単な装置で、集めた情報の中にイラストもあったはず……」山のような書類をおずおずと示した。

署長はうんざりした表情で書類をひっかきまわし、目的のものを見つけた。

「ああ、さっき見たわ」飽き飽きしたようにちらりと見る。それからじれったそうに判事を促した。「何を待ってるの、リカール? 私たちの意見をはっきり言ってやって」

判事は座ったまま少し背筋を伸ばし、咳払いをしてから始めた。

「ええと、署長と私としては……」

「あなたたち一人ひとりの体をそのガラクタの中に突っ込んでやりたいってこと!」また

しても署長が口を挟み、全員を稲妻並みのまなざしで睨みつけた。「まったく、それで体を動けなくして、民衆に腐った卵やら牛糞やらを投げつけられる姿を見たら、さぞ胸がすかっとするでしょうね」

全員が中世にタイムスリップした署長を想像したが、誰も何も言わないので、ルジャス情報捜査官がしぶしぶ先を続けた。

「残念ながら、卵や何かを投げつけられる程度では済まないと思います。なぜなら〈コウノトリ〉は人の体を動かなくするだけでなく、もっと恐ろしい責め苦を与える拷問道具だからです。イラストのような姿勢はひどい苦痛をもたらします。数分もすると装着者の全身が強い痙攣を起こし始めます。まず腹筋と直腸の筋肉が痙攣し、そのあと胸筋と頸部《けいぶ》の筋肉、最後に手足の筋肉に広がる。痙攣は急速に激しくなっていき、とても耐えきれなくなる。時とともに、終わりのない、恐ろしいほどの苦痛に至ります」

「中世に生まれなくてよかった」判事が冗談まじりに言った。

署長は彼を睨みつけ、続けてルジャスに尋ねた。

「それが体にどんな損傷を起こすの？」

「何人かの医師に相談してみたところ、耐えがたい苦痛を被ることになるとはいえ、少なくとも七時間程度なら、重い慢性的な障害を引き起こすとは思えないそうです。もちろん多少の損傷はあるでしょう。筋肉の断裂、とくに肛門《こうもん》部でひどくなる」

「最悪ね」署長がぞっとしたように声を漏らした。

「でも、課題までの三日間、アルサさんが体のストレッチをおこない、リラックスのテクニックを身につければ、苦痛を最小限にできるかもしれません」ルジャス情報捜査官は署長を安心させようとした。「それに、この器具をつける練習をするよう、助言をもらいました。もちろんわずか三日のトレーニングでは苦痛を軽減するにも限度がありますが、少なくとも課題を終えたあとの筋肉組織の回復に役立つし、心の準備にもなるでしょう」

「なんて残酷な装置なの」署長のその一言がすべてを要約していた。「どこでそれを手に入れるの？　そのへんのホームセンターでは売ってないでしょう？」

「ええ、それはもちろん」ルジャスは冗談にもにこりともせずに答えた。「世界中を探しても、実物はほとんど残っていません。ドイツのフライブルクにある拷問博物館に一つ、それに〈くず拾いの娘〉という名で知られている同じものがロンドン塔に一つ保管されています。すでに両博物館に連絡済みです。もちろん現物を貸してもらうことはできませんが、怪物が手紙で指示しているように模型を作るため、写真や詳しい仕様を送ってもらう予定です」

「鍛冶職人に話をしたところ、数時間もあれば作れるそうです」やっとルカモラ警部が話を引き継いだ。「結局のところ、そう複雑な装置ではないので。もちろん、市内の鉄工所や鍛冶職人たちをすべて洗い出し、この一年にその手の依頼がなかったか調べ始めました。

犯人も模型を作らせた可能性が高い。もう少し小型のものを……」そこで歯を食いしばる。「父親が挑戦に失敗したとき、娘に同じことをするために」

「さすがね。細かいところまで目も行き届いている」署長が言った。

「それが仕事ですから」署長の誉《ほ》め言葉に驚きながら、警部は答えた。

「ただし……」署長は舌でチッチッと奇妙な音をたてた。「残念ながら、一つ忘れてる。ごく些細なことを……」

そこで言葉を切った。そこにいる者にとっては永遠にも思える沈黙が続く。

「君の言う些細なこととは何かな、シモーナ？」判事が我慢しきれずに尋ねた。

「何言ってるの？」署長がきんきん声でわめいた。「前に話し合ったわよね？　二番目の挑戦の中継は許可しない、と。こんな馬鹿げたことを認めるわけにはいかない！」

パラルタ判事は、最下部をいきなり押された歯磨き粉のチューブさながら、突然しゃきっと立ち上がった。

「もちろんだとも！　こんな狂気の沙汰を認める判事などどこにもいない！」それから警部を挑むように見た。「それに、最初の挑戦も認めるべきではなかった」

「だとすれば、女の子は犬の糞を食べさせられたあと、今頃もう死んでいたでしょう」ルカモラは声を荒らげず、それでも一言一言にこめた怒りが今やあふれ出していた。判事は見るからに怯えて椅子に腰を下ろした。ルカモラは自制しようとした。「パラルタ判事、これは万が一のための準備です。ディエゴ・アルサが挑戦せずに済むよう、全力を尽くすつもりです」

「ああ、それなら……」判事が口を開く。

「この話はもうおしまい」署長が締めくくった。「パラルタ判事はこの挑戦を断固として禁じます。もちろんそれで問題はないはずよ、警部。その前にあなたは犯人を捕まえるんだから」

「そんなの危険すぎる、くそっ！」ルカモラがテーブルを殴りつけ、判事が飛び上がった。

「言葉に気をつけなさい、警部」署長が同じ口調で叱った。「彼は最高裁所属の判事なのよ」

判事などどうでもよかった。「いいですか、署長」ルカモラは自分を必死に抑えた。「万が一われわれが期日までに怪物を捕えられず、ディエゴ・アルサが課題に挑戦しなかったら……」おぞましい光景が頭に浮かび、無理に目をつぶって両手を拳に握る。「怪物は少女の体をあの恐ろしい装置で七時間締めつけるでしょう。少女はなぜこんな目に遭うのかわからず、助けてと泣いて懇願し、怪物はそのあいだずっと横で、悪いのはおまえの父親だ、大好きなパパが、苦しむのは自分ではなくおまえだと決めたからだと囁く。こうして少女は、最後の七時間をかけて、パパが私を愛していないからこんなふうに苦しめられるんだと思い知り、そのあと死ぬ」

陰鬱な沈黙が降りた。署長はルカモラから目を逸らし、目の前の書類に落とす。

「馬鹿げてるわ、こんなの」首を振り、やがて顔を上げたとき、警部を見る目にはぬくもりに近いものが一瞬垣間見えた。「理解していないわけじゃないのよ、ジェラール。もちろん、最悪のケースは承知している。でも、警察が受けている圧力のことも理解してもらわないと困る。マドリードからだけじゃない。あのＦＢＩさえ電話をよこしたの。世界中の捜査機関から、最初の課題の中継によってさまざまな犯罪が触発されると非難された。もし二番目も中継すれば上層部の立場が危うくなり、彼らは自分の身を守ることしか考えなくなる」

「でも、父親が娘を救うため挑戦するとみずから決めれば……」ルカモラは論理立てて説明しようとした。「われわれにはそれを止める権利はない」

「でもアルサはみずからそう決めているわけじゃない！」いらだちを抑えきれずに署長は言い返した。「犯人に強制されているのよ。もし犯人の要求を呑めば、私たちは犯罪者の脅しに屈服することになる。三番目の課題が〈人を殺せ〉だったら？　それを許すの？　限度はどこ？」

署長と警部は決闘でも始めるかのようにしばらく睨み合った。パラルタ判事は、たまたま通りかかった通行人のように、二人をぼんやり眺めていた。

「あなた方は少女の命をもてあそんでいる」警部はとうとうそう告げた。

「もてあそぶ？　冗談じゃない、そんな軽々しいことを言ってもらっては困るわ。判事と私がマドリードにいた二日間、会議から会議へと超人マラソン並みに渡り歩いて、二人とも二時間も寝てなかった」

そこで署長は気を取り直した。

「内務省内がパニック状態になってもう五日になるわ。判事と私が必死になって抑え込んだ。あなたを先頭に、世界でも指折りと言えるチームが捜査に当たっていると請け合った。あなたの輝かしい実績についても話した。でも最初の課題は阻止できなかった。それどころか、エクトル・アルサの弁護士から幼い女の子に精神的トラウマを与えたことについて、カルドナ兄弟の弁護士から警察の暴虐行為について、私たちは告発されている。国際的な圧力は日に日に強くなっている。ネット上ではこの事件がもはや予想もつかないほど大旋風を起こしている。怪物のファンクラブのページまであちこちにできている始末よ。怪物の追っかけとはね、まったく！　これがどういうことかわかる？　もし模倣犯が現れたら？　挑戦ゲームが流行したりしたら？　いかがわしい中継をどれもこれも続けるわけ？　世界中のサイコパスに、欲望を好きなように解き放ってごらん、と促すことになる。この警察でそんな責任はとても負えない！」

「二度と中継はさせませんよ、署長」ルカモラはできるかぎりの確信をこめて彼女を見つめた。「その前に怪物を捕まえます」

「聞いたことがある台詞ね」署長が皮肉な笑みを浮かべる。「最初の挑戦の前にもまったく同じことを言ってなかった？」

「そのとおりだ」パラルタ判事は突然息を吹き返したように、証人として熱心に賛同した。

「なるほど」ルカモラは認めた。「たしかに、二番目の課題の前に必ず捕まえると断言はできません。でも、人質の少女が拷問を受けてもかまわないというのがあなたたちの主張だ。そんなのおかしいでしょう？」

しかし今度は署長も部下の乱暴な言葉に腹を立てなかった。代わりに、どう解釈していいかわからない目でじろりと見られたので、パラルタ判事が慌てて口を挟んだ。

「警部！　上司をもっと敬ったほうがいい。さもないと、ええと……この部屋から出ていってもらうぞ。中継についてはさっきも言ったように……」

「中継しなければ」署長は独り言のようにつぶやいた。「ジェラールの言うとおりだわ。中継しないわけにはいかない。ええ、そうよ」

「そうとも、そう言おうと思ってたんだ」驚くほどの変わり身の早さで、判事が言った。

「中継はおこなう。君たちがその前に犯人を捕まえて、それを食い止めないかぎり」

「ありがとうございます」ルカモラは二人に言った。「全力で捜査を進めると誓います」

「当然よ！」署長は釘を刺した。「このままでは、ＦＢＩに捜査権を奪われかねない。連中は、その女の子の無事などたいして気にしないはずよ。あなたほどにはね」

「それだけは困る」ルカモラは言った。「捜査は前進しています」

「前進？　いったいどんな？」お腹を空《す》かせた赤ん坊のような声だった。「まさか、ディエゴ・アルサの大昔の三人の教え子たちのこと？　もう電話で言ったわよね？　彼らのことは捜査対象としないと。手紙の中にあった常套句について、アルサが彼らの一人と議論したことがある、ただそれだけで容疑者扱いはできない。時間の無駄よ。世間の笑い者になる。そのうえ、一人はあのパラーヨ・マルトレイの息子よ？　世の津々浦々まで影響力が届く、誰もが知る有力者だわ。その息子を捜査対象にしたりしたら、弁護士の一団が徹底的に邪魔しにかかってくる。よほどの理由がないかぎり捜査の遅延は許されない。馬鹿げた仮説のために割ける時間はないわ」署長は不満げにため息をついた。

「すみません、よろしいですか、署長……」オラーヤが言った。議論のあいだずっと、右膝にのせた左足の貧乏ゆすりをぼんやり眺めていたのだ。

「手がかりか、第一容疑者の話でないかぎり、よろしくない」

「うわ、ご明察！」オラーヤが驚いて言う。「僕が提供しようとしたのはまさにそれです。おいしい手がかりと第一容疑者」奇術師のごとく何気なくそう言うと、天井から吊り下がったハーネスでふわりと飛んだかのように署長に近づいた。どこからともなくファイルを取り出して一つを署長に、もう一つをパラルタ判事に差し出す。「リカール、テニスの調子はどうです？　最近練習してますか？」

「ああ、ありがとう、じつはね……」

「これは何？」署長は胡散臭そうにファイルを眺めて言った。

「グラシア地区にある部屋でバソル医師から話を聞いたとき、ディエゴ・アルサについては名前を知っている程度で、本は読んだことがないと答えました」オラーヤが答えた。

「嘘だったんです。じつはバソルがロンドンで通っていた本屋を見つけました。彼が最後に暮らした家の近くにある、五代も続く小さな書店です。環境にやさしいコーヒー豆を買って家で挽くタイプの人間が行くたぐいの店。とにかく、そこの店主と電話で話しました。長年そこに通って独自の書庫のために珍しい本を買っていた気のいいバス医師のことをよく覚えていました。『すばらしい目利きの読者で、お得意様でした』と言っていた。だから、スペインに引っ越す直前に、それまでの趣味とはかなり異なるディエゴ・アルサの小説を三冊、突然買っていったとき、驚いたそうです」

バルガヨ署長は両腕を広げてルカモラのほうを向いた。

「おみごとね、警部！　今朝電話してきたとき、教師にご立腹の元教え子たちについて馬鹿げた御託を並べる代わりに、この話をどうしてしなかったのよ」

ルカモラは答えずにオラーヤをじろりと睨んだ。

「今知ったからです」としぶしぶ説明する。

「すみません、僕が悪いんです」オラーヤが二人の顔を熱心に覗き込んで言った。「ルジヤスがこの情報を手に入れたとき、警部はディエゴ・アルサの家にいた」とルカモラに告げる。

「俺は携帯を持ってるぞ、オラーヤ」

「喧嘩はやめなさい、坊やたち」署長が遮った。「大事なのは、やっと本物の手がかりが見つかったってこと。リカール、数日前にオラーヤ警部補から要請が出ていた、例の医師の家宅捜索を許可すべきね」この署長の言葉に、書類を眺めていた判事は鷹揚にうなずいた。「その必要はないと思ってたけど、オラーヤ警部補が正しかったわけね。書店を調べるというのは名案だった」

「ありがとうございます、署長。小型書店にはたいていお得意様がいて、店と特別懇意にしているものです。調べてみても損はないと思っていました」

「おい、そう言ったのは俺だぞ！」ルカモラが唸った。

「年寄りみたいに愚痴をこぼすのはやめなさい。癇に障るわ」署長がぴしゃりと言った。

「たしかにバソル医師のことでは俺が間違っていました」ルカモラは降参というように手を振った。「それでも、アルサの教え子たちの線を捨てるわけにはいかないと思います」

署長はうんざりしたように首を振った。

「ほんとに頭に来る人ね」

「非公式の聴取でかまいません。ここに呼ぶ必要もない」ほとんど懇願していた。「刑事の勘ってやつです。お願いします」

バルガヨ署長は、全地球の重みに加え、ルカモラまでその華奢な肩にのしかかってきたかのように大きなため息をついた。

「わかった。そのルベールとかいう男を調べなさい。ただし、彼だけよ」と言ってきつく睨む。「アルサとその馬鹿げた議論をしたのは結局のところ彼でしょう？　三人の生徒の一人ジュディと同棲《どうせい》していると聞いたけど？」ルカモラがうなずくと、署長は空気の皺を均《なら》すように手を振った。「その二人を調べること。容疑者からはずすためだけにね。袋小路にそれ以上時間は割けない。それからバソル医師についてはオラーヤの報告を待つ。全員、明日朝いちばんに報告書を私のデスクに提出すること」

「でも……」ルカモラが反論しようとした。

「会議は終わりだ、警部」パラルタ判事が締めくくった。

17 季節の移り変わり

こんなの時間の無駄だ、と一時間後、ルカモラは目の前の信号を見据えながら思った。助手席には、いつものようににこにこしているリエラ刑事がいる。バルガヨ署長が抜かりなく指摘したように、われわれには時間がないのだ。警部は鼻を鳴らし、ハンドルを指でいらいらと叩く。どうして例の生徒たちの捜査にあんなにこだわったのか？　実際、ディエゴが〝狼の口〟という常套句と過去の諍いだけを根拠に生徒たちへの疑念を伝えてきたとき、署長同様、馬鹿げていると自分も思ったのだ。必ず調べるとディエゴに約束した手前、友人への義理立てから署長に話したにすぎない。すると野心家のオラーヤが、袖の下から魔法のようにバソル医師の件を持ち出し、こちらもつい大人げない行動に出てしまった。他人の手柄などどうでもいいじゃないか。いつから見栄を張るようになった？　とっくにそういうことには耐性ができていると思っていた。ラウラへの気持ちが理解力を曇らせ、事件解決のために長年頼ってきたレーダーを故障させてしまったのかもしれない。それは、彼のような直感力で動く刑事にとっては最悪の事態だった。

バソル医師に対する自分の判断は間違っていたのか？　かもしれない。ディエゴの小説を捨てたのだとすれば、容疑者と考えるべきだろう。だが、バソルはなぜそんなことをしたのか？　彼自身、ディエゴの本を読み、ラウラの現況を知っていたとしても、二人の娘を誘拐したことにはならないと言っていた。犯罪者でなくても、あの整理の行き届いた書棚から本を捨てたっておかしくない。実際、犯人ならそんなことはしないだろうし、簡単に足がつくような行きつけの本屋で本を買ったりもしなかっただろう。これだけの計画を練れるような人間は、そんな愚かな失敗はしない。あの医師がやったことは、慌てた無実の人間の行動だ。いや、違うのか？　今ではもう自信が持てなかった。バソルの目を見たとき、この男は無実だと直感したのだ。非科学的に聞こえるだろうが、それが自分のやり方だったし、これまではそうやって結果を出してきた。ルカモラはぞっとした。俺は怪物に淹れてもらったコーヒーを飲んだのか？　けっして自分を裏切らなかった直感に初めて裏切られたのか？　いや、今までは単に運がよかっただけかもしれない。

信号が変わるのをじりじりしながら待つあいだ、ルカモラは何とか勘を取り戻そうと容疑者リストを振り返り、一人ひとりの目の印象を思い出そうとした。まずディエゴの兄エクトル。じつは彼が怪物だとはどうしても思えなかった。拘束した日、オラーヤの目の前でその可能性に賭けたが、それは警部補に逆らうためでしかなかった。近頃はついそうせずにいられなかった。だが、エクトルの目をよくよく見たかぎり、犯人ではないという確信があった。

ではラウラの親友アレナ・ルセイは？　鑑識の最新の報告書によれば、アルサ家のドアにはこじ開けられた形跡はいっさいなかった。どんなに最新の解錠道具でも痕跡は残るはずなので、ドアが正式な鍵で開けられたことは間違いない。アレナは合鍵を持っていたし、当日のアリバイもない。それに、ほかにも気になる点がある。どこからともなく現れて、ラウラと知り合ってわずか一年、いきなり大親友になったのだ。べったりしすぎでは？　アレナの過去の交友関係を調べる必要がある。彼女のラウラへの気持ちはただの友情を超えているとルカモラは感じていた。その点では、ルカモラも彼女を責められないのだが。

次は編集者のアルマン・タジャーダだ。タジャーダは、また怪物が登場する小説を書けとディエゴをずっとせっついていたらしく、今回の事件でひと儲けすることは確かだ。だが、タジャーダは『血と琥珀』のおかげですでに相当稼いだはずだ。それでは飽き足らないほどの守銭奴なのか？　身の危険もかえりみず、もっと儲けたくてこんな騒動を起こした？　金のためならあれこれ画策するやつだとは思うが、著者の娘を誘拐はしないだろう。

結局ディエゴの周辺では、これはという決め手が見つからなかった。もちろん怪物は、ディエゴとはまったく無関係の赤の他人かもしれない。じゃあ、どこを捜せばいい？　ルジャスをはじめ、チームは一丸となって、精神面で問題がある者、小児性愛者、ディエゴの作品の愛読者など、ありとあらゆるリストを延々と追い続けていた。これだけやっても、何の結果も出ていない。あと三日でディエゴは、達成などまず無理な課題に取り組まなければならず、たとえやり遂げたとしてもまた猶予期間が多少延びるだけで、悪夢は続く。なのに自分は何をしている？　どうせ行き止まりだとわかっている脇道にバツ印をつけるため、残りわずかな時間をわざわざ割いている。ルカモラは、ほとんど進まないうちにまた赤になった信号に怒りの目を向けた。まもなく食事時のバルセロナは、天災並みの大渋滞中だった。ルベール・ラバントスとジュディ・ルケはブリビア通りに住んでおり、銃弾を立てたような高層ビル、トーレ・アグバルからそう遠くないが、警察署からそこまでの道のりはまさに受難そのものだった。ルカモラがリエラ刑事を見ると、渋滞を楽しんでいるかのようににこにこしながらこちらを見返してきた。

「さっさとサイレンを鳴らせ」ルカモラは吐き捨てるように言った。

ルベール・ラバントスとジュディ・ルケの目を一目見ただけで、ルカモラはすぐに警戒した。単に、ルベールには厄介なチックがあり、しょっちゅう瞬きをしており、ジュディはジュディで、妙に熱っぽく顔がほてっているせいかもしれない。本人曰く、数日前から風邪でお腹を壊しているという。あるいはほかにも何か理由があるのか。イケアの家具ばかりのその小さなアパートの中ではいちばん高価だと思われるソファーは二人の警官に譲り、自分たちは正面に折り畳みの椅子を置いて座った。警察署で調べたところ、ルベールは二十七歳で、小柄で痩せていて、ほとんど骨と皮だ。頬のこけた顔には髪の毛と同じ赤に近い褐色のまばらな髭をはやしている。髪は、若者たちのあいだでずっと流行している侍風のポニーテール。外出するときはベレー帽を傾けてかぶるのだろうか？　ジュディはルベールより三か月若く、同じように小柄で、彼よりわずかに丸みがある。顎や唇が少々男性的で、美人とは言いがたいにしろ、目がとても大きくて、茶色がかったきれいな緑色だ。腫れぼったいまぶたのせいか、まなざしが病人を思わせる。

歌うような声で最初から質問に答えていたのはルベールで、風邪が原因でひどく顔色が悪く汗ばんでいる恋人のほうは、うわの空でうなずくだけだった。ルベールは協力的ではあったが、警察が訪ねてきたことに明らかに驚いていて、当然ながらびくびくし、恩師の身に降りかかった災難に大げさすぎない悲しみを示した。無実の人間のイメージそのものだ。だがルカモラは、あまりにも理にかなった態度、あまりにもバランスの取れた感情表現にいやでも疑いをかきたてられ、直感がばちばちと火花を散らしていた。ジュディも自分も、恩師の娘が誘拐されたことや忌まわしい挑戦ゲームのことは承知していたとルベールは話した。テレビやネットでこんなに騒がれているのに知らないわけがないでしょう？この五日間、文字どおりショック状態だったという。二人ともディエゴのことをよく覚えていた。担当してもらったのは一年間だけだが、あの退屈でつまらない学校では唯一価値のある授業だった。

「彼が放課後におこなった創作ワークショップにあなた方が参加していたと聞いたのですが？」ルカモラは尋ねた。

「ああ、ワークショップ！」ルベールは顔をぱっと輝かせた。「何人かの友人と参加しました。とても興味深い授業でしたよ」

ルカモラはメモを参照するふりをした。

「その友人たちというのは、ガブリエル・マルトレイとサンティアゴ・バヨナですね？」

「ええ……そうです」若者は驚いたようだった。

「サンティアゴは自殺した、そうですね？」

「ええ」ルベールが暗い声で答えた。

「そしてあなた方は、ある意味、ディエゴ・アルサが彼の死の引き金だったのではないかと考えた」

どこか高いところから、沈黙でいっぱいにふくらんだ風船が部屋の真ん中にどすんと落ちたような感じだった。ジュディの青白い顔には奇妙な緑がかった色味が加わり、ルベールのチックはしばらくのあいだ抑えが利かなくなった。

「は？」やっとルベールが口を開いた。「まさか！　アルサ先生が彼の死と関係があるなんて。どこからそんな馬鹿げた考えが出てきたんですか？」

ディエゴ本人がそう考えているとルカモラが説明すると、ルベールはさらに驚愕《きょうがく》した。

「でもなぜ先生はそう思うんだろう？　僕らはそんなふうに考えた覚えはないのに。そうだよね？」

　ジュディは吐き気をこらえているのか、黙り込んだままだったので、ルベールが続けた。

サンティは昔から暗い若者で、こういう物質主義の世界にはそもそもそぐわなかった、過敏な心の持ち主だったと説明した。

「何にでも影響を受けていましたよ。どんなことにも傷つき、嘆いているように見えました。季節の移り変わりさえ、彼には宇宙の大変動のようでした」

　つまりそのサンティというのは自殺者の典型みたいな若者だったというわけか。ルカモラは手帳にそう殴り書きした。

「先生のせいだったのでは、と疑ったことはないんですか？　サンティが死んだあと突然姿を消し、あなたたちとの接触を断ったとき、そんなふうに感じたのでは？」ルカモラはさらに煽った。

　ルベールは困ったように肩をすくめた。「それぞれがそれぞれのやり方で悲しみと向き合ったんだと単に思っています。先生は孤独の中に逃げ込んだ。僕はつまらない詩を山ほど書いた。ジュディは煙草を吸い始め、おかげでニコチン中毒から脱け出すのに長年かかった。ビエルは……彼はいつも楽天家で現実的でした。だから自分を見失わなかった。彼がいちばん上手にあの悲劇を乗り越えたと思いますよ」

「しつこくて申し訳ないが、先生の行動にあなた方は誰も腹を立てなかった？」

若者はますます困惑して、首を横に振った。

「腹を立てた？　いいえ、それはない……ただ、あのときの気持ちをどう話していいか正直わかりません。ずっと前のことですから。まだ子供だったし、心にひどい傷を負った。自分の気持ちを持て余していたんだと思います」

「もう十二年も前のことなのに！」ジュディが突然長い眠りから覚めたかのように怒鳴った。「どうして今になってそんなことを訊きに来たんですか？」

「それは……」ルカモラは口ごもった。「さっきも説明したように、アルサ先生の娘さんの誘拐事件の解決に役立ちそうな情報を集めているんです」

そこで沈黙が降り、その機会にルカモラは目の前のカップルをもっと観察しようとした。見かけどおり、イケアの家具に囲まれてセックスしたり口論したりする普通の若者たちなのか？　手を携えて、人生のつらい一時期をやり過ごそうと決めた二人。ルカモラは、二人の目を覆う、もしかして上手にそう装っているのかもしれない困惑や警戒の奥に隠れた何かを探そうとした。ベールを剥いだ、本当の気持ちを。かすかに何かが覗いているような気がする。はっきりしない影のようなものが。

「すみません、警部さん、でもわからないんです」とうとう顔をしかめながらルベールが言った。「こんな情報が何の役に立つのか。もしかして……くそ」彼は急に目を見開き、顔色を失った。「先生に復讐する動機がある人間を探しているんですね？」刑事の顔を交互に見たあと、か細い声で言った。「僕らは容疑者なのか？　だからここに？　僕らのところに先生の娘が……そう思ってるのか」

「嘘でしょう？」ジュディが口を手で押さえた。

「そんな、馬鹿げてる」ルベールが目に見えて取り乱した様子で言った。「くそ、弁護士が必要かも」

ルカモラは慌てて、これは規定の手続きで、捜査の過程でさまざまな可能性をつぶしていく作業にすぎないと、お決まりの説明をした。百戦錬磨の犯罪者なら鼻で嗤いそうな熱弁だったが、若者たちはとりあえず落ち着き、聴取にそのまま応じてくれることになった。ただルベールの目つきがさらに疑り深くなり、ジュディは浴室に早く逃げ込みたくて仕方がない様子でそちらのドアをちらちら見た。

「九月二十三日金曜日の夜、お二人が何をしていたか教えてもらえますか」

二人はほっとしたように目を見合わせた。すぐに答えられる質問だったからだ。二人は同じ出版社に勤めていて、ルベールは企画部、ジュディは総務部に所属しており、会社主催のパーティに出席していたという。だいたい夜の十時ぐらいに始まって、午前二時頃まで会社にいた。もちろん証人も大勢いる。

警部は深々とため息をついた。あとで裏付けは取るが、嘘はついていないという確信があった。これ以上掘り下げることもなさそうだった。リエラが立ち上がって、室内をざっと見せてくださいと言った。二人はうなずき、ジュディが案内した。彼らがキッチンのほうに姿を消すと、ルカモラはルベールに、もう一人の仲間、ガブリエル・マルトレイとはまだ連絡を取り合っているのかと尋ねた。

「ビエルですか？　ええ、付き合いはあります。もちろん昔ほどではないですけど。高校時代は四人でとても仲良くしていましたが、サンティが亡くなったあと、ジュディと僕はジローナ大学に行き、その後、付き合うようになって、少しずつ疎遠になりました。でも数か月前に偶然出会って、今は彼もバルセロナに住んでいると知ったんです。以来、何度か会いました。学生時代の仲間ってそういうものでしょう？　昔話では盛り上がるけど、それ以上にはならない。ジュディにも僕にもビエルとは共通点がない。かつてはあったとしても」

「どういう意味です？」ルカモラは気になって、手帳から一瞬目を上げた。

「いや、べつに……」ルベールはためらった。それから手を振って言った。「具体的なことじゃない。ところで、彼からはもう話を聞いたんですか？」

ルカモラはしばらく相手をじっと見ていたが、やがて答えた。

「いや、まだ」

「こっちに先に来た何か理由があるんですか？」ルベールはぴりぴりした様子で唇を噛ん

だ。「三人ともアルサ先生の生徒だけど、ビエルより僕らのほうが疑わしいってことか。第一容疑者っていうのかな」笑おうとしたが、しかめっ面にしかならなかった。

「落ち着いて、ルベール。さっきも言ったが、本当に心配する必要はないんだよ」子供に噛んで含めるように言う。「こっちのほうが距離的に近かった、それだけなんだ。ビエルはコイサロラのかなりはずれに住んでいる。続けていいかな？　あまり時間がないんだ」

「もちろんです」ルベールは鳩《はと》を放つ奇術師さながら手を伸ばした。「すみません」

「ビエルとあなたたちのあいだに共通点がないというのは？」

「じつは、彼は四人の中で一人だけ異色だったんです。グループに最後に加わったのが彼でした。サンティと僕は幼稚園の頃から親友だった。兄弟みたいに一緒にいた」それを表すように両手を組み合わせる。「やがて十一歳になったときに、学年の途中でジュディが転校してきて、サンティは一目惚れした。そう考えると妙ですよね」彼は笑った。「今は僕の彼女なんだから。でも最初は、いったいどこがいいんだろうと思いました。あの頃ジュディは少し……刺々《とげとげ》しかった。いつも不機嫌で。サッカーやアクション映画が大好きで、深刻な家庭問題を引きずってたんです。母親と継父から引き離されて、ほとんど見ず知らずの親戚と暮らすために引っ越してきたところだった」ふいにしゃべりすぎたと気づき、軽く首を振って続けた。「じつは詳しいことは知らないんです。ジュディもその話はあまりしたがらないから。とにかく、彼女がつっけんどんだったのには理由があった。根っこの部分で、僕らとぴったり気が合ったんです。映画や本、漫画など、好みがとても似てた……。そうだ、当時の写真がどこかにあったな」

ルベールは立ち上がり、テレビの近くにある棚に近づいて抽斗の中をしばらく探っていたが、やがて写真の束を持って戻ってきた。

「ほら、これは十二歳のときだ」

ルカモラは写真を見た。肩を組んだ三人組が写っている。思春期に入りかけた子供にすぎなかったが、どれが誰かすぐにわかった。消去法でいくと、真ん中にいる、頭の小さな、まるで聖人の光輪さながらの乱れた金髪の痩せた少年がサンティだろう。どこかとまどったように頭を傾げてカメラを見ており、少年の悲しい運命を思うと、そのポーズも悲劇的に見える。右側にいるルベールは、いじめられっ子のコンクールに引っぱり出された子供さながらだった。すべての要素が揃っているのだ。がりがりな体、瓶底眼鏡、知ったかぶりの笑顔、自然発火しそうな突っ立った髪。このはみ出し者グループに入っていなかったら、つらい子供時代を過ごしていただろう。今目の前にあるその顔と比べると、年月が彼にはプラスになったと認めていいだろう。嫌味な雰囲気が今では知識人風に変化しているからだ。その反対側にいるジュディは、ほかの二人より頭一つ分ぐらい背が高い。たしかにルベールの説明どおりだった。髪はベリーショートで、少なくとも二サイズは大きな男の子用の服に身を包み、怒っているような厳しい表情でカメラを睨んでいて、笑顔のかけらも見えない。それでもその顔は、とくに夏の海のような緑の瞳は、現在の不思議な魅力を持つ女性の片鱗《へんりん》を覗かせている。今頃、この家のどこかでリエラ刑事の靴に嘔吐しているかもしれないが。

「これは学年最後の写真です。サンティとジュディはまだ付き合い出してなかった」ルベールが説明を続けた。「たしかこの夏に、サンティが彼女に交際を申し込んだんだ。ビエルはまだいなかった。二年後、僕らが十四歳のとき、十五歳の彼が、金持ちの集まる寄宿学校で落第し、教師たちに不遜な態度を続けたせいで退学になって、こっちの学校に来た。この写真は四人で写ってます」

警部は興味をそそられて、もう一枚の写真を見た。誰もカメラのほうを見ていないのは、学校の遠足か何かの休憩中に、彼らが気づかないうちに撮られたからだろう。まわりにはほかの生徒たちもいるが、なんとなく彼らから距離をとっているように見える。ジュディは草原で目を閉じて仰向《あおむ》けに横たわり、木に寄りかかっているサンティの膝に頭をのせている。この数年のうちに自然の摂理によって無情にも体に新たな丸みが加わっており、とにかく女性らしくなるまいと必死に抗っているように見える。髪は伸びていたが、無造作に一つに結び、相変わらずぶかぶかの男物のシャツを着て、同級生たちと違って化粧っ気がまったくない。それでも人を寄せつけない雰囲気は消えていて、以前より柔らかみが感じられた。サンティは右手を恋人の頭に置いている。さっきまで彼女の髪を指でそっと梳《す》いていたのかもしれないが、今は身を乗り出しているビエルと思われる太っちょの言葉に耳を傾けている。よっぽど面白いことを言ったらしく、ビエルは嫌味な笑みを顔に浮かべ、サンティは大笑いしたところを写真に撮られたかのように、大きく開けた口を歪ませている。ルベールもやはり木に寄りかかっているが、仲間たちのことは気にせず、一心に本を読んでいる。写真を返す前に、ルカモラはもう少し念入りに、パラーヨ・マルトレイの息子ビエルを観察した。大柄で、ぼけっとした顔は大きな眼鏡で半分ぐらい隠れている。典型的なまぬけ面だ、と思いながらルベールに写真を差し出した。ルベールは慎重に隅を持って受け取った。

「ビエルをグループに入れたのはサンティなんです。すぐに僕らは四人組になりました」当時を思い出すように、先を続ける。「そしてまもなく、ビエルは僕らにとってまさに必要な人間だったと気づきました。おわかりのとおり、僕らは学校であまり好かれてなかった。同級生が夢中になるようなことにはあまり興味がなかったんです。好きだったのは本やロールプレイングゲーム、漫画。小さくて保守的な村でしたから、僕らがいじめられるのは当然のことでした。でも、ビエルが来てから事情が変わり始めました。彼は身を守る方法を知っていた」

ルカモラは手帳から顔を上げた。

「でも、あなたが見せてくれた写真からすると、ビエルもそう強そうには見えなかったが」

「策略で身を守ったんですよ、たぶんね」ルベールが答えた。「ビエルはああ見えて、じつは人の弱みや、突かれたらいちばん痛いところを見抜くのがうまい。そうやって当のいじめっ子自身が、自分には弱みがあり、クラス一のまぬけにたまたまそれを見つかってしまったと認めるしかなくなる。それで少しずつ、誰も僕らにちょっかいをかけなくなっていったんだと思います」

ルカモラは無言で何度かゆっくりとうなずいた。

「ビエルとは馬が合わなかったみたいだね」

ルベールはぎょっとして警部を見返した。

「どうして？　もちろん仲良くやってましたよ。実際、好きにならずにいられない男でした。いつも上機嫌で、面白くて、突拍子もなくて……ただし勉強は少々苦手だった。楽しいことが大好きで、その点は今も変わりません。それに驚くほど気前がよかった。持っているものを何でも分け与えてくれた。僕らの家も裕福なほうだったけど、それでも想像もできないような金額のお金を自由に使ってた。あちこちにコネもあった。初めてのビールも、初めてのマリファナも、彼の誘いだったはずです。僕ら三人みたいに内気で悩み多き人間には、新鮮な風が吹き込んだみたいだった」小さく笑って首を振った。「とくにサンティにとっては。二年ほど、彼は別人になりました。自信がついて、明るくなった。よかったな、と僕も思いましたよ。でもやがて、すべては幻だったとわかった……」ルベールは顔を曇らせて、しばらく無言で自分の手を見つめていた。「本当の彼は心の奥深くにずっと潜んでいたんです」ふいに意を決したように顔を上げた。「サンティが自殺したきっかけはアルサ先生の創作ワークショップではなかったと思います。僕がそう言っていたと伝えてください。つらい日々の中でむしろ慰めになっていたかもしれない。自分じゃない誰かになろうとしたことがサンティを苦しめたんだと思います。ビエルの魔法はしばらくは効果があったけど、しょせん幻だった。結局夢のように消えてしまったんです。サンティは厳しい現実と向き合えなかった。だからみずから命を絶った」

「なるほど」ルカモラは考え込むようにつぶやいた。「つまり、ある意味、ビエル・マルトレイがサンティの死をもたらしたと言えるのかな」

ルベールはとまどった顔で警部を見た。

「すみません警部、僕の話がおわかりにならなかったみたいですが……」

「どうしてそんなことを言ったの？」

ルカモラとルベールは同時に振り返った。戸口には、こわばった表情でこちらを見ているジュディがいた。その歪んだ青白い顔は、沼で沐浴《もくよく》でもしてきたかのように、緑がかっていた。その後ろにリエラ刑事がいて、上司に向かって、異常なしと身振りで伝えた。ルカモラはそっとうなずいた。

「何だって?」ルベールは驚きの声を漏らした。

「なぜビエルがサンティを殺したなんて言ったの?」彼女はあえぎながら両手を握りしめて近づいてきた。

「そんなことは言ってない。警部が誤解したんだ」と言ってルカモラを指さす。まるで生徒が教師に言いつけているかのようだ。「今訂正しようとしていた、そうですよね?」ひどく慌てた表情だったので、警部は彼がかわいそうになり、ジュディに向かって厳かにうなずいてみせた。「サンティが死んだのはアルサ先生のせいじゃないと、それだけははっきりさせたかった。サンティのまわりにいた人間全員が悪かったんだよ。友人、親、医者……誰もあいつが何を考えていたかわからなかった。ただそれだけだ」

「よくもビエルを非難できたものね……」ジュディはルベールの言葉など少しも聞いていなかったかのようにつぶやいた。「私たちにあれだけのことをしてくれたのに! どれだけ借りがあると思ってるの?」

ルベールは恋人に慎重に近づき、手を差し伸べた。傷を負った猛獣をなだめようとするかのように。

「ジュディ、頼むから落ち着いて。顔色が悪いよ。熱があるんだ」

彼女は青い顔で一歩後ずさりした。

ルカモラはそれを無視して咳払いすると、立ち上がった。

「申し訳ないが、一つ訊き忘れたことがある」と言って、手帳を繰る。「ルベール、あなたの話では、ガブリエル・マルトレイと今はあまり付き合っていない、そうだね？　だとしたら、今のジュディの話は？　大きな借りがあるというのはどういうことかな？」

ジュディは恐怖に満ちたまなざしを警部に向けた。警部がそこにいることそのものがおかしいとでも言いたげに、じっと見つめる。ルベールがため息をついて答えた。

「べつに秘密でも何でもない。つい最近、僕の弟の治療費にするため、ビエルが両親にお金を貸してくれたんです。五年前、母が四十九歳で思いがけず妊娠し、生まれた弟イグナジは先天的にあちこちに障害があって、長くは生きられないと予想された。治療費は高額で、保険も利かず、両親は少しずつ経済的に追いつめられました。僕は弟がかわいくて、できるだけのことをしようとしていますが、ほとんど力になれません。兄にも娘が二人いて、やはり何もできない。ところが、最近になってビエルに会ったときにその話をしたら、何も言わずに手配してくれたんです。ずっと連絡を取り合ってなくて、彼は弟のことを知りもしないのに。さっきも言ったように、本当に寛大な男なんです。そうだよね？」慎重にジュディに近づき、肩を抱いた。

ジュディはずっと怯えた顔でルカモラを見ていたが、ルベールのほうを向くと、意図してそうしたかのように彼のシャツに嘔吐した。

ルカモラは退却するちょうどいいタイミングだと思った。

外に出ると、車に向かって歩きながら、部下に尋ねた。

「ビエル・マルトレイの住所は今わかるか?」

「いいえ」リエラはにっこりした。「ご所望ですか?」

「べつに。ただ、確認したかっただけだ……」ルカモラはむすっとして、通りの反対側から車のロックをリモコンで解除した。

「ああ、あった。もうわかりますよ」警部の独り言が終わりもしないうちに、若い刑事は取り出したスマートフォンの画面を見て言った。

「よし、署に電話しろ」強引に車道を横切りながら命じる。数台の車が速度を慌てて落とし、後を追ったリエラは運転手たちに手を上げて謝罪した。「バルガヨ署長がまだいるか、それからオラーヤがバソル医師について何か情報を手に入れたか、確認しろ」車に乗り込み、リエラが小走りに助手席側にまわり込んでくるのをむっつりと見守る。「ただし、こっそりやれ。こちらの行動を知られないようにしながら、連中の居場所を把握するんだ。どこに行くのかと訊かれたら、アルサ夫妻と二番目の課題のためのトレーニングについて話すとか何とか言っておけ。もし何か疑問があるなら、今のうちに言え」

「いいえ、ありません。ただ、一つ言っておきたいことがあります。ジュリアン・バソルの書店の件は、会議の前に警部に話しておいたほうがいいとオラーヤに忠告したんです。

本当に。彼の行動は正しいとは思えない」

　ルカモラは煙草をくわえたまま横目でちらりとリエラを見て、駐車場から車を出し、クラクションを鳴らされながら車道に合流した。

「で、なんて言われた?」

「自分にはやるべきことがわかってる、と」

「なるほど」ルカモラは鼻を鳴らして、前方に目を戻した。

「でも、やるべきことがわかってるのは班長だと思います。オラーヤ警部補には目的が多すぎる。でも、班長には一つしかない。真実を見つけることだけです」

「それは必ずしもいいこととはかぎらない」ルカモラはそう答え、煙草を深々と吸った。

「はい、そうかもしれません」リエラは認め、ビエル・マルトレイの住所をカーナビに登録した。「でもオラーヤはクソだと僕は思います」

　ルカモラは思わず噴き出した。最高だな! 胃の入口で散っている火花が今にも爆発しそうだった。

18　夕食が焦げないうちに

二人は、コイサロラ山のどこかにあるマルトレイ家の後継者の屋敷に向かって、ララバサーダ街道の坂を車でのぼっていった。曲がりくねった道の途中、かの有名なカジノの廃墟が右手に見えた。ルカモラ警部は、この場所、もっと具体的には〈自殺者の部屋〉と呼ばれる地下室から、ディエゴの小説『血と琥珀』が始まったのだと思い出して、身震いした。道路からあまり目を離さないようにしながら、今もまだそのまま残り、廃墟の玄関口の役目を果たしている塀の一部をちらりと見た。そこはカジノ以外にも、ホテル、レストラン、当時としては最新式のジェットコースターを備えた遊園地もある複合娯楽施設だったのだ。今では鬱蒼とした森に呑み込まれ、廃屋がいくつか残っているだけだ。過去の夢の跡を求めて高級ホテルの入口だったアーチの奥まで足を踏み入れるのは、冒険好きなハイカーか、ほかに行き場のない麻薬常習者ぐらいだ。

そこを通過して五分もすると、カーナビがビエル・マルトレイの屋敷に続く道を示した。主要道路から分かれて森を分け入る数多くの脇道の一つだ。そのくねくねした細道を十分ほど進み、サスペンションが悲鳴をあげ始めたところで、《目的地に到着しました》とカーナビが誇らしげに告げた。車を道路脇に停め、延々と続く塀に沿って歩いていくと、お決まりのゴシック調の怪物で装飾された巨大な錬鉄製の門扉にようやくたどり着いた。大きく翼を広げこちらに牙を剝いている恐ろしげなドラゴンたちを無言で見上げ、それから周囲を見まわした。深い森の奥にこんな大邸宅があったことに、驚きを隠せなかった。そのとき、壁に最新式のインターホンがはめ込まれ、門扉の上方からは好奇心いっぱいの子供のように監視カメラが見下ろしているのに気づいた。ルカモラはインターホンを押し、人好きのする雰囲気を心がけた。まもなく少し鼻にかかった男の声が応答し、用件を尋ねてきた。二人は警察章を見せ、ガブリエル・マルトレイさんとお会いしたいのですが、と告げた。すぐに門は解錠され、ルカモラとリエラは一瞬目を見合わせてから中に入った。目の前には広々とした庭園が広がっていた。彫刻や噴水があちこちに散り、遠くにプールも見える。奥にある、成金趣味とモデルニスモ建築を融合させたような、屋根裏部屋つきの二階建ての邸宅に向かって歩いていく。すでに日が暮れかかっていて、計算し尽くされた配置で庭の方々に灯りがともっており、どこか魔術的な雰囲気を醸し出している。まるで妖精の王国だ。樹木や花々も無数に植えられ、植物に疎い二人の刑事にはよくわからなかったが、シャクナゲや泰山木、ツバキと思われる花木も見える。

屋敷にたどり着いたとき、ルカモラは呼び鈴か何かないかと探したが、見つける前に扉がひとりでに開いた。二人はまた目を見交わしてから、サッカー場ぐらいはある巨大な玄関ホールに足を踏み入れた。シャンデリア、磨き込まれた金属や大理石、ステンドグラス。鳴り物入りの贅沢さだった。惚れ惚れと眺めていると、幽霊のような執事が背後でそっとドアを閉め、二人をぎょっとさせた。ルカモラとリエラは室内をじろじろと観察していたが、どこに身を置いていいか、そもそもそこにいていいのかさえわからなかった。そのとき上のほうからさっきインターホンで聞こえた鼻声が響き、疑問に終止符が打たれた。

「こんな粗末な館にようこそおいでくださいました、刑事さん。光が示すほうへどうぞ」

二人はまたしても目を見合わせた。今のは神の声ではなく、ビエルの声に違いない。どこかにあるスピーカーから流れてくるのだ。ルカモラはくだらない演出にむっとしたが、屋敷の主人に従うしかなかった。突然玄関ホールの照明が消え、二人は暗闇に包まれた。どちらもとっさに銃に手をやったが、次の瞬間、闇の中に小さな灯りがともった。玄関ホールにいくつもある扉の一つのそばで、それは合図をするようにちかちかと点滅しており、二人は銃から手を離さずにそちらに近づいた。たどり着くと、さらに数メートル先でまた灯りがついた。その向こうに見える廊下を進めということらしい。歩き出すと、背後の灯りは消えた。その手順が何度もくり返され、どこまでも続く廊下を二人は進んでいく。廊下にはさまざまな部屋が隣接していたが、家具の影がぼんやりと見えるだけだった。数分後、ビエルのふざけた声がまた聞こえた。

「そうそう、まもなく到着ですよ、刑事さんたち」

ルカモラは悪態をつきそうになった。しかしアーチの続く廊下の上で次の灯りがともり、そこを通過したところが目的地のようだった。広々とした厨房の中央にあるアイランドキッチンで、屋敷の主人がこちらに背を向けて立っている。彼の姿は、スポットライトのような人工的な照明で照らされていた。部屋の大部分は薄暗かったが、左方にある無数の家具は、壁の一つを埋め尽くす巨大なモニター群の青白い光で照らされている。少なくとも十数台のモニターそれぞれに、敷地内の各所にある監視カメラの映像が映し出され、屋敷内、庭、門扉の様子がすべて概観できる。これでは、屋敷にこっそり近づくことは誰もできないだろう。この宇宙では、落ち葉一枚さえ記録される。ほんの数秒前まで、銃を構えて、闇の中をペンギンみたいにおたおたと歩く自分たちの姿が画面のどれかに映し出され、屋敷の主人がにやにやしながら眺めていたのだろう。

そのビエルは、何か集中を必要とする作業で忙しいらしく、彼らの到着にまだ気づいていない。あるいはそう見える。だからルカモラは、室内に流れているフィル・コリンズの『アナザー・デイ・イン・パラダイス』に負けないよう、大きく咳払いをした。音楽のリズムに合わせて軽く肩を揺すっていたビエルは、少し背筋を伸ばすと肩越しに振り返り、にっこり笑った。三十近いとはいえ、ルベールに見せてもらった写真に写っていた太っちょだとすぐにわかったが、当時体についていた脂肪はみごとな筋肉に変わっていた。厨房で彼らを待っていた男は背が高くてたくましく、太い腕や横幅のある肩からすると、アスリートだと言われてもうなずけた。あのおデブは、高級ジムでカリスマトレーナーの個人指導のもと、筋肉マッチョとして再生した。とはいえ、不自然な筋肉が恥ずかしいのか、新たな体の大きさにまだ慣れていないのか、いまだにやや猫背だ。最新モデルの高価な眼鏡は彼の顔には少し大きすぎ、あの写真と同じ間の抜けた笑みを浮かべている。それを除けば、髪は整髪料で頭にぴったり撫でつけられ、シャツには隙なくアイロンがかかり、色鮮やかなエプロンは首と腰できちんと結ばれている。

「どうも、刑事さんたち！ どうぞお入りください」ビエルは片手で手招きしたが、もう一方の手は湯気の立つ鍋の上に掲げた大匙《おおさじ》をつかんでいて、そこからつやつやした赤いスープが滴っている。「お迎えできず、申し訳ありません。でもこのソースはとてもデリケートで、一瞬でもかき混ぜるのをやめると舌触りが変わってしまうんです。ここで話をしてもかまいませんか？」

「ガブリエル・マルトレイさんですね？」ルカモラは照明の当たっている場所に慎重に近づきながら尋ねた。リエラもすぐあとに続く。

「ええ、そうです。でもビエルと呼んでください」彼はそう明るく答えると、またこちらに背を向けて繊細なソースをかき混ぜ始めた。何を作っているのかはわからないが、とてもいい匂いだということはルカモラも内心で認めた。「お二人はジェラール・ルカモラ警部とパウ・リエラ刑事ですよね?」

「これはこれは」警部は驚いた。「おたくの監視カメラはよほど性能がいいか、お友だちのルベールが慌ててあなたにわれわれのことを連絡したのか」

ビエルはぷっと噴き出した。

「どちらかというと二番目です。十五分ほど前にルベールがパニックになって電話をよこし、僕らが誘拐だか何だかの容疑者になっていると訴えた」匙を口に運んで小鳥のようにすすった。しばらく味わっていたが、最後に舌を鳴らした。「じつはそんなに気にしてません」そう言いながら、天板の上に並んでいる鉢の列を眺め、思案したのちに一つ選んで、そこに入っていた何かのハーブを鍋にそっと入れた。「ルベールはいつも想像力が豊かすぎるんです。作家というのはみんなそうなのかな。大げさに言ってるんだろうと思いました……でも、事は深刻らしい。こうしてあなたたちがここにも来たんだから」また肩越しにこちらを見て、どこか嬉しそうに笑った。自分の推理力を褒めてほしがっているかのようだ。そのあとガスの火を消し、ソースをまた味見した。「うん、完璧だ。ちょっと塩が足りないかもしれないけど。いかがですか?」

「いや、結構」ルカモラは断った。

リエラも、臨戦態勢のブルドッグさながらビエルの顔を睨み続けている警部のほうをちらりと見てから、ためらいがちに断った。

「僕の腕前が信じられませんか？」ビエルは機嫌よく笑った。「じつは名料理人なんですよ。少なくとも、僕の料理を食べた人はそう言う。ゴマすりかもしれませんけどね。有力な大富豪を父親に持つとよくあることだ」ケラケラと笑う。

どこかまぬけなその笑い声は、たとえ彼の言葉に皮肉や知性が多少あったとしても、それを台無しにした。

「そういった客人を今晩も晩餐に招いているのかな？」ルカモラが尋ねた。

「いえ」ビエルは微笑んでオーブンを開け、焦げ目のつき始めていた大きな豚のスペアリブがのった大皿に、つやつやしたソースを慎重にかけた。「父と新しい継母だけです。二人にはごまかしが利かない。父は僕にありのままの感想を言うし、フリエタも僕にお世辞を言う必要がない」またロバが鳴いているみたいな笑い声を漏らす。それから大皿をオーブンに戻した。「さて、これでよし。三十分はゆっくり話ができますよ」彼は布巾で手を拭きながら背筋を伸ばした。「すみません警部、どこかでお会いしましたか？　なんとなく見覚えがあるので」

「いや、ないと思うが……」ルカモラは急に話題が変わったので虚を突かれた。「それと、さっきの話だが、心配はいらない。ルベールは不安らしいが、みなさんは容疑者じゃない。形式上、訪ねただけなんですよ」

「よかった！」ビエルは明るく笑った。「では、ワインをお出ししてかまいませんよね」

「ありがとう、でも結構。形式的な訪問とはいえ、勤務中なので」

「なるほど。しつこくて申し訳ありませんが、本当に知り合いではない？」

「間違いない」ルカモラはきっぱり言い、ため息をこらえた。「テレビか何かで私の顔を見たのではないかな」

「かもしれない……」ビエルはうなずいた。「ニュース番組はあの事件で持ちきりですよね。本当に恐ろしい。先生も奥さんもどれだけつらいことか……」

「実際、家族は追いつめられているんだ」ルカモラはうなずいた。「だから協力してもらえるととてもありがたい。どんな小さなことでもかまいません。できれば、話しながら家の中を案内してもらえるともっとありがたいんだが」

「すばらしいお屋敷ですよね」リエラが口を挟んだ。

ビエルは眉をひそめて二人を見た。怒りや敵意というより、言葉の意味がわからないという表情だ。その大きな体全部を使って手に持った布巾を引き絞り、何か必死に考えているみたいに顔がぼんやりし、とにかく突然呆《ほう》けてしまったように見えた。

「ええと……家の中を案内？　家宅捜索ということですか？」豚が鼻面をゴミに突っ込んだときの鳴き声のような笑いを弱々しく漏らす。「それには令状がいるのでは？」

ルカモラは冷静に説明した。「同じことをあなたの友人たちにも話しました。令状を求めるのは当然だが、協力してもらえたら本当にありがたい。誘拐事件の捜査というのは、被害者と何らかの接点がある者から始めるのが定石で、いちばん近いところから徐々に輪を広げていく。そうして捜査に不要な線を消していき、可能性の高いものを残す。これはその作業なんだ。ルベールとジュディはわかってくれて、彼らの家の中は問題なく見せてもらった」ここで顔をしかめる。「もっとも、ルベールは思ったより不安だったようだが。友人たち同様に、九月二十三日の夜についてあなたのアリバイを聞き、家の中をひと通り見せてもらったら、もうお邪魔することはないでしょう。申し訳ないが、われわれには時間がないんだ。アルサ家の置かれているぎりぎりの状況についてはご存じだと思う」

「ええ、もちろんです」ビエルは悲しそうに言った。「次の挑戦はいつなんですか？」

「十月一日です」リエラが答えた。「あと三日なんですよ」

「じゃあ、アルサ先生は次の課題をご存じなんですね？　二通目の手紙はもう来た？」

「悪いが、それはお答えできない」ルカモラは短く答えた。

「それはそうでしょう」ビエルは謝罪するように両手を伸ばした。「もちろんできるかぎりのことはしたいと思います。アリバイのほうは簡単だ。九月二十三日の夜はグラシア通りにある父のペントハウスにいました。家族の晩餐です。父は数日前に継母フリエタの故郷コロンビアへの新婚旅行から帰ってきたので、みんなに写真を披露したり、旅の思い出を話したりするために集まりを計画したんです。そこには二人の姉クララとヌリア、それぞれの夫も来ました。それにムンサラート叔母と夫、その息子で僕の従弟のボルジャは婚約者を連れてきた。僕は九時頃に到着して、そのまま泊まりました。少々飲みすぎましてね」と言ってあえぐように笑った。「車を運転させられないと父は思ったようです。あの曲がりくねった道を考えればなおさら」口を結んでうなずく。

「賢明な判断だ」ルカモラは言い、取り出しておいた手帳に何事かメモした。

「でも、家の中をお見せすることについては」ビエルは不安げに唇を噛んだ。「まず父に尋ねないと。ここに住んではいますが、じつは所有者は僕じゃない。管理人という立場です」

「でも、あなたが相続人なんですよね」リエラが確認した。

「じつは違います。法定相続人は、最新の父の遺言書によれば、二人の姉です」何とか笑みを浮かべたが、唇は震えていた。しばらく目を逸らし、何度か唾を呑み込んでからまた話し始めた。「結局のところ、父や叔母、叔父とともに家業を切り盛りしているのは姉たちなんですよ。僕は頭が悪すぎるので」彼は肩をすくめてあっさり認めた。「僕はいろんな問題を抱えてるんです。ディスレクシアや注意欠陥障害といった学習障害……。ご存じなかった？　警察は何でも知ってるのかと思ってた！」

「それはＦＢＩだ」ルカモラがぼそりと言った。「われわれは残業代をどうやったら払ってもらえるかさえわからない」

ビエルは、こんなに面白い話は生まれて初めて聞いたと言わんばかりに笑って、ぜいぜいとあえぎ続けた。

「警部さん、あなたはすばらしい」ビエルは涙を拭き、まだひくつきながら警部を見た。

「ええと、どこまで話しましたっけ」

「学習障害がある、と」警部は答えた。

「原因はたぶん母の死にあると医師たちは考えています。僕がまだ四歳だったとき、姉たちと一緒に母の車で出かけたんです。自分では何一つ覚えていませんが、どうやらアイスクリームが食べたいと僕が大泣きしていたので、母がなだめようとして一瞬目を逸らして……」彼は唾を呑み込んだ。声がしだいに硬くなっていく。「車が反対車線に飛び込んでしまった。子供は全員無傷でしたが、母は即死でした。僕はそれから一年間、一言も話せなくなった。PTSDと診断されました。父はこの国で最高の精神科医に大枚をはたき、僕は少しずつ回復しましたが、脳の機能は完全には戻らなかった。あのときにすっかり錆《さ》びついてしまったみたいに。それで、長い目で見て、父は姉たちにそうしたようには僕に大学への進学を求めなかった。だからって、僕もずっとぶらぶらしているわけじゃない。お荷物にならないようにできることを手伝う。とりわけ、変な騒ぎに巻き込まれないようにする」

熱弁のあと、ビエルは自信たっぷりに胸で腕を組んでみせたが、むしろひどく頼りなく見えた。

「このことで変な騒ぎに巻き込まれることはない。いや逆に、今後面倒なことにならないように来たんだ。お父さんが帰ってくる前に引き上げると約束するよ。それで、われわれが顔を合わせることもうないだろう」

「せっかくの夕食が焦げないうちに決めたほうがいい」リエラが言い添えた。

ビエルは無言で考え込んでいたが、とうとうなずいた。

屋敷は二階建てで、それに屋根裏部屋と地下室があり、合計すれば何百平方メートルもあると思われ、焦げ臭いにおいが漂ってくる前に大急ぎで見てまわるには大変な広さだ。まず地下に下り、巨大なワインセラーに警部たちも思わず目を剝いた。いちばん安いものでも警部の給料一年分が吹っ飛ぶだろう。そのあと屋根裏に上がり、外に目をやるとコイサロラ山の森に覆われた山腹が見えた。その高さからだと、スポンジのように柔らかそうに見える。曲がりくねった道を走る車は、ぴかぴか光る子鼠が闇の中で追いかけっこしているかのようだ。そうした闇の奥に群がっている光がバルセロナだった。それから二階にある無数の部屋をせっせと見ていく。その中に巨大なオフィスがあり、ビエルがそこを使っているかどうかは疑問だったが、いつでも人に見せられるように完璧に整理整頓されていた。最後に一階に戻り、広大な玄関ホールから延びるいくつもの廊下を一つひとつ確認した。最後の一つの突き当たりに贅沢なステンドガラスがあしらわれた引き戸があり、そこが屋敷最大の居間だった。豪華な調度を備えたすばらしい部屋で、壁には祖先の肖像画が飾られている。ビエルは大理石製の巨大な暖炉の側面に寄りかかり、うやうやしい、だがどこか憂いを含んだまなざしを絵に向けている。ご先祖たちの顔に表れているそれぞれの本質が、当時の画家たちの筆でそこに抽出されていた。

「あれが、西インド諸島での商売で貯め込んだ財産を注ぎ込んで、一八六五年にこの屋敷を建てた高祖父のフラダリック・マルトレイです」彼はフロックコートを着た老人の肖像画を指さした。顔は皺くちゃだが、目は熾火《おきび》のように燃えている。「フラダリックは情け容赦のない男でしたが、その息子で僕の曽祖父に当たるフラダリック・ジュニアもまた悪党でした」そう言って、五十絡みに見える、いかにも疑り深そうな、父親と同じ邪悪な目をした男の肖像画を指し示す。「どちらも、たとえば密輸など非合法なやり方で一族の財産を増やしました。政治家や警察と不正に手を組んで怪しい事業を展開し、バルセロナでもかなりの有力者に成り上がったんです。そのうえ曽祖父は放蕩者《ほうとう》で、とくに賭け事を好みました。ララバサーダ・カジノ建設を推進した一人で、一九一二年頃に賭博が禁止されると、マフィアに近い秘密組織を作って賭博場を経営しました。しかし、その一人息子だった祖父のフラダリックは彼らと違って真正直な人でした。母親がやはり芸術家肌で、公正な性格だったんです」今度は安物のドリアン・グレイの肖像のような、白の絵の具を全部使ったのではと思えるほど色白な男を指さす。「とうとう曽祖父が梅毒で息を引き取ると、祖父のフラダリックはマルトレイ家の汚名をすすぐことを誓い、やさしい娘と結婚して子供を二人もうけました。フラダリックという名の呪いを断つべく、パラーヨと名づけられた父と、叔母のムンサラートです」

ビエルが家系についてそうして演説をぶつあいだ、ルカモラは家父長制に縛られた肖像画を眺めていた。彼らの縄張りに今自分は踏み込もうとしているのだ。しかも子孫を場合によっては拘束して、そこに小便を引っかけることになるかもしれない。肖像画に描かれたパラーヨ・マルトレイは三十代後半というところで、余計な肉もついていないし白髪も見えないが、すでに今と同じ威光を放っている。ビエルには、この尊大な男と似ているところがどこにもないように見えた。パラーヨは、今では流行遅れに見える紺のスーツを着て、どこかじれったそうに画家のアトリエでポーズをとっている。自分が見ていないあいだに帝国ががらがらと崩れてしまうのを恐れてでもいるように。

「何十年ものあいだ、祖父のフラダリックと父は、家の財産を維持しながら、一世紀以上のあいだ腐敗にまみれていた一族の尊厳を取り戻そうと闘ってきました。だから父はわが子にいつもとても厳しかった。姉たちにも僕にも、横道に逸れることをけっして許さなかった。残念ながら、父の期待に応えたのは姉たちだけでしたが」

「あなたの仕事の一つはこの敷地の管理だと言ってたね？」ルカモラは一緒に居間を出て、また厨房に向かいながらビエルに尋ねた。ビエルが急ぎ足なのは、せっかくの晩餐が焦げるのが心配なのか、父親が現れるのが不安なのか、わからなかったが。

「そのとおりです。祖父が八年ほど前に亡くなると、父はジローナ一帯の事業をムンサラート叔母にまかせ、本業に専心するため、三人の子供とともにバルセロナに戻ることにした。でも姉たちは祖父の家に住むのをいやがった。ここはあまりにも人里離れているし、幽霊が出るって言うんです」

ルカモラは驚いて彼を見た。

「幽霊？」

「姉たちは昔からそう信じてるんです。今もまだ。夜、今は亡き歴代のフラダリックたちが壁を通り抜けて廊下を歩きまわるって。子供の頃、祖父の家に泊まりに来たときに何度も見たって言うんですよ」

「あなたは？　一度も見たことがないのかね？」

ビエルは大笑いした。

「ええ、一度も。眠りが深いからかな。結局父は二人を説得できず、バルセロナのアシャンプラ地区にペントハウスを三軒買って、一軒に自分が住み、二軒は姉それぞれに与えた。姉たちもすでに婚約してたんでね。父はこの家を売りたくないんです。思い出が詰まっているのもあるけど、経済危機のせいで価格が下がってしまって。だから僕が管理をまかされた」

「こんなに孤立した場所で暮らして、怖くないんですか？」リエラが尋ねた。

「ええ、べつに。防犯システムが整っているし、窓は全部防弾ガラスです。亡きマルトレイ家の人々の幽霊については……」彼は肩をすくめた。「さっきも言ったように、連中は僕に興味がないらしい。僕のほうもないけど」

それからビエルは二人を厨房と続きの小さな居間に案内した。そして、オーブンから料理を出してきますので、そのあとお二人をお見送りします、と言った。彼は〝お見送り〟という言葉を強調した。部屋に残されたルカモラとリエラは、がっかりした顔で目を見交わした。どうやら時間の無駄だったようだ。屋敷内を見てまわるあいだ何も怪しいものはなかったし、そもそもビエルにはアリバイがある。しかもそのアリバイを証明するのは彼の父親だった。ルカモラはまたため息をつき、部屋の中を見まわした。そこはすでに一度確認した部屋だ。こぢんまりして居心地がよく、ほかの部屋ほど威圧感がないし、置かれている家具も機能本位で現代的だが、同じように高価なものだろう。ビエルは、あの巨大なプラズマテレビを前に、パソコンテーブルや音楽装置などすべて手の届く範囲にある場所でふかふかの椅子に座り、一日の大半をここに閉じこもって過ごすに違いない。メインの居間にあったものほど仰々しくない、小さめのダイニングテーブルもあり、そこにはすでにリネンのテーブルクロスがかけられ、会食に必要な用意が整っていたが、警部たちを見越したものでないことは間違いなかった。壁の一つが一面のガラス窓になっており、美しい庭が見渡せる。入口にあった塀がその奥に見え、背景幕の役目を果たしている。左手の生垣の向こうに覗いているのはプールだろう。結局のところ、あの若者は生まれたときからたいそう恵まれていたのだ。

ビエルは程なく戻ってきた。スペアリブが焦げていなかったのでほっとしているようだ。

「さて刑事さん、用事が済んだようなので、玄関まで送りますよ。父が間もなく到着するので、できれば着替えたいし……」

「もちろん」ルカモラは遮った。「協力してくれてありがとう。だが、送ってもらわなくて結構。また灯りをつけたり消したりしてもらえれば、それを頼りに出ていくんでね」

「面白い方ですねえ」ビエルは愉快そうに笑い、握手の手を差し出した。「じつは一つお願いがあります。アルサ先生と連絡を取らせてもらえませんか？　先生にご挨拶して、事件にとても胸を痛めていることを伝えたくて。僕は先生のおかげで悩みや不安を乗り越えることができたんです。先生は僕らに、すごく知的で才能があるけれど、やはり自分につきまとう幽霊に苦しんでいた作家や詩人、芸術家の話をしてくれた。それでとても救われました。僕らみんなが。あの頃が懐かしい」

「残念だが、今はタイミングがよくないと思う」ルカモラは答えた。

「ええ、わかります」失望を隠せない様子で言う。「では僕の言葉をお伝えいただけませんか？　奥さんのフォルチ先生にも。お二人はすばらしい夫婦で、いつも僕らを温かく迎えてくれた。こんなに下品で倫理にもとる出来事で不幸になるなんてあんまりだ」

ルカモラはその非難じみた口調に驚き、相手をまじまじと見た。ところがビエルは何事もなかったかのように穏やかな笑みを浮かべている。気のせいだったのか、とルカモラは思ったが、それ以上考えを巡らせることはできなかった。新たに二人の人物がいきなりそこに現れ、しかもかなりご立腹の様子だった。

「くそっ！　よくもここまで来られたもんだ！」勢いよく部屋に入ってきたパラーヨ・マルトレイが怒鳴る。「おまえが口を滑らせたんだろう！」

部屋にいた三人は身構えたが、彼らに発した言葉ではなさそうだった。実際、彼らに気づいてもいなかった。男の手は、ハイヒールで足をくじかないように気をつけながら続いて中に入ってきた美女に向かって、ぱたぱたと振られていた。

「何よ！　どうしてパパラッチのことで私が責められなきゃならないの？」

ルカモラは手帳をちらりと見て、さっきビエルが言っていた、父親のコロンビア人妻、〝フリエタ・ヒラルド〟だと察した。絶世の美女を絵に描いたような三十代と思しき女性で、プロポーション抜群のその肢体を前にしたら男たちは尻込みし、女たちは戦意喪失するだろう。豊かな黒髪、体の曲線美、どこまでも長い脚、野獣を思わせる表情。何をしてもセクシーだった。その前に立つのがパラーヨで、髪は白く腹も出ていて、寄る年波は隠せなかったが、ハンサムで品があった。腕を大きく伸ばし、脚を開いてしっかりと立つ姿はオペラ歌手さながらに堂々としていたが、今は歌う代わりに怒りに駆られて咆哮《ほうこう》している。だがこの手の有力な男は、トイレットペーパーがないときでさえこういう態度をとるものだ、とルカモラは思う。そうやってつねに力を誇示しているのだ。

「どうして、だと?」パラーヨの首の血管が今にも切れそうだ。「おまえが記者に行く先を漏らしたからだろう？　そうでなきゃ、なぜわれわれの行くレストランをやつらが知ってるんだ？　予約さえとらず、いきなり訪ねたのに。しかもこの家の入口に二台も車が待っていた。トイレで電話したな？　だからあんなに遅かったんだろう？」

「何言ってるの？」フリエタはひるまず、腕を組んで果敢に言い返す。「私が信じられないわけ？」

「人の敬意を集めることがわが一族には重要なんだ。何度言えばわかる？　高潔で誠実な一家なんだよ。マルトレイ夫人となったおまえは、もうその一員だ。カメラの前で尻を振るモデルやゴシップ紙は卒業だ。われわれが出ていいのは経済紙や文化誌だけだ」

「また同じ話……もううんざりよ。どうして私がわざわざ記者に電話するのよ？」

パラーヨは首を振り振り言い返そうとして、部屋の隅に誰かいるのに気づき、動きを止めた。ビエルの顔が青くなり、火のついた紙さながらしおしおと身を縮める。

「お帰り、パパ……」

パラーヨは息子を見た。だが、一緒にいる二人の男はいったいどこの誰だ？

「誰だね、あんたたちは？　記者か？」藪《やぶ》から棒《ぼう》に尋ねる。

ルカモラはげっそりしたようにため息をつき、ポケットに手を伸ばすと警察章を取り出した。

「いいえ、記者ではありません」

「まずいですよ……」リエラがぶつぶつとつぶやいた。

ルカモラは顔をしかめたが、何も言わなかった。すでにとっぷりと日が暮れて、闇の奥にもっと暗い闇が潜み、車のライトがそれを切り裂いても、貪欲な黒い流氷さながらすぐに縫い綴《と》じていく。にもかかわらず、ルカモラは記者たちを振りきるため、ありえない速度で車を飛ばしていた。再びフリエタ・ヒラルドが夫と姿を現さないかと、マルトレイ家の屋敷の門の前で張り込んでいた連中と遭遇してしまったのだ。最初は使用人か親戚か何かだと思ってお義理でフラッシュを焚《た》いていた彼らだったが「怪物事件の担当刑事だ！」と誰かが叫んだとたん、ルカモラとリエラは、わめき声やフラッシュに追われながら車までの十数メートルを全速力で走らなければならなくなった。「警部、誘拐事件のことで来たんですか？」「マルトレイ家が事件に関係している？」「犯人の目星がついたんですか？」と次々に質問が飛んできた。明日のどの朝刊の一面も警部とリエラの写真で埋め尽くされ、事件とマルトレイ家を結びつける記事が並ぶだろう。ルカモラは身震いした。バルガヨ署長のきつい御達しが今も頭で鳴り響いている。

「まずいどころじゃない」ルカモラは喉を絞るようにつぶやいた。そのとき砂利道から舗装された細道に出たので、やっと街灯が道を照らしてくれた。

リエラが暗い顔で微笑み、うなずいた。

「記事を出さないようマスコミと交渉したらどうでしょう……」

「それでどうなる?」ルカモラは鼻を鳴らした。「今頃パラーヨはあらゆるコネを使って、俺のキャリアに終止符を打とうとしているだろう。さっき自分でそう言ったようにな。彼の力をもってしても、この爆弾級のニュースを止めることはできないだろうが、証言の強要か不当な家宅捜索か、とにかくどんな理由を使ってでも俺をこの件からはずそうとするに違いない。最悪なのは、そう非難されても仕方がないってことだ。この件が署長の耳に届くのは時間の問題だ。つまり何をしても無駄だということだよ。だが心配するな」警部は若い刑事をちらりと見た。「全責任は俺がとる」

「それはいいんです」リエラは答えた。「僕が心配なのは、これが被害者の女の子に影響しないか、ってことです」

「つまり?」

「もしあの若者たちの一人が犯人なら、この騒ぎで世間の目が集まったことに慌てるかもしれませんよね? うっかり者の二人の警官がスタンドプレーに走っただけならいいが、突然マスコミの注目の的になってしまったら話が違う。パニックになって、被害者を始末してしまおうと考えるかもしれない……」

ルカモラはうなずいた。この若い刑事には毎回感心させられる。頭が切れるし、誠実だ。このにやけ顔にさえ慣れてしまえば、じつはきわめて真剣に仕事に取り組んでいるのだとわかる。

「おまえの言うとおりだ」ルカモラはしばらく口をつぐんだ。「くそ！　くそ！」突然そう怒鳴ってハンドルを何度も叩いた。やがて少しは落ち着くと、「悪かった。この事件は頭に来ることばかりだ」とつぶやいた。

しばらく二人は黙り込んだ。車はやがて街道に出て、ルカモラは巧みに最初の急カーブをこなした。

「ところで、あの若者たちの誰かが犯人だと思いますか？」リエラがふいに尋ねてきた。

ルカモラは考えを巡らせた。体の奥で弾ける火花が答えはイエスだと告げていた。誰であっても不思議ではないし、もしかすると共犯関係なのかもしれない。だが証拠がない。たとえ何か見つかったとしても、鉄壁のアリバイがある。それに三人とも協力的で、家の中を見せてくれたうえ、何も不審な点はなかった。さらには、この十年、ディエゴともその家族とも、誰も連絡を取っていない。友人の敵討ちという動機がかろうじて考えられるが、陪審には馬鹿げて聞こえるだろうし、法廷で若者たちが揃って元教師への感謝を証言すればなおさらだ。

だが、答えの出ない疑問もある。ジュディはなぜあんなに慌てていたのか？　本当に病気だったのだろうか？　なぜルベールは、ビエルはじつは頭が切れて人を操るのがうまいと言ったのか。この目で見たかぎり、とても単純で、どこか抜けているようにさえ見えたのに。実の父親さえ、息子をまぬけ扱いしているようだった。だが、もう一つ頭から離れないのは、ディエゴとラウラは完璧な夫婦なのだから、あんな下品な出来事で不幸になるなんてふさわしくないというビエルの含みのある言葉だ。非難にさえ聞こえた。とはいえ、策略家だというルベールの忠告に感化されて、そんな気がしただけかもしれない。

それにもちろん、良心が咎《とが》めたせいもあるだろう。ルカモラはため息をこらえた。ビエルが完璧な夫婦だと褒め称えたとき、心の中で何か毒気のようなものが頭をもたげ、叫んでいた。みんな間違っている。真実は自分だけが知っている。ディエゴとラウラは完璧な夫婦でも何でもないんだ。そしてつかのま、ことに暗い喜びを覚えた。これできっとあいつも本当の自分を思い知り、おのれの弱さを世に知らしめるだろうと。

ほんの一瞬ではあったが、そのときルカモラは自分が自分でないような、未知の何かに心を乗っ取られたかのような感じがした。こんなことを考えるなんて、俺は化け物か？　ルカモラはぞっとした。

リエラの質問に答える前に携帯電話が鳴り、ルカモラはハンドルを切って路肩に車を停めた。上着のポケットの中の電話を探りながら、そこが今や伝説となったカジノの廃墟の前だと気づいた。十五分ものあいだ、物思いにふけっていたとは。画面にバルガヨ署長の名前を見たとき、急な腹痛に襲われでもしたかのように歯ぎしりした。わかるよな、という視線をリエラに向けると、大きく息を吸い込んで応答した。

「あの若者たちは容疑者です！」署長が一言も発しないうちに、そう怒鳴った。トーンを抑えたきっぱりした口調になるように努めた。「単独か二人か全員かわかりませんが、何か隠しているのは間違いない。理由は訊かないでください。でも必ず答えを見つけてみせます。そして、先に言いますが、署長の命令に従わずに勝手にガブリエル・マルトレイに話を聞きに行って申し訳ありませんでした。でもあのときはその必要があると思ったんです。さらには、証拠もありません。しかし、俺の経歴に少しは価値があると思ってもらえるなら、そして俺の経験やこれまでいくつも事件を解決してきた手腕を多少は信用してもらえるなら、この筋をもう少し探らせてください。あるのは直感だけですが、これにすべてを賭けたい。どうかお願いします」

ルカモラがそうまくしたてたあと、署長は長いあいだ無言だった。ルカモラが期待をこめてリエラを見ると、おずおずとした笑みが返ってきた。やがて向こう側からふんという鼻息が聞こえた。

「警部、私にそういう言い方をするのは正直気に食わないわね」署長が不穏な口調で言う。

「でも、連中に怒鳴られていなければ、まだ我慢できた。パラーヨ・マルトレイはこのわずか三十分のあいだに内務省のお偉方二人に連絡して、電話で私に怒鳴らせた。連中が並べたぞっとするような言葉に心底頭に来てるの。だから、これからパラルタ判事に、次の挑戦が済むまでの約七十二時間、その三人の若者を監視する許可を取るつもり。でもそこまでよ。電話の盗聴申請や情報捜査は、何かしら証拠が手に入るまでは認められない。知ってのとおり、パラルタ判事は形式にこだわる人だから」

「ありがとうございます、署長、本当に……」

「感謝ならパラーヨ・マルトレイにすることね。でもそのあいだに結果を出さなかったら、あなたの首をちょん切って、中身をくり抜き、クリスマスディナーのスープ鉢にするから」

ルカモラは、署長と話をするあいだリエラにも聞こえるように耳から離していたスマートフォンを切ると、ポケットにしまった。

「彼女、ずいぶん控えめでしたね」リエラが感心した。

ルカモラは肩をすくめた。

「われわれが何か見つけるまで、マルトレイへの怒りが続いてくれることを祈るだけだ」

「オラーヤ警部補はジュリアン・バソルについてもう何か見つけたんでしょうか?」

「いや、それはないな。もし署長の手元に何かしら手がかりがあったら、三人の監視を認めはしなかっただろう。オラーヤはまだ結果を出してない。まあ、それは俺たちもだが」

ふいに警部の体が緊張し、通りの向こう側にあるカジノの廃墟の入口に目を釘付けにした。リエラも目を向けたが、凝縮した闇の中には何も見えなかった。

「どうしたんですか？」

警部が目を薄目にした。

「誰かがこっちを監視していた」しばらく凝視していたが、やがて囁いた。

次の瞬間、ルカモラが車を飛び出し、通りの向こうに走り出した。

「動くな、警察だ！」

警部は入口の柱列の前で立ち止まり、少しして、ダッシュボードにあった懐中電灯を持ったリエラも追いついた。ルカモラはひったくるようにして懐中電灯を奪い、闇の奥を照らした。森の奥へ続く細い下り坂が見えた。

「ここを下りていったはずだ」ルカモラは道へと走り出した。

張り出した枝に顔を打たれても無視して、先を急ぐ。リエラが悪態をつくのが背後から聞こえた。しだいに息が荒くなっていく。道は勾配がだんだん急になり、やがてかつてはきらびやかだったカジノの遺跡前の広めの空間にたどり着いた。揺れる懐中電灯の光が展望塔を照らし出している。今は送電用の鉄塔と向かい合わせになっているそれは、ほとんど当時のままだ。展望バルコニーの下には、狂気の滴る笑みを浮かべたジョーカーの仮面の看板が今も残っており、森を抜けてこんなところまでよたよたとやってきた二人のお人よしを、久しぶりに面白いものを見たというように眺め下ろしている。アーチをくぐり抜け、塔をぐるっとまわってみると、その前面に即席の入口ができていた。厚板が貼られ、南京錠《なんきんじょう》がかかっている。壁に沿って先に進むと格子のはまった窓があり、中を覗くと、プラスチックの椅子が二脚、擦り切れたマットレス、毛布や食器などのガラクタがいくつか見えた。どこぞのホームレスが展望塔内部の空間を隠れ家に仕立てたらしいが、今はその姿は見えない。車から見た人物だろうか。だとしたら、今はどこにいるのか。塔にのぼってみようかと思ったが、それにはアーチをよじ登らなければならず、夜中にそんなことをする気にはなれなかった。第一、日中なら眺めがよくても、懐中電灯の灯りが頼りでは何も見えないだろう。

森の奥へ続く細道をもう少したどってみることにした。曲がりくねった道を進むうちに、濃密な繁《しげ》みのあちこちに過去の痕跡が見つかった。ベンチ、彫像、植木鉢、階段の残骸。落ち葉の絨毯が敷かれた小さな小屋もあり、ちらりと懐中電灯で照らしただけで誰もいないとわかった。やがて、長々と続く建物の一画に突き当たり、銃を手に中に入ってみた。いくつもの部屋が隣接しており、上は丸天井、壁は煉瓦があらわになっている。

「何だ、これは？」

「カジノの古いワインセラーと、付属の部屋だと思います」リエラが答えた。「ネットでカメラにとらえられた不審な人影がルイーザのものかはわからないが、その人物もまたこれを見たことがあります」

「俺には身を隠すのにもってこいの場所に見えるな」

最初のほうの複数の部屋にはありきたりな生活用品が散らばっていた。小型のマットレス、椅子、フライパン、瓶、ぼろきれ。ガラクタだ。今も電気ケーブルの残骸が垂れているワインセラーの壁は卑猥《ひわい》なものから怪奇なもの、哲学的なものまでありとあらゆる落書きに覆われ、時ならぬ灯りに照らされるとやけにおどろおどろしく、唱えると悪夢の世界に通じる扉が開く呪文のようだった。二人は、反対側の端の出口まで調べ終わった。その先はまた森に呑み込まれている。

「ここにも誰もいませんよ」リエラが、壁の一つの前に積まれたゴミやら何やらの山を見て、顔をしかめた。

「こちらをうかがっていたやつは、どこかしらに身を潜めたんだ。こんな真っ暗な森の中に入り込んだとは思えない……」

「本当に誰かいたんですか？」リエラが疑わしそうに尋ねる。

「何だと？　頭がどうかしてるとでも言いたいのか？　絶対に間違いない。誰かが俺たちを監視していた」最後はほとんど怒鳴っていた。

「すみません」リエラは半分怯え、半分とまどっていた。

ルカモラはしばらく部下をじっと見ていたが、首を振って、突然かっとなった自分を恥じた。俺はいったいどうしたんだ？

「わからないのは、そいつがどこから逃げたのかってことだ」少しは気を静めて、まわりを懐中電灯で照らした。しばらく口をつぐんでいたが、ふと尋ねた。「だが、浮浪者がどこにもいないのは変だと思わないか？　生活用品らしきものがあちこちに散らばっているのに、誰にも出くわさないし、寝ているやつもいない。おかしくないか？」

リエラはどう答えていいかわからず、肩をすくめた。ルカモラも答えを待っていたわけではなかった。今彼はぼんやりと壁の落書きを眺めていた。《君の柔肌で泳ぐ》という言葉に〝フィレル〟という署名が添えてある。野卑な色とりどりの落書きの中では異色な感じがする。ふいに、遠い昔、初めて本気で愛した人と愛し合った夜の、言葉にできない気持ちを思い出した。たぶん物乞いか薬物中毒者か、運に見放されたこの〝フィレル〟という男も、くそったれな人生でただ一度の輝かしいひとときのことを書き残して、自分を圧倒する闇を照らそうとしたのだろう。同じように闇に呑み込まれかけている刑事に、それが安らぎを与えることになるとは思いもせずに。

「そろそろ車に戻ろうか」不思議そうにこちらを見ているリエラに気づき、言った。「これ以上調べても仕方がない」

リエラは反対せず、二人は曲がりくねった道を引き返した。ルカモラは、ときどき背後から聞こえる、部下が木の根や石ころにつまずくたびに発する悪態には気も留めずに、物思いに沈んでいた。廃墟の入口からこちらを見ている者がたしかにいた。ではなぜリエラには見えなかったのか？　やはり気のせいだったのだろうか？　友情を育み始めた頃にディエゴから聞かされた、今では名前も思い出せない作家の言葉が甦ってきた。警官の毎日をまさに言い当てていると思えて、記憶に残っていたのだ。《怪物と闘う者は、その際にみずからも怪物にならぬよう気をつけねばならない。長いあいだ深淵を覗き込んでいると、深淵もまた、おまえを覗き込むのだ》。これこそが今の自分だろうか。俺は怪物を、小説の登場人物を見たのか？

捜査中、本物の怪物が犯人だという馬鹿げた仮説が頭をよぎったことは一度もなかった。そんな仮説を真に受けたら、自分から狂気に足を踏み込むようなものだ。だが、ディエゴを恨むようなことを考えたあの苦い後味がまだ口に残り、疲労で頭の動きが鈍っている今、ありえないことではないと一瞬思えた。過去のさまざまな経験からすれば、この世界では、どんな異常なことが起きても不思議ではないとよくよくわかっている。手紙でみずから打ち明けていたように、闇と真の邪悪から生まれたあの存在が、ディエゴの小説から脱け出し、現実に姿を現す方法を見つけたのだろうか？　自分の同類にあふれた、まさに自分好みのこの世界に？　だから俺には見えて、リエラには見えなかったのか？　怪物と同じ闇がこの体に巣食い、血管を流れている。つまりは、〈怪物〉をはじめこの世に散らばるあらゆる化け物たちと、俺は仲間なのだ。あの恐ろしい闇が、ディエゴが課題に失敗すればいいと俺に願わせる。アリアドナを救出するのはおまえだと耳元で囁く。おまえこそが、ラウラが必要とするたった一人のヒーローなのだ、と。

19　動物園でのある朝

　翌日、ディエゴとラウラは朝早くに〈オーバールック診療所〉に到着した。〈コウノトリ〉のトレーニングのために選ばれた民間クリニックで、最新のリハビリ技術によってエリート・スポーツ選手の怪我を記録的な速さで治療することで有名な施設だ。土曜からずっとマスコミにしつこく追いまわされ、夫婦はまるでロックスターのように、警察が手配したスモークガラスの車で移動しなければならなかった。運転はラウラにまかせ、助手席に座っていたディエゴは、幽霊さながらに青ざめ、無言で車を降りた。よろけないようにするのに必死だったが、それも難しくなってきている。怪物が小説から逃げ出して娘を連れ去ってからすでに六日が経ち、二日後には中世の拷問道具に七時間耐えなければならない。だが成功しても、娘の命を三日延ばすことができるだけだし、次の課題はもっと恐ろしい、まず実現不可能なものになるはずだ。冷静に考えれば、コウノトリに耐えても無駄だと認めるしかない——最終課題の克服しか手がなくなる前に、ルカモラ警部が娘を見つけないかぎりは。

診療所の玄関ホールでそのルカモラが、白衣を着た女性一人、男性二人とともに待っていた。三人はすぐに自己紹介した。五十代と思しき金髪美人が診療所の院長で、外傷学の第一人者だった。鋼鉄製かと思えるほど体が引き締まった、大柄な若い男は理学療法士で、〈ハイパフォーマンス・スポーツセンター〉の所長だ。白い山羊髭をはやした、アジア系に見える痩せた老人は心理学の教授で、リラックスするための心理学的テクニックや催眠療法の専門家である。彼らの肩書にすっかり圧倒され、ディエゴは名前さえ覚えられなかったが、べつにかまわなかった。彼にとっては、それぞれシャロン・ストーン、アーノルド・シュワルツェネッガー、ミヤギ老人だった。自己紹介のあと、その豪華な指導者陣はさっそく行動に移った。時間がないということを全員が承知しているらしい。院長らを先頭に、彼らはつやつやと輝く真っ白な廊下を進んだ。すぐに診療所全体がどこもかしこもつやつやと真っ白に輝いていることがわかった。ディエゴは、汚れ一つない宇宙船の中を歩いているような感じがした。

色彩がまだ発明されていない、驚くほど純粋なその世界を移動しながら、院長はディエゴに、アーノルドとミヤギ老人がそれぞれ専門家チームと一緒に、今度の挑戦を乗りきるための集中トレーニングプログラムを作ったと説明した。この二日間で、ディエゴは身体的にも精神的にもさまざまな訓練を受けることになる。それによって、体は筋肉の痙攣に最大限、耐えられるようになり、心を厳しくコントロールすることで痛みやストレスを回避しやすくなるという。

「へえ、この二日間で、僕はジェダイ・マスターに変身するってわけか」ディエゴは喉の詰まりを無視して、冗談めかした。

シャロンは、こちらが無理して言ったジョークにも笑わなかった。

「そこまでではないですね。私たちは嘘をつくつもりはありません。二日ではあまりにも時間が足りない。でも、こんな簡単なテクニックで、と驚くでしょうし、知識を正しく使えば、私たちの体も心もすごいパワーを発揮するものなんです」

ディエゴはうなずいたが、疑いを隠しもしなかった。痛みに対する抵抗力がほとんどないことは自分がいちばんよくわかっていたし、一つか二つの奇跡のテクニックでそれが倍増するとはとても思えなかった。

やがて、やはりつやつやと輝く別の白い部屋に到着した。そこには同じ白衣を着た人が四、五人いて、あちこちに置かれた十台以上の装置にかかりきりになっている。部屋の中央に白いシーツで覆われた台があり、その上に手術で使われる緑色の布が掛けられたかたまりが載っていた。一同は台を囲むように集まり、院長がもったいぶっているのか、さっさと済ませたいのか自分でもわからない、そんな中途半端なしぐさで布を取り払った。それこそが、博物館から提供してもらった写真や映像をもとに作られた、中世の拷問道具〈コウノトリ〉のレプリカだった。うやうやしいとさえ言える重苦しい沈黙のなか、全員がそれを見つめた。しかし、一見すると、たいして恐ろしげには見えない。基本構造は一メートル少々の鉄製の四本の細い棒で構成され、一種の三角形を成している。三角形の頂点が大きめの輪っかになっていて、それが装着者の首を締めつける。この輪は完全には閉じておらず、その開口部から二本ずつ長い棒が突き出している。その先端がそれぞれ輪になっていて、それが装着者の足首を固定する。また首用の大きな輪っかの近くには二個半円がこしらえてあり、手首はそこに入れる。それを装着させられた人がどんな苦しい姿勢になるか、想像するのは難しくなかった。

「アルサさん、まずは試してみていただきます」アーノルドが言った。「あなたの痛みの限界を計測することが目的です。最初の痙攣がいつ始まるか、どれくらいの範囲で、どれくらい強く現れるか知ることが重要なんです。それによってトレーニングプログラムをあなたに最適化することができる」

まるで冗談みたいに聞こえたが、冗談ではなかった。ディエゴの返事を待たずに、背中の開いた病院着が渡され、小さな更衣室が示された。しかしディエゴは動かなかった。手に病院着を持ったまま、全員の視線を感じながらただ立ち尽くしていた。とうとう気分が悪くなり、真っ青な顔でラウラにすがりついた。ラウラは彼の腕をつかんだ。

「大丈夫？」

「少しだけ待ってほしい……」何とかそうつぶやく。

「でも時間がないのよ」

「頼む、ほんの数分でいい」懇願するように一同を見る。「お願いです」

シャロンがアーノルドとミヤギ老人に目をやると、二人は理解を示す表情を浮かべてうなずいた。それでディエゴは妻と数分だけ廊下に出ることが許された。吐き気がしたし、まともに立っていることもできなかった。だから二人はそこから少し離れたところにある待合室で腰を下ろした。

「こんなの、どうかしてるよ」ディエゴは蒼白な顔を両手で覆った。

「何とかなるわよ」ラウラが言い、夫の肩を抱いた。「私はいつだってあなたのそばにいる。あなたは一人じゃないの、わかる？　ああ、私があなたの身代わりになれたら！」

ディエゴはぞっとして妻を見た。

「馬鹿な、絶対にだめだ」と言って彼女の手を取った。「やめてくれ。君もアリもだめだ。そんなの耐えられない。怪物を呼び出したのは僕だ。僕があいつとゲームをし、勝つ」顔をしかめ、本当はこれっぽっちもない自信のしるしに胸を張った。「幽霊ばかりがいつも勝つとはかぎらない」

ラウラは不安そうにディエゴを見た。

「ディエゴ、昨日、怪物なんていないと納得したわよね？　幽霊なんて存在しないって。ウィジャ盤の出来事とあなたの友人の事故は単なる恐ろしい偶然だったのよ。そしてあなたの悪夢もただの悪夢。現実じゃない。だから、あなたが言うように本という牢屋に怪物を閉じ込めたあとも、夢は止まらなかった。あなたがそう信じ込んでいただけよ。妄想を別の妄想で封じ込めようとしたの。だから小説を書いても消えなかった」じれったそうにきっぱり言った。

ディエゴも同じようにじれながら首を振った。

「比喩的な話だよ」ラウラをなだめようとする。「《怪物は現実にいるし、それは幽霊も同じだ。やつらはわれわれの中に棲《す》み、場合によってはわれわれのほうが圧倒される》。スティーヴン・キングもそう言ってる」

ラウラは眉をひそめた。

「スティーヴン・キングなんてくそくらえよ。あなた、昨日私たちが話したこと、覚えてないみたいね。あるいは、私の話を聞いてなかったのか」

「聞いてたさ！　たとえ拷問道具で体が動かなかったとしても、君の話には耳をそばだてていたはずだ」ディエゴは冗談めかして目をぱちくりさせた。

ラウラは彼の肩を軽く押した。「馬鹿ね」

「ラウラ……」ディエゴは真顔になって言った。「結局は一緒だ。怪物が誰か、あるいは何か、僕にはわからない。いずれにしても僕は必ずやつに勝つ。僕ら家族の誰にも危害を加えさせはしない」

ラウラは目を潤ませた。「愛してるわ」

「僕もだよ」

二人の唇が重なり、同時に強く抱き合った。そのまたがいの体を溶け込ませようとするかのように。突然咳払いが聞こえて、慌てて離れるはめにならなければ、本当に溶け合っていたかもしれない。ルカモラが手に水の入ったコップを持ち、微妙な表情を浮かべて待合室の入口に立っていた。ラウラとディエゴはあたふたと立ち上がった。

「呼んできてくれと言われてね」ルカモラのほうもぎこちなくそう言って、ディエゴに水を差し出した。

ディエゴは礼を言い、たっぷり飲んだあと尋ねた。

「何かわかったのか？」

昨夜ルカモラから、元生徒たちについて調べると電話で聞かされたのだ。

「まあね。だがあまりいい知らせじゃない。三人のアリバイの裏をとったが、どれも動かしようがない。九月二十三日の夜、ルベールとジュディは会社のパーティに出席していた。そう証言する者が何十人もいる。舞台に上がって自分たちはここにいると宣伝していたかのように、誰もが二人のことを覚えている。ジュディは酒だけじゃなくたぶんほかにも何か飲んでべろべろになり、同僚に色目を使った。それで二人が大喧嘩して、彼女はずっと泣きどおしだった。だがそのあと仲直りしたらしい。オフィスの一室にこもってセックスし始めたと、声を聞いた連中が証言している。つまり、そこにいたことは間違いない」

「ビエルのほうは？」

「もっと完璧だよ。マルトレイ家全員がそう証言してるんだから。みんな口を揃えて、ビエルは早めにペントハウスに到着し、晩餐のあいだかなり飲んでいたと話した。デザートの前にはもう泥酔していて、客用の寝室で寝ろと父親に命じられた。そのまま朝方まで部屋から出ていないと誰もが請け合った。翌日の午前中もひどい二日酔いでずっと部屋にいたらしい」

「くそ」ディエゴがつぶやいた。

「それでも、彼らはやはり何か隠してると思う。会ってすぐ、君の疑いはけっして間違いじゃないと俺は直感した。彼らの行動に今もいろいろなチームが目を光らせている。もし犯人なら、必ず尻尾をつかむよ」警部はディエゴを励ました。

「でも、こんな非道で異常なことをする子たちだとは思えないわ……」ラウラが身震いする。「悪い人間には見えなかった」

「怪物は誰の心の中にも棲んでいるんだ」ディエゴがあきらめたように言う。

「スティーヴン・キングはもう勘弁して、お願い」ラウラはやんわりとたしなめ、それから警部に水を向けた。「ほかの方面で何か進展は？」

「ジュリアン・バソルが聴取でくだらない嘘をついていた。最初に話を聞いたとき、ディエゴの作品は知らないと言っていたのに、三冊とも読んでいたことがわかった。少なくとも購入はしていた」

ディエゴは目を丸くした。

「それが何だっていうんだ？」

「さあね」ルカモラは肩をすくめた。「今そこを調べてる」

「ほかには？」

「知ってのとおり、捜査の方向性はまだたくさんある。今はどれも排除されていない」

「エクトルのことも？」ラウラが尋ねた。

ディエゴの顔が曇った。兄に殴られたところを無意識に撫でる。今もまだ紫色と黄色の跡がうっすらと残っていた。

「テレビのインタビュー番組にまだ出演するつもりでいるのか？」怒りをこらえきれずに尋ねた。

ルカモラも、不快感を隠しもせずに顔をしかめてうなずいた。

「カナル15局で放映されるアリ誘拐事件の夜の特別番組に生出演する。いろいろな話題が取り上げられるらしい。『血と琥珀』について、挑戦ゲームについて、SNSでの大炎上、怪物は小説から飛び出した本物だと信じている狂信者……つまり人の興味を煽るだけ煽るくそったれな見世物だよ」

「そして実の兄貴がピエロ役を演じるわけか」ディエゴはつぶやいた。

「かっかしたってエネルギーの無駄だ」ルカモラは助言した。「もし君の兄貴が犯人なら必ず捕まえる。それは誓うよ。だが無実なら……」重々しい顔でうなずく。「やっぱりまずいことになる。さる筋の情報によれば、インタビューのギャラは大部分がタジャーダの懐に入る。エクトルは、クロービンの借金を完済できるほどのギャラはもらってないんだ。たぶん、半分にも満たないだろうな。これでロシア・マフィアが満足するとは思えない」

「だから何だ？　同情しろと？」ディエゴは言い返した。「僕のほうの問題はどうなんだ？」

「あなたひとりの問題じゃない」ラウラがそっと訂正した。「私たちの問題」

二人はまた溶け合いそうに見つめ合い、ルカモラは再び咳払いをしなければならなかった。

「そろそろあちらに行こう」警部がぎこちなく言った。

「うん」ディエゴはラウラの目から目を離さずにうなずいた。そこにいれば安心な、その琥珀色の海の底に永遠に潜っていたかった。「ミスター・ファンタスティックの柔軟性を二日で手に入れなきゃならないんだから」

ラウラは目に涙を浮かべながら笑った。ディエゴは警部を見てうなずいた。

「覚悟はできたよ」

ルカモラは彼の腕をつかんだ。

「ディエゴ、二日は短いが、俺が怪物を捕まえるにはその半分で充分だ。やつの首を君に差し出すよ」

「差し出すなら娘にしてくれ、ジェラール。僕の望みはそれだけだ」ディエゴは言い、運命に向かってしっかりとした足取りで歩き出した。案ずるより産むがやすしという言葉もある。


ディエゴは延々とわめき、吠え、呻いた。嘆願した。そのうち喉がひりひりし始めた。今彼は病院着を着てマットレスの上に仰向けになり、拷問道具を取りつけていた。つまり、両脚を腹の上で折りたたみ、両手は祈りでも捧げているかのように胸に置き、首と背骨の一部はアーチ状に浮いている。胸と額にいくつもつけた電極からはケーブルが伸び、モニターにつながっていて、何人かがそれを眺め、心拍数、血圧、脳波、おそらくは腸内ガスの様子さえチェックしている。だが何より重要なのは、右手に握らされている赤いボタンだ。それを押しさえすれば、苦痛に終止符を打つことができる。

それ以外にも、耳にイヤホンが挿し込まれていて、そこからラウラの声が届いている。ディエゴの今の姿勢では彼女の姿は見えないが、部屋の反対側にあるテーブルの前に座り、そこに置かれたマイクで自分とやり取りをしているとわかっていた。怪物は手紙の中で、セットの中にディエゴ以外に人が入ることを禁じていたが、イヤホンについてはとくに触れていなかったし、妻の声がきっと精神的な支えになるので名案だと心理学者チームも考えた。実際にスタジオに入ったら、髪で隠せるぐらいの極小イヤホンに取り替える予定だった。また、ディエゴが自制心を失ったときに平常心を取り戻させるため、ラウラもリラックスのテクニックと催眠療法を学ぶことになった。つまり、彼女の声がディエゴに付き添い、癒《いや》し、彼が痛みの海を七時間航海するあいだ、灯台のように導くのだ。

とはいえ、今のところそれは効果を発揮していなかった。ディエゴは航路をすっかり見失い、霧の中で待ち伏せする暗礁にいつ乗り上げても不思議ではなかった。頬を涙で濡らし、顔を歪ませたラウラにも、彼を導くことができなかった。

それは三度目のテストだった。過去二回は思うような結果が出ず、ディエゴには、針でちくんと刺されただけで失神するおとぎ話のお姫様並みの耐性しかないことが明らかになった。最初のテストでは十二分、そして二度目では二十八分の自己ベストのタイムを出した。専門家グループのアドバイスにもかかわらず、ディエゴはすぐに集中力をなくし、それが一種の連鎖反応を引き起こした。体が緊張すると筋肉がこわばり、普通より早く痙攣が始まって、それでパニックになってますます体が緊張した。そのせいでなかなか瞑想《めいそう》状態に入れなかった。だが何より困ったのは、彼の恐怖がラウラにも伝染し、冷静さを伝えられなくなることだった。たがいに不安を分かち合ってしまうのだ。

「あああ、頼む！　もう無理だ！」今しもディエゴはわめき、指がボタンの上で震えていた。

「ああ、ディエゴ……」ラウラはマイクの前で泣き崩れた。「頑張って！　ボタンを押しちゃだめよ、我慢して」

「だめだよ、ラウラ、ボタンのことを口にしちゃ」ワン医師が注意する。「その選択肢には触れないようにしないと」

「そうだった……」ラウラはいらいらしながら言った。「すみません」

「鍵となる言葉は〝逃避〟だ」心理学者は教師のような口調で続けた。「痛みに耐えるには、ディエゴは今置かれている状況を気にしないことが大事なんだ。ボタンは痛みと直結する。ラウラ、彼ではなく、私の言葉を聞きなさい。彼がこの瞬間やこの場所から逃げる手助けをするんだ。我慢して、ボタンを押さないで、みたいなことを言うと、彼は耐えがたい現実に引き寄せられる。君が彼をここから遠く離れた別の場所へ連れていき、一緒に避難所を作るんだ。痛みのない美しい場所へ。幸せだったときのことを思い出し、彼の手を引いてそこへ案内してほしい」

ラウラは、誰かに引っくり返された亀のように、マットレスの上で無力に体を揺らしているディエゴを見た。それからマイクに意識を集中させ、ぎゅっと目をつぶって、こめかみを揉んだ。ディエゴの咆哮を無視し、自分の言葉でその避難所を作らなければならない。

でもどうやって？　何かすてきな思い出を引っぱり出してこなければ。

「ディエゴ……」声が震えていたので、何とか静めようとした。「アリと動物園に行った朝のこと覚えてる？　アリは五歳だった」

「具体的に描写して」ワン先生が彼女の耳元で囁いた。「季節はいつ？　朝食は何を食べた？　玄関で誰と出くわした？　何でもいい。過去のそのひとときを再現するんだ。まるで現実みたいに。それを現在にするんだよ。泡のようにそのひとときで彼を包み込み、誰にも触れることのできない現実に変える」

ラウラはうなずき、現在にしつこくしがみついて大声でわめき続けている夫を見て、唾を呑み込んだ。

「アリは、母からもらった青いワンピースを着ていた」急いで続ける。「袖に白い小花が刺繍してあった。背が伸びたから裾が膝上になってしまったのに、大好きな服だから捨てないって言い張った。覚えてる？　お気に入りだから絶対に脱がないって……」

ラウラが話すうちに、夫の咆哮が苦しげで弱々しい声に変わり、少しためらいが見え始めた。うまくいっているのかもしれない。このままいけば、あの遠い日に彼を連れていけそうだ。勇気づけられて、話を続ける。動物園で過ごしたあの朝のことをできるだけ詳しく再現するために、必死に記憶を探った。

「あの日、髪を二本の三つ編みにして、ワンピースとお揃いの青いリボンを結んだ。でもあの子はあまり気に入らなくて、私たちが見ていないところで片方ほどいてしまった。だからとうとう私のほうが降参して、取ってあげたのよ。こうと決めたら絶対に引かない、頑固なところがあるのよね……」

夫は今や、目を強く閉じて、静かに呻いている。もう体は揺れていない。

「エクトルとネウスも一緒だったわね。あの頃、二人はまだ別れていなかった。アリがいちばん気に入ったのは、たしかペンギンだった。あれ以来、ペンギンが出てくるお話を読んでってあなたにずっとせがんでた。すごく喜んでたわ。映画にも連れていくことになったわね……」

甲高い叫び声が話を中断させた。突然ディエゴが激しく動揺し、虫眼鏡で観察されているトカゲみたいに痛みに身をよじり出した。ラウラが落ち着かせようとする暇もなく、室内にブザー音が鳴り響いた。ボタンが押されたのだ。

アーノルドがマットレスに近づいてきて、装置をはずし出した。ラウラも駆け寄ってきた。

「どれくらいもった？」ディエゴは泣きながら声にならない声で尋ねた。

「二十九分だな、チャンピオン」理学療法士が告げる。「少しずつ記録が伸びてる」

ディエゴは何も言わなかった。何世紀も経ったような気がしたのに、前回よりたった一分長く我慢しただけだったなんて。理学療法士が痛む手足を器具から解放するたびに呻き声を漏らすだけで、作業に協力する気にもなれなかった。ようやく体が自由になると、ラウラがすぐに抱きついてきた。夫のぐったりした哀れな姿を前に、無力感のあまり涙をこぼさずにいられないようだった。彼は顔を赤くほてらせ、病院着はだらしなくはだけて、腿や尻があらわになっている。

「まあ落ち着いて、ディエゴ」ミヤギ老人が横に来て囁き、肩に手を置いた。「君はとてもよくやっているよ。本当だ。心配しなくていい。これは自転車の練習と同じだ。最初はあんなに細いタイヤ二本でバランスをとることなんてとても無理だと思えるが、ある日突然頭の中でカチリとスイッチが入り、乗れるようになる。そのスイッチはずっと前からそこに、手の届くところにあったかのようにね。明後日までにきっとそのスイッチが入る。約束するよ。だが今はハーフタイムだ」

彼はディエゴの肩を叩いて話を切り上げたが、理学療法士と不安げに目を見交わしたのをディエゴは見逃さなかった。

「そうとも」理学療法士が口を挟んだ。「少し筋肉を休めよう。体を温め、血液の循環をよくするためにマッサージをするよ。そのあと呼吸法の復習をしよう」

「それに瞑想法をもう一度やってみよう」ミヤギ老人が気を取り直すように言った。「さあ元気を出して！　次のテストでは少なくとも一時間は耐えられるさ。この診療所では、この道具よりもっときつい治療もするんだぞ、ハハハ……」

ディエゴの視線を感じて、ミヤギ老人の笑いは喉で詰まった。

二時間ほど休憩し、そのあいだに診療所のカフェに行って軽く食事をし、体力を回復させてはどうか、と彼らは提案した。ディエゴはうなずいた。するとアーノルドの大きな手が腋《わき》の下《した》に差し入れられ、彼を立たせようとした。ディエゴもそれに応じて痺れた脚に力を入れようとしたが、すぐによろけた。

「歩ける？」ラウラが尋ねた。

ディエゴはうなずき、体のバランスを取り戻そうとした。

「更衣室についていって、着替えるのを手伝いましょうか？」

彼はゆっくりと首を横に振った。ウィスキーの氷のように、頭の中身が左右に揺れているような気がした。

「本当に大丈夫……」

「大丈夫だって言っただろう！」そう怒鳴ったが、すぐに後悔した。「ごめん。でも本当に一人でできる」

ラウラはうなずいたが、いかにも心配そうだった。

「すぐに戻るよ」ディエゴはつぶやき、のろのろと更衣室に向かった。

ラウラは、よろよろと更衣室に向かう夫がドアの向こうに姿を消すまで見守っていた。すると、老心理学者のやさしい声が耳元で聞こえた。

「心配しなくて大丈夫だよ、ラウラ。不安やストレスにぎりぎりまで追いつめられたとき、人間の体の耐久力は三倍に増えるんだ。たとえば普段は五キロしか走れない人が、いざとなると十五から二十キロも走ることがある。とくに命が懸かっているときにはね！　今日と明日で何とか二時間耐えられるようになれば、当日成功できるかもしれない」

ラウラは涙をこらえきれず、それは滝のように頬を流れ落ちた。

「私、まったくあの人の役に立ててない……」と呻く。

「ああ、どうか泣かないで」蜂蜜のたっぷり入った壺のように金色の瞳に涙があふれるのを見て、ワン先生はやさしく言った。「二人とも、こんな厳しい状況でよくやっているよ。さあ、へこたれちゃだめだ。強くならないと。ディエゴは君を必要としている。明後日、君の声だけが彼の心をなごませ、ボタンを押せという誘惑の声を断ち切ることができる。君の声は猛烈な砂嵐となり、地平線も星図も消してしまうし、君の言葉の力の前では東西南北さえわからなくなる。君は神の声になるんだ。それができるかね、ラウラ？」

ラウラはうっとりして、ゆっくりとうなずいた。老人の言葉というより、葦《あし》笛の波打つメロディのように空中を這い進んでくるその滑らかな声に魅了されたのだ。

「よろしい」先生は満足げに言った。「私もそう信じている。さあ、ディエゴがあのドアから出てきたら、君が全身全霊で、彼なら必ずできると伝えるんだ」

ラウラはまたうなずいた。そうだ、そうしよう。老先生の言葉で希望が湧いた。ディエゴが更衣室から出てきたらすぐに駆け寄って力いっぱい抱きしめ、自信を注ぎ込もう。

ところが夫はもう十分以上更衣室に入ったままで、ラウラもチームのほかの面々もドアを眺める目にいらだちが見え始めていた。

「気分が悪くなったのかも……」ラウラが言った。

一同が同時にうなずいた。そう考えれば、こんなに遅いのも当然だ。だからラウラは更衣室に近づき、ドアを軽くノックした。

「ディエゴ？」みんなが見守るなか、尋ねた。

反応がない。ドアを開けた。ディエゴの姿はすでになく、更衣室の床にぼろきれとなった病院着が落ちているだけだった。

20 アルサ兄弟対怪物

ディエゴはバルセロナの街の中を猛スピードで車を飛ばしていた。ああ、またやってしまった！　もう二度と姿を消したりしないとラウラと約束したのに。だが今回は、街を気の向くままに走りまわり、一杯の水を探すうちにいつしか泥酔してサリアー山の展望台にいた、あのときとは違う。今回はパニックになって逃げ出したような無分別な行動ではない。ちゃんと目的地があるのだ。

考えが浮かんだのは、あの最悪のトレーニング中、アリが五歳の頃にみんなで行った動物園のことをラウラが彼に思い出させたときだった。心の片隅にぼんやり記憶している程度だったが、ラウラが話すにつれ、そのやさしい声が曙光《しょこう》のごとく痛みの霧を貫き、いろいろなことを思い出し始めたのだ。アリの服も、三つ編みも、ひどいリボンも、ペンギンのことも甦ってきた。さらには、あのずんぐりした不器量な義姉が、オランウータンがおかしくて笑っていたかと思うと、中身のないおしゃべりでラウラを辟易《へきえき》させ、そのおたおたするさまがひどく気に障ったこと。それから、横を歩いていたエクトルとあれこれ話をし、その数メートル前で、一人で歩いていいよと言われたアリが、蝶を見つけるたびに嬉しそうに追いかけていたこと。そしてエクトルが考え込むように、こんなに金持ちで有名になってしまうと、娘を誰かに誘拐されやしないか心配にならないか、と尋ねてきたことも。

今まで忘れていたなんて信じられなかった。何気なく口にした一言に聞こえたが、今考えるとベールに包んだ脅迫だったようにも、将来の計画が初めてそのとき兄の頭に浮かんだようにも感じられた。僕に借金を断られたときに、実際に形を取り始めた計画。そして、診療所の更衣室で痛みに苛《さいな》まれた疲れきった体をいたわりながら着替えているときに、その疑念が確信に変わったのだ。一日じゅうパソコンの前に座り、中世をテーマにしたオンラインゲームに夢中になりすぎた危険なオタク、夜な夜なネットでおかしなページばかり見てまわっている鬱憤を抱えたバツイチの男が、そうするあいだにたまたま〈コウノトリ〉を見つけ、金持ちの弟にこれを取りつけたらどうなるか思い浮かべて、にやけている姿を想像するのは難しくなかった。大昔に根っからのサディストが考え出した、ゆっくりと、しかし確実に痛みを生み、最高の苦痛を絞り出す鉄製の装置。

そのイメージに駆り立てられ、ディエゴは廊下に面した別の出口から更衣室を出て、誰にも言わずにあの真っ白な廊下を歩き出した。本来開けるべきだったドアの向こうにあるものからどんどん離れていく。不当な現実から、拷問道具から、ラウラの恐怖に満ちたまなざしから、思いやり深いミヤギ老人をはじめ八〇年代の俳優たちから、怪物から。自分自身からさえ逃げているように見えるかもしれないが、そうではない。自分にはきちんとした目的があり、今は説明している暇がないのだ。ラウラにさえ。

ラウラはさっきからずっと携帯に電話をよこしている。怒っているのか、とにかく必死なのか。ただ彼を理解したいだけかもしれないが、逃げているわけじゃないと説明したくてもできない。無意味なトレーニングに貴重な時間を無駄にしたくないだけなのだ。あんなことをしても同じだ。その時が来て、あのガラクタに体を押し込むことになったとき、課題を成功させられるかどうかは、事前の練習や娘への愛ではなく、自分をどこまで犠牲にし、生贄になる勇気があるかにかかっているからだ。おのれにそれだけの力があるかどうかわからなかった。いずれにしても、あと二日ある。この二日をもっと有効に使ったほうがいいではないか。たとえば、娘を見つけようとしている警察に協力するとか。もし犯人が復讐を誓った幽霊なんかではないとすれば——昨夜ラウラ自身、彼をそう説得した——この世界に現実にいる誰かということだ。では誰なのか？　教え子たちが有力な候補だが、今では昨日ほど確信が持てない。それに彼らのことはルカモラが見張っている。一方、もう一つの可能性はエクトルだ。ルカモラ自身、数時間前にそう言っていた。ディエゴは別の観点から大至急答えが必要だった。このことをラウラに説明しようとしても、わかってもらえないだろう。戻れと言うに違いない。そんなことは警察にまかせて、と。あの手この手を使い、しまいにディエゴも運命を受け入れ、勇敢な父親というみんなが敷いた、だが結局は一人で進まなければならないレールに戻ることになるだろう。またあのくそったれな器具を身につけ、もう数分でも長く苦痛を長引かせるために。だって、少しでも時間を稼ぐことが目的だろう？　結局はルカモラがお姫様を救う本物のヒーローになる、それまでの時間を。

そんなふうにつらつらと考えながら歩いていると、ふいに喉の渇きに襲われた。体じゅうの細胞という細胞が求めているもの、魂を焼く怒りと無力感の炎を消せるものはただ一つ。その祈りに応えるかのように、今町中にあふれているパキスタン系の小型スーパーがふいにそこに現れ、しかも店のすぐ前には駐車スペースもあった。店に入ると、ミサイルさながら酒売り場に突進した。気がはやってウィスキーの瓶を乱暴につかむと、浅黒い肌にくすんだ瞳、真っ白な歯をした男がいる小さなカウンターにそれを置いた。上着に入った財布を探っていると、突然名前を呼ばれた。訛《なま》りがないのでこの界隈の人ではなさそうだ。ディエゴがばね仕掛けのように振り返ると、カウンターの端に小さなテレビが置かれ、カナル15局の人気司会者、ラモン・ダル・バーヤの皮肉屋らしく唇を歪めたふくよかな顔が映っていた。それで思い出したのだ。今自宅に行ってもエクトルはいない。今日の午後、怪物事件の特別番組に、出演を断ったディエゴの代わりにその兄が目玉ゲストとして出るのだ。

「明後日ディエゴ・アルサが挑戦することになる新しい課題の内容はまだ伝えられていません」今しもダル・バーヤがカラフルなセットの中をちょこまかと歩きながら話している。「しかし、怪物がこれまでどおり小説をなぞるつもりなら、最初の課題より難しいものになるでしょう。では、初回の模様を改めてお見せしましょう」

彼は大げさなくらい悲しげな顔で大きな画面の前で立ち止まった。そこにはすでに初回の映像が映し出されていた。やがてディエゴは、犬の糞の皿とワインの入ったグラスを前にした、緊張した面持ちの自分を目の当たりにした。自分の分身は時間をかけて勇気を奮い立たせ、覚悟を決めると、スプーンを手にし……。それまでディエゴは初回の挑戦の映像を観るのを拒んできた。とても耐えられないと思ったからだ。しかし今こうして観ていると、そのおぞましい祝宴から目が離せなくなっていた。パキスタン人の店員も同じらしい。幸いそれはドラマチックな音楽にのせた名場面集だったので、すぐに終わった。

「今観ていただいた映像には中毒性があったようです」ダル・バーヤは嘆かわしそうに言った。「YouTubeに上がったものは、わずか二日間で二百万回以上も再生されたのです。他人が苦しむ姿を喜ぶ人間の衝動についてもっと話してもいいのですが、すでにさまざまな観点から議論されながら、結論はまだ出ていません」軽く微笑んで薄紫色の椅子のほうに向かう。「とはいえ、私たち誰もが心配しなくてはならないこと、少なくとも私は、そして視聴者のみなさんもおそらく本当に心配していることは、ディエゴ・アルサさんが今どうしているのか、ということではないでしょうか？」そう言って腰を下ろし、一見本気で心配しているように見える厳粛な彼の顔がアップになった。

もったいぶった沈黙のあと、ダル・バーヤによれば今の質問に答えてくれるうってつけのゲストが紹介された。かの有名な作家の兄で、今は一家のスポークスマンを務めるエクトル・アルサだ。

それからカメラは、正面を向いた肘掛け椅子に座った兄の上半身をとらえた。頭の禿げかけた、平凡な顔のひょろっとした四十代の男。いちばん上等なジャケットを着ているが、着古した質素なその服は、彼の威厳を高めるのではなく、むしろ負け犬の雰囲気を強調している。

「どうも、エクトル。家族の様子を、とくにディエゴはどうしているか、話してもらえますか？」

「想像はつくと思います」インタビューされる側らしい流暢《りゅうちょう》な口ぶりを心がけているようだ。「彼は……われわれはずっと悪夢の中にいます。先週の金曜日から、家族はみなショック状態です。それでも弟は気丈に振る舞っています。もちろん、できる範囲で、ですが。いちばん大事なことに、娘を救うことに集中しようとしている。ディエゴは娘のことだけを考えている……」肩をすくめ、神経質な笑みを浮かべた。「どんな父親でもそうでしょう」

「くそったれめ」ディエゴは悪態をついた。

パキスタン人店員がテレビから目を離し、こちらをじろじろ見た。どうやらディエゴ本人だと気づいたらしい。ウィスキーの代金を払おうとしたところ、いらないというように手をひらひらさせた。ディエゴは軽く会釈して感謝を表すと、店を出た。この六日間で初めてすべてが理解できた、そんな気持ちだった。車に乗り込み、兄の自宅があるオルタ地区へ向かう。あの〝一家のスポークスマン〟がそこに姿を現したとき、すべての怒りをぶちまけてやるつもりだった。

車を発進させるとすぐにウィスキーをたっぷり喉に流し込んだ。するとたちまち体の隅々までぬくもりが行き渡り、力が湧いた。酒を飲むことは、誰かに抱擁されるのととてもよく似ている。問題は、アルコールは心のガードを緩め、記憶の小径《こみち》に彼が今まで作ってきたあらゆる壁や障害物をものともせず、あのすべてが始まった夜に彼を必ず引き戻すことだった。あのときから、ディエゴは予定されていた人生の表街道を逸れ、本来の自分とは違う急ごしらえの存在に変身したのだ。

怪物は、彼らが呼び出したその夜からディエゴの夢に現れ、以来その夢は、彼の子供時代と思春期にがっちりと組み込まれた。〝毎晩の恐怖〟はディエゴの喜びを奪い、子供の日々を照らす明るい光を吸い上げた。その結果、彼は口数の少ない、疑り深くていつも怯えた、友人のできない子供になった。つねに孤立して、本だけが友だちになった。手当たり次第に読《よ》み漁《あさ》り、とくにホラーを好んだ。まるで、ほかにも恐ろしい目に遭っている人がいるとわかれば、それだけ恐怖に耐えやすくなるとでもいうように。実際、ポーやマシスン、キングなどの作品に登場する恐怖に苦しむ人々だけが、自分を理解してくれると感じた。残念ながら、みな現実には存在しなかったが。

十八歳になって文献学を学ぶためにバルセロナに移ると、思いがけず悪夢を見る回数が減った。怪物が身を潜めるあの屋敷——ディエゴにとってのネイボルト二十九番地（キング『IT』に登場するピエロのペニーワイズの住む家の住所）やマーステン館（キング『呪われた町』に登場する屋敷）——から遠く離れたおかげではないかと思った。なぜならパニャフォール村に戻るたびに悪夢が舞い戻ってくるからだ。だから自然と村にあまり帰らなくなっていった。

また、この頃からもっと真剣に小説に取り組み始めた。たいして面白くもないありふれた怪談をいくつか書き殴ってみたが、しだいに技術が磨かれていっただけでなく、不安を追い払う効果もあることに気づいた。ある種の治療効果があったのだ。病人が嘔吐してすっきりするあの感じ。当然ながら、もし怪物について書いたらどうなるだろうと考えるようになった。あいつを自分の内側からすっぱり追い出せるだろうか？　それとも逆に、今まで以上に夢を支配されてしまうだろうか？　だが試す気にはなれなかった。バルセロナにいれば、怪物は情の薄い友人みたいにたまにしか現れず、村にいた頃に比べればそうつらくなかったからだ。

怪物につきまとわれなくなってから、ディエゴは明るさを取り戻し、ホラー好きと相まって妙にユーモラスな雰囲気を持つようになって、大学の最終学年には恋人もどきさえできた。自分は普通だと思え始めた。まだオリンピックのなごりが残る近代的で突飛なバルセロナの街を闊歩《かっぽ》する、どこにでもいる若者の一人なんだ、と。好成績で大学を卒業すると、仕事を見つけるためバルセロナに残りたいと言い訳して、わずかな仕送りの継続を両親に頼んだ。しかしその実、小説を書いては出版社に送り、山ほど断りの返事をもらうばかりの毎日だった。そのほんの少しの仕送りを頼りに、老朽化したちっぽけな半地下の部屋で作家になる日を夢見て、贅沢や娯楽とは縁のない、食事さえままならない貧乏暮らしを続けた。それでも幸せだったのだ。

二年が過ぎた頃、両親が体調を崩したせいで、パニャフォール村に戻らなければならなくなった。最初にエクトルから電話をもらったとき、ディエゴは説明をきちんと聞きもせずにきっぱりと断った。自分らしく生きるにはそうするしかないと直感的に思ったのだ。しかしその拒絶によって、長年積もり積もったエクトルの恨みが一気に爆発した。兄には子供のときから嫌われていたが、その理由がわからなかったし、よくよく尋ねたこともなかった。カインとアベルの例を出すまでもなく、家族内で兄弟同士がいがみ合うというのは太古の昔からよくあることなのだろうと決めてかかっていた。ところがその日、エクトルの憎しみには原因があったことを知らされたのだ。兄がすべてをぶちまけたあの電話での苦々しい会話で、兄が口にした言葉、非難、ののしりを今も一つひとつ覚えている。

エクトルもまた、子供の頃ずっと、真夜中に怪物に叩き起こされていたのだ。ただし兄の場合は弟の叫び声が原因だった。それでもエクトルは明け方に起き出し、学校に行く前に倉庫で父の手伝いをしなければならなかった。その頃ディエゴはというとまだベッドの中にいて、母の手を握りながら多少なりとも穏やかな眠りを取り返していた。エクトルはそのあいだ市場から来たトラックを迎えて品物を倉庫に補充し、棚に並べ、小さなショーウィンドーの掃除をしていたのだ。そうして豆の缶詰を積むのと同じ細心の注意を払って、恨みを心の奥に積み重ねていった。しかし兄の憎悪がいよいよ絶頂に達したのは、何とか節約して、高校を卒業した下の息子をバルセロナの大学に行かせてやれないか、と母が父を説得したときだった。エクトルは、ジローナ近郊の情報学校で二年間の職業訓練をするので我慢したというのに。それでもその日までエクトルは文句も言わず、黙々と働いてきた。父親が体を壊したうえ、村に新たにできたもっとモダンな店が繁盛し出して、店が損失を出すようになったせいで、ネウスとの結婚を延期さえしたのだ。

エクトルがすべての不満を吐き出したあと、ディエゴは言葉を失った。俺のほうの窓から外を眺めてみろと兄に命じられて初めて、視点が変わるとまるで見えるものが違うことに驚いたのだ。だが、村に戻ることになったのはそれが理由ではない。興奮したエクトルにこう脅されたからだ。もし帰ってこなかったら、両親に財布の紐を締めさせ、おまえへの仕送りを止めさせる。それでどうやってバルセロナで暮らしていける？

だからディエゴは翌日部屋を引き払い、本と原稿が詰まったトランク二つを抱えて村に戻った。すぐに失意のどん底に落ち込まなかったのは、できるだけ早くバルセロナに戻ろうというひそかな希望を温めていたからだ。だが、人生とはままならないものだ。気づくとすでに三年が経っていた。その間に家業はどんどん傾き、それは両親の健康状態も同様で、ディエゴは毎日両親や兄、村中の視線を重荷に感じながら、この罠から脱け出すことばかり考えていた。その三年間、自分でそう納得していたというより、まわりから白い目で見られたくなくて、今までの自分とは違う理想的な息子として振る舞い、店を切り盛りし、両親の世話をするエクトルを手伝った。だがそうして骨身を削っても、兄の目の奥に住み着いていた怒りを消すことはできなかった。それが贖罪《しょくざい》になると思っていたディエゴが間違っていたのだ。それはそもそもディエゴの義務であり、責任だった。エクトルは弟を褒め称えるつもりはなかった。誰も彼を褒め称えてくれなかったように。そして両親が亡くなったとき、エクトルはどんなに恨みが深かったか弟に見せつけた。わずかな遺産をほとんどすべて独り占めして弟をパニャフォールに置き去りにし、自分はその弟が愛してやまないバルセロナにさっさと移り住んだのだ。

しかしディエゴにはもっと深刻な問題があった。パニャフォールに一歩足を踏み入れたとたん、悪夢が舞い戻ってきたのである。幸いエクトルは小さなアパートを借りてネウスと住んでいたので、もう兄の睡眠の邪魔はせずに済んだが、怪物はこれまで以上に想像力の行き届いた完全な姿で現れるようになり、ディエゴは本気で自殺を考えたくらいだった。しかし、死の女神に身をゆだねる前に、怪物に抵抗してみようと決めた。失うものは何もない。

　そこでバルセロナで思いついた案に少々手を加えた方法を実行した。怪物の小説を書く心の準備はまだできていなかったが、悪夢について日記を書くことにしたのだ。そんなことをしたら恐怖が体に沁み込み、心臓発作でも起こすのではないかと思ったが、書くあいだはたしかに吐き気や震え、冷や汗、眩暈などの症状があったとはいえ、命に関わるほどではなかった。そして悪夢は少しずつ頻度が減った。ディエゴが立ち向かってきたことに驚いて、ひるんだかのように。この対抗策は簡単なわりにとても効果があった。いつもの悪夢をできるだけ詳しく記述したあと、《言葉がわれに与えし力により、おまえをわが悪夢より引きずり出し、この紙に封印せり》という芝居がかった文句で締めくくり、ノートを鍵付きの箱にしまうのだ。キングの小説に出てくる子供たちを守る早口言葉みたいなものだ。これがうまくいった。怪物を象徴的に閉じ込めることで、悪夢はだんだんイメージが曖昧になり、記憶に残らなくなっていった。さすがの怪物も、ディエゴが作った紙の監獄からの脱出がしだいに難しくなってきたみたいに。おかげで希望が生まれた。自分はあいつをペンの力だけで押さえ込む方法を習得しつつある。しかもここはバルセロナではなく、怪物の王国であるパニャフォールだ。結局、小説を書くことが解決策だったのだ。これであいつを完全に夢から追放できるかもしれない。

だからラウラと知り合い、サンティが亡くなったあと、バルセロナに引っ越して作家になる夢をもう一度追いかけたらと提案されたとき、ディエゴは一も二もなくその言葉に飛びついた。

夢に出てくるのと同じ姿で怪物を描き、いわゆる悪役に仕立て上げた。そして、あの屋敷でうっかり床板を踏み抜いたときに見つけた、身の毛のよだつような写真で目にした、人間の体の端切れで作られた少女からインスピレーションを得た。紡ぎ上げたストーリーでは、怪物の敵役であるウリオル・ナバド警部は怪物をその手で殺すことはできないと事前にわかっていた。やつを殺しても解決はしないからだ。すでに死んでいるものは殺せない。もし怪物が本当にあの世から来た幽霊なら、やつを追い払う唯一の方法は、再びそちらに、やつが二度と脱出できない別の次元に閉じ込めることだ。そしてその場所こそ、彼の小説という虚構の世界なのだ。

例の呪文で文章を締めくくり、わざわざそのためにパリで購入した箱にそれをしまい込む。怪物はそこに、ランプの精さながら永遠に閉じ込められる。執筆は簡単ではなかった。紙の上に再現されることに抵抗する怪物と向き合うには、アルコールの助けが必要だった。「おまえにできるわけがない、ディエゴ。私にはけっして勝てない」とやつは夢の中で言い、メスで残忍にディエゴの腹を切り裂いた。夫の恐怖の叫び声でラウラも叩き起こされ、同じように目に恐怖を浮かべてこちらを見た。作品と格闘するあいだ、僕はラウラを失うだろう、こんなにつらいこと続きではとても耐えられないはずだとディエゴは思ったが、それでも彼女が寄り添い続けてくれたことに、今では驚いている。まるで自分自身と決闘するかのように、なぜこんなに痛々しいやり方で書かなければならないのか、何も説明できなかったというのに。それは、ラウラを場外に置いたまま続けた、血まみれの秘密の闘いだった。

そしてついに、小説がその機能を果たし終えたと納得する日が来た。ディエゴは、怪物との闘いの成果と言える原稿の束を眺めた。頭の中から紙にじかに恐怖を注ぎ込むため、すべて手書きだった。キーボードを使うと除霊にならないような気がしたのだ。子供の頃の日記もそうして書いて効果を発揮した。目の前にあるのは消去線や挿入の矢印だらけの草稿で、酒のせいで字が崩れて自分でも読めない部分さえあった。だがとにかく書き終えた原稿をパソコンで打ち直し、これまで何度も小説を突き返されてきた十社以上の出版社に送りつけた。今回はどの出版社も乗り気を見せ、ディエゴのほうが選び放題だった。とくに積極的だったのが、編集者アルマン・タジャーダがいる大手のリンボ社だ。タジャーダは背は低いが出版界の大物で、一年に二人はベストセラー作家を発掘する並はずれた嗅覚の持ち主と言われていた。『死の瞳』といういささか陳腐な題名も、彼の勧めで『血と琥珀』に変わり、出版されるや小説はたちまち大ヒットとなって、タジャーダはその伝説を裏切らなかった。

しかしディエゴにとって大事なのは悪夢が終わり、怪物に打ち勝ったことだった。

あるいは、この十年間、そう信じていた。

兄が住む薄汚れた建物の前に到着したことに気づき、ディエゴはわれに返った。血中アルコール濃度は相当上がっていたが、ほかの車を傷つけずに正面の歩道に何とか駐車し、目に物を見せてやるという冷ややかな決意を胸に兄の住む階までエレベーターで移動した。ドアを叩き、兄の名前を呼び、開けろと叫び続けたが、アルコールの霧が一瞬晴れて、エクトルがテレビ局から戻るにはまだ早すぎると気づいた。よし、待てばいいだけだ。ずるずると体を壁沿いに滑らせ、ドアの前に座り込むと、忍耐力を奮い起こした。ひどく疲れていたし、拷問道具のせいで体が痛んだし、酒浸りの頭はぼんやりしていたが。

携帯を取り出し、妻から電話が二十四回、SNSにも同じくらい連絡が来ているのを見て、胸がちくりと痛んだ。メッセージを読んだり、留守番電話を聞いたりする気力が湧かなかった。逃げたことが恥ずかしかった。探偵ごっこをするためだと自分をどんなにごまかしても、逃げたのは事実だ。二度と逃げないと約束したのに。僕の約束に価値などないということだ。

探偵ごっこと言えば、ルカモラからも電話が来ている。今頃ディエゴを捜して街中を駆けずりまわっているのだろう。アリを捜すことのほうがはるかに重要なのに。ディエゴはため息をついた。何もかも僕のせいだ。戻ってみんなを安心させようかとも思ったが、体が動かない。兄と話をせずに帰りたくなかった。エクトルが怪物だとはもう思っていなかった。酒のおかげで悪夢が甦り、昨夜ラウラが懸命に打ち消そうとしたにもかかわらず、怪物がまたぞろ現実として迫ってきた。もう何を信じていいかわからなかった。ウィスキーで頭が朦朧とするなか、一つだけはっきりしているのは、衝動に衝《つ》き動かされてここまで来たのは逃げるための口実にすぎなかったということだ。痛みから、失敗から、アリやラウラやルカモラや、その他彼を信頼しているすべての人々の期待を裏切ることになるその日から、逃げたかった。

だが、エクトルが怪物でないとしても関係ない。あいつには言いたいことが山ほどある。正確に言えば、わめき散らしたいことが。昔から最悪の兄貴だった。子供の頃いちばん必要としていたときに、僕を一人にした。そうとも、あいつのせいでアリは誘拐されたのだ。悪いのは全部あいつだ。子供の頃兄貴がもっと頼りになれば、こんなことにはならなかった。友人たちと狂人の幽霊を呼び出して殺すと言われ、今残っているのは僕だけなのだと打ち明けられていれば。毎晩怪物はやってきて、夢の中で僕をなぶりものにし、そのうち飽きたら本当に殺しに行くと囁いた。どこでどんなふうに襲いかかるかわからないから、くれぐれも注意しろ、と。兄貴と力を合わせれば、やっつけられたかもしれない。アルサ兄弟対怪物。漫画か映画の題名みたいじゃないか。だがエクトルはまるで他人みたいだった。何も共有できない間柄。ましてや、どんなに楽しいときもふいに水を差す不安や恐怖のことなど、けっして話せなかった。その恐怖こそが、ディエゴに『血と琥珀』を書かせたのだ。

エレベーターが移動する音がして、ディエゴはびくっとした。あたりは真っ暗だった。いらいらしながら待つうちにまどろんで、いつしか横になっていた。時計をちらりと見ると、もう夜の九時だった。午後ずっとここで過ごしてしまったと知って愕然とする。そうするあいだにもエレベーターは二階、三階と順に上がってくる。そして不必要に一瞬間があいたかと思うと、その階でプスンと止まった。体が緊張し、動悸が激しくなる。一つの階に部屋は二つしかないので、兄である確率は二分の一ということだ。壁を支えに何とか立ち上がり、灯りのスイッチを不器用に探した。だがその前にエレベーターのドアが開いた。まるで彼が待っていることを知っているかのように、やけにのろのろと。そして背の高い、痩せた男の暗いシルエットが闇に包まれた踊り場に現れた。白衣のようなものを着ているように見える。相手がこちらに顔を向けた瞬間、ディエゴはすぐに怪物だと気づいた。わずかに首を傾けてこちらを見る、どこか保護者ぶった禍々しいまなざしは、悪夢の中のそれそのものだ。本物だ。やはり怪物は小説から脱け出して、この世界を自由に歩きまわっていた！

ディエゴは悲鳴をあげた。ほかに何ができたというのだろう？

（下巻に続く）

下巻で待ち受ける
怒涛の展開――
結末を
知ったとき、
きっと二度読み
したくなる！

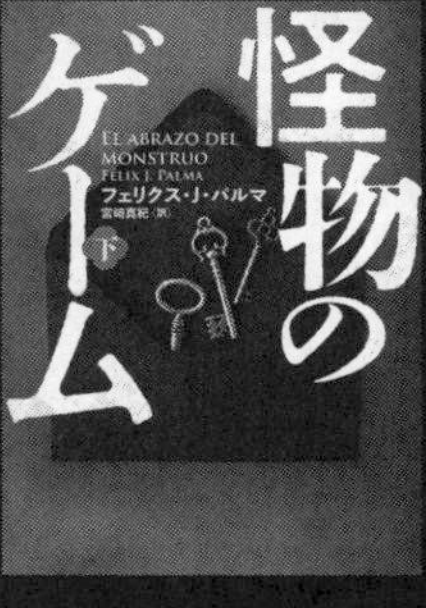

正体のわからない〈怪物〉に
翻弄されるディエゴ。
そんななか2度目の課題の日が
じょじょに迫ってきて……。

『怪物のゲーム 下』
フェリクス・J・パルマ 宮﨑真紀〈訳〉

定価：本体980円（税込） ISBN978-4-596-74854-6

訳者紹介　宮﨑真紀

英米文学・スペイン文学翻訳家。東京外国語大学スペイン語学科卒。主な訳書にスナイダー『イレーナ、永遠の地』、ナルラ『ブラックボックス』(以上、ハーパーBOOKS)、ブラック『骨は知っている 声なき死者の物語』(亜紀書房)がある。

ハーパーBOOKS

怪物《かいぶつ》のゲーム 上

2022年9月20日発行　第1刷

著　者　フェリクス・J・パルマ

訳　者　宮﨑真紀《みやざきまき》

発行人　鈴木幸辰

発行所　株式会社ハーパーコリンズ・ジャパン
東京都千代田区大手町1-5-1
03-6269-2883(営業)
0570-008091(読者サービス係)

印刷・製本　中央精版印刷株式会社

ISBN978-4-596-74852-2